愛煉《あいれん》の檻

紫《し》乃《の》太夫《だゆう》の初恋

犬飼のの

white heart

講談社X文庫

目次

イラストレーション／小山田あみ

愛煉《あいれん》の檻

紫乃太夫《しのだゆう》の初恋

《一》

帝都郊外、孤島吉原《よしわら》の最奥《さいおう》、奥吉原――。

陰間《かげま》を擁する大見世《おおみせ》『紫櫻楼《しおうろう》』の御職太夫《おしょくだゆう》である紫乃《しの》は、客を藍門《あいもん》まで送り届ける。

此処《ここ》、奥吉原は女郎を集めた吉原の果てにあり、藍門と呼ばれる藍色の門と、黒塗りの塀で仕切られていた。

奥吉原で陰間と遊んだ客は、藍門を潜《くぐ》って表吉原に戻り、そのあとは独りで仲之町《なかのちょう》を歩いていく。そして大門《おおもん》から外に出て、現実世界に帰るのだ。

「紫乃さん、後生《ごしょう》です。このまま大門まで送っていただけませんか?」

「おや、今夜は甘えん坊さんだね。どうかしたのかい?」

「我儘《わがまま》な子だと思わないでくださいね。紫乃さんに嫌われたら生きていけない」

寄り添ってくる上客の耳に、紫乃は「小毬《こまり》ちゃんの我儘なら嬉《うれ》しいよ」と囁《ささや》く。

小毬というのは偽名だが、この客が呼ばれたがっている名前だ。

紫乃は春を鬻《ひさ》ぐ陰間で、小毬は金で紫乃の体を買う材木問屋の跡取り息子だが……科《しな》を作るのも腕を回すのも小毬のほうだった。

「先週また鬼が出たでしょう? 帝都を震撼《しんかん》させる妖刀鬼《ようとうき》が……」

怯《おび》える小毬の言葉に、紫乃は大きく反応するのをこらえた。

至極一般的な言動を意識して、口にするべき言葉を選ぶ。

「そういえばそうだった、怖いねえ。小毬ちゃん、夜間に外に出るんじゃないよ」

「それでは紫乃さんに会えません。鬼に喰《く》われるよりつらいです」

「可愛いことをいってくれるねえ……だったら明るいうちに来ればいいさ。小毬ちゃんは馬車を持ってるんだろ？　大門の松明《たいまつ》の近くで、夜見世《よるみせ》が開くのを待つとか」

「そうしてるんだけど、もう秋だもの……日が落ちるのが早くって。あまり長くは停めておけないんですよ。そうそう、それで今夜も大門まで迎えが来ているはずなんですけど、それまでの道のりが怖くて。仲之町は人が多いし、鬼が紛れていたらと思うと……」

「それは杞憂《きゆう》ってもんだよ。吉原の中はこの通り、火を灯した提灯《ちょうちん》でいっぱいだ。しかも海に囲まれて逃げ場がない。妖刀鬼は炎や海水を嫌うって話だから、ここは安全だよ」

「本当に？」

「本当さ。けど大門まで送っていくよ。小毬ちゃんに悪い虫がつかないようにね」

紫乃は洋装の小毬を抱き寄せ、からりと笑う。

安堵《あんど》した様子の小毬は、「紫乃さん大好きっ」と鈴を転がすような声を出した。

上客の小毬に対してほどほどの好意を持っている紫乃は、藍門を潜って表の吉原に足を踏み入れる。

目の前は中央通りとも呼ばれる仲之町で、道なりに真っ直ぐ進めば大門だ。旭帝国《きょくていこく》最大の公娼《こうしょう》街である吉原は、帝都郊外の湾岸に浮かぶ孤島を占拠している。百間橋《ひゃっけんばし》という名の、長さ百間の巨大な石橋で陸と繋《つな》がっていた。

島の土地の九割を占める表側が男と女の色街で、吉原、或《あ》るいは表吉原と呼ばれており、残る一割の奥吉原は男と男の色街だ。

二つの色街は藍門と塀で区切られているが、藍門は大門と違って見張りがなく、通行は自由で誰でも行き来が可能だった。

ただし、日が暮れたら互いの縄張りに踏み込まないのが習わしになっている。

凡庸で目立たない陰間ならば誰も気に留めず、あとで文句をいわれることもなさそうなものだが、大見世の御職太夫となるとそうもいかなかった。

吉原の中では珍しい紫の襦袢《じゅばん》に、同じく紫の粋な着流しを合わせ、贅沢《ぜいたく》極まりない銀襴《ぎんらん》緞子《どんす》の打ち掛けを羽織った紫乃の姿は、仲之町を行く遊客の目を惹《ひ》きつける。

奥吉原の存在など頭の片隅にもない女好きの客でさえ、見るともなしに見てしまうほどだった。

すらりと背が高いうえに飛び抜けて美しい顔をしているのだから目立つのは当然だが、紫乃には人を引きつける魔性の華がある。どんなに陽気に振る舞っても人懐こくしても、完全に消すことはできない性《さが》だ。

「紫乃さん、僕は今とても鼻が高いです。ほら、皆が紫乃さんを見つめてる。紫乃さんは絵に描いたみたいに綺麗《きれい》だから。そのくせ腕っぷしも強いし、羨望《せんぼう》の的ですよね」

「そうかい？　褒めても何も出ないよ。小毬ちゃんに搾り取られたあとだから」

「んもう、紫乃さんのいけず。往来でなんてこというんですかっ」

明日辺り、紫乃が遊女達に嫌味をいわれることなど知る由《よし》もない小毬は、当初の目的を忘れて興奮していた。

顔を真っ赤にして照れながらも、甚《いた》く嬉しそうに見える。

紫乃が注目を浴びるのは美貌《びぼう》や装いのせいもあるが、それ以前に紫乃の名は吉原全域に知れ渡っていた。生きる伝説とまで呼ばれている。

陰間でありながらも、吉原には滅多に来ないような小柄で若い顧客を確実に誘い込み、次々と太客《ふときゃく》を得て御職の地位にまで上り詰めたからだ。

顧客の目的は紫乃を抱くことではなく、紫乃に抱かれることだった。

紫乃の菊座を狙《ねら》う客も当然いるが、齢《よわい》二十一の今でも、後ろは誰にも許していない。

つまりは、難攻不落の処女太夫として有名なのである。

そういった事情から、紫乃は髪を伸ばしたり帯を前結びにしたりはせず、おしろいさえ塗っていなかった。

化粧といえば、目尻《めじり》に紅を少し引き、潤いのための水飴《みずあめ》を唇に薄く塗る程度だ。

「ああ……もう大門に着いてしまいました。幸せな時間は短いものですねえ。紫乃さん、こんな所までありがとうございました。今夜はせめて少し受け取ってくれませんか？」

大門の前まで来ると、小毬は上着の胸元に手を入れる。

心付けの点袋《ぽちぶくろ》を差しだされた紫乃は、微笑みつつも小毬の手の甲をそっと押さえた。

「気持ちだけで十分……といいたいとこだけど、それで今度うちの禿《かむろ》に飴でも買ってきておくれ。俺の分も一つよろしく。吉原じゃ売ってない珍しいのを頼むよ」

「紫乃さんたら、いつもそうなんだから」

客の厚意を無下《むげ》にはしないが、余計な金は受け取らない紫乃の信条に、小毬は笑う。

こんなふうに客が満足して笑ってくれれば、紫乃もそれなりに幸せだった。

誰かを幸せにできているうちは、生きていても許される気がするからだ。

「それじゃ、また……無理のない範囲で来ておくれ。待ってるからね」

「はい、近いうちに必ず。紫乃さんと禿ちゃん達が驚くような飴を持参しますね」

潜ることは許されない大門の前で、紫乃は小毬と手を繫いで身を寄せ合う。

遊女に見送られる客が、「あれが陰間か、気色《きしょく》悪ぃ」「どっちが客かわからんな」などと揶揄《やゆ》していたが、いちいち文句をいって騒ぎ立てるほど野暮《やぼ》ではなかった。

「ぎゃあああ——っ!!」

「——っ!?」

小毬のためにも穏便にやりすごそうとしたその時、突如悲鳴が聞こえてくる。

大門と陸を繋ぐ、百間橋のほうからだった。

「なんだ？　何かあったのか？」

「――鬼だ！　妖刀鬼が出たぞ！」

「大門を閉じろ！　早く閉じるんだ！」

聞き取れない無数の悲鳴を縫うように、事態を告げる声が届く。

鬼の襲来を知った途端、紫乃の血の気は一気に引いた。震えて縋《すが》りついてくる小毬も、周囲にいる大勢の人間も同じであろうが、紫乃の場合は事情が違う。

「妖刀鬼が……ここに？　そんな、まさか……」

橋からこちらに向かってくる鬼は、十中八九自分と関係がある鬼だ。

そう思うだけで生きた心地がしなかった。糸で縛られたように右肘《みぎひじ》が強張《こわば》る。

「紫乃さん！　鬼が、鬼が出たっていってますよ！　ああ、どうしよう⁉」

「小毬ちゃん……っ、今すぐうちの見世に引き返すんだ。ここから遠い奥吉原が一番安全だから。いいかい、転ばないよう気をつけて、慌てずに、でも急いで戻るんだ！」

「紫乃さんは⁉　紫乃さんも一緒に戻ってください！」

「俺は大丈夫、鬼とは相性がいいんでね。さあ早く！」

「紫乃さん……！」

急《せ》かすまでもなく、小毬の体は人の波に流されかけていた。

紫乃とて、必死に踏ん張らなければ大門の前に残ることはできない。

百間橋から逃げ込んできた人々も、見世から飛びだした人々も、誰もが一斉に奥吉原を目指した。

東側にある大門が突破されても、西の最果ての奥吉原には、藍門と塀がある。

吉原の玄関口である大門ほど強固ではないが、逃げ込めば助かる可能性が高まるのだ。

吉原を統率する自衛団――華衛団《かえいだん》の指針でも、火災を含む有事の際には奥吉原に逃げるのがよしとされていた。吉原は島全体が高い塀で囲われているが、いざという時は奥吉原から船着き場に出て、船で脱出できるようになっている。

――鬼が来る……わかる、この気は……間違いなく妖刀鬼のものだ……！

小毬や周囲の人々が避難したため、紫乃は腹を括《くく》って踏みだした。

月明かりに照らされた百間橋に、鬼と思われる影が見える。

紫乃が感じた通り、血塗られた妖刀を携えた鬼だった。

元は人であり、ほんの少し前までは普通の人間として人に紛れていたであろうそれは、着物姿でありながらも旭人《きょくじん》離れした顔立ちと白銀の髪を持ち、黒い角と白い牙《きば》を光らせている。瞳《ひとみ》は血の色に染まって、同色の妖気を全身からめらめらと立ち上らせていた。

「この先は行き止まりだ！　吉原は海に囲まれてる！　引き返せ！」

紫乃は本来出てはならない大門を潜り抜け、石橋を闊歩《かっぽ》する鬼に向かって叫んだ。

橋の両脇《りょうわき》には鬼除けと照明を兼ねた灯籠《とうろう》が一定の間隔で配されていたが、この鬼は橋の真ん中を歩くことで炎を避け、着々と大門に近づいてくる。

灯籠に縋りながらも打ち据えられた人々の無残な亡骸《なきがら》が、百間橋を血に染めているのが見えた。今もまた、逃げ遅れた中年の遊客が襲われようとしている。

「やめろ！」

「ぐあああ――っ!!」

妖刀で命を絶たれた男の魂は、断末魔の悲鳴と共に宙を舞った。

人間の魂は皆等しく、澄みきった青だ。

妖刀は魂魄《こんぱく》を吸収し、それは刀を通じて鬼の体内に取り込まれる。

赤い妖気が一際《ひときわ》大きく膨らんだ。業火の如《ごと》く燃え上がり、鬼の背丈の二倍を超える。

「もうやめろ！　橋を引き返せ！　それ以上、人を殺《あや》めるな！」

「太夫！　危ないぞ、下がれ！　大門の外に出るんじゃない！」

華衛団の団員が駆け寄ってきて、紫乃の肘を摑《つか》んで引いた。

彼らには、吉原に籍を置く遊女及び陰間を守る使命があるが、それ以上に彼らの意識に根強くあるのは、商品を逃がさないことだ。大門から外に出ることは決して許さず、この非常時でさえ、「門から出るな！」とさらに制してくる。

「退《ど》いてくれ！」

紫乃は肘を掴む華衛団を振りきり、大門の脇にある松明台に向かった。

金属製の三脚の台に近づくだけで熱気に襲われたが、構わず手を突っ込もうとする。

「やめろ！　正気か⁉」

「頼むから下がっててくれ！」

止める団員達をもう一度振りきって、炎を避けながら松明台に手を入れた。

彼らは自分が火に焼かれたかのように「ひいっ！」と声を上げたが、幼少の砌《みぎり》より火の扱いに慣れている紫乃には、このくらいなんでもなかった。まだ焼けていない生木の部分から温度を見極め、手の皮が耐えられる一本を選び抜く。

「やめなさい！　そんなもので鬼が払えるわけがない！」

団員の制止を無視して松明を抜き取った紫乃は、それを手に橋に向かった。

竹刀《しない》のように真っ直ぐ構え、体の前方に突きだしながら先を急ぐ。

松明一本で鬼は払えない――それくらいのことはわかっていた。

火気を手にしている人間は、何も持たない人間よりは助かりやすいというだけで、鬼を退治するほどの威力はない。松明は隠れ蓑《みの》にすぎなかった。

「――っ！」

鬼まであと二十間という所で、紫乃は足を止める。

怖気《おじけ》づいたのではなく、聞き慣れない音に耳を打たれたせいだ。

それがエンジン音だと気づくと同時に、大きな黒い塊《かたまり》が視界に飛び込んできた。

「……あれは……っ、自動車、か？」

屍《しかばね》を越える鬼の背後に、滅多に見ることのない車両が迫る。

国内に千台とない自動車が、速度を上げて鬼の背中を追っていた。

陸にいたなら逃げれば済むものを、この車の所有者はわざわざ橋を渡ってきたのだ。

――ぶつかる……！

ドンッ！　と花火が上がるような音がして、車が鬼に衝突した。

しかし状況は好転しない。恐怖を色濃くする光景が生まれただけだった。これがもしも人間なら、海の上まで飛ばされるか轢《ひ》き殺される勢いだというのに、鬼は倒れることさえなかった。それどころか刀を振り上げ、腰を抜かした遊客を斬《き》り殺そうとしている。

「危ない！　逃げろっ！」

紫乃が駆けだしたその時、煙を上げる車から人が降りてきた。

さながら目の前の鬼のような……しかし鬼のものよりも遥《はる》かに美しい銀色の髪を持つ、白軍服姿の男だった。旭帝国と同盟を結ぶ北の大国、アルメルスの軍人に間違いない。

「――っ、う……」

まさか、まさかそんな――。

松明を手に立ち尽くした紫乃は、男の姿に目を瞠《みは》る。

六尺を優に超える長身の軍人は、異人でありながらも旭日刀《きょくじつとう》を手にしていた。

白人だが少し焼けた肌と銀の髪、青玉《せいぎょく》色の瞳、サーベルのほうが似合いそうな彫りの深い顔立ち――しかし確かに旭日刀を扱い、流れる動作で抜刀する。

――中尉……！

忘れようにも忘れられない、よく知っている顔だった。

最後に会ったのは五年前だが、さほど変わってはいない。

ミハイル・ロラン・ペルシック中尉――記憶の中で燦然《さんぜん》と輝き続けていた男が、わずか数間先にいる。

「やめろ！　やめてくれ……っ、頼むから逃げてくれ！」

紫乃は、自分でも信じられないような声を振り絞る。勇敢に鬼に挑む彼を、後先見ずに止めた。「逃げろ！」と、声の限りに叫びながら鬼とミハイルに近づく。

彼は確かに強いだろう。五年前に会った時よりも、さらに磨きをかけて研《と》ぎ澄まされた肉体が、現在の彼の力を物語っていた。隙《すき》のない構えからも、全身から放たれる凄《すさ》まじい殺気からも、並々ならぬ剣豪だと確信できる。

しかし相手は鬼だ。人がどれだけ腕を磨いても敵わない。車ですら車体のほうが損傷を受ける有り様で、今もボンネットの下から黒い煙が上がっている。これが現実なのだ。

振り返って車の惨状を目にすることで、圧倒的な力の差を思い知ってほしい。恐怖を感じることにより、我が身を守ってほしかった。

「下がっていろ！　陰間の出る幕ではない！」

ミハイルは鬼から目を離さなかったが、紫乃に向かって声を張り上げる。

彼と言葉を交わしたことで、紫乃の中にある過去と現在の距離が縮まった。松明を高く掲げていれば気づかれることはないだろうが、目の前の陰間が誰なのかを知ったら、彼はどんな顔をするだろう。その瞬間を想像すると、胃の腑《ふ》が絞られるように苦しくなる。

「鬼よ失《う》せろ！　在るべき場所に帰れ！」

旭日刀を手に、ミハイルは鬼に襲いかかる。

艶《つや》やかな銀髪を海風に靡《なび》かせながら、横一文字に鬼を斬った。

肉や骨が断たれる時の、重々しく濡れた音がする。旭日刀は真横に抜けて、肉の塊から離れたあとは空を斬った。血が飛沫《しぶ》く夜空に切れ目を入れるような、見事な太刀筋だ。

「ぐあああぁ――っ！」

野太い絶叫が轟《とどろ》き、一刀両断された首が飛ぶ。

鬼の髪の一部が切れて、それらが火の粉の如く舞った。

噴き上がる血は人のそれと同じ色だ。ミハイルの白軍服を真紅に染める。

夥《おびただ》しい血の雨の音が空間を支配した。誰も何もいわず、息をするのも憚《はばか》られる。

紫乃もまた、微動だにできないまま鬼の首を凝視した。血染めの白銀の髪を巻き込んで転がる首は、紅白の毬のようだ。目出度《めでた》い組み合わせの色だからこそ、余計に禍々《まがまが》しく見える。

「おい、凄《すご》いぞ！　やったなミハイル！」

ミハイルの同乗者が、車から降りてきて歓喜の声を上げた。

背の高い黒髪の男で、旭人にしては色白で彫りの深い顔をした美男だ。

紫乃は彼のことも知っていた。五年前に会ったことがある。

アルメルス貴族の血を引く、桃瀬《ももせ》侯爵家の嫡男、桃瀬時宗《ときむね》――五年前に会った時は士官学校生だったが、今は金装飾を施された黒軍服を着ている。

旭帝国の上級軍人になったのだと、すぐにわかった。

「駄目だ、油断するな！　首を落としたくらいじゃ……」

紫乃は忠告したが、そんなことは軍人ならば当然知っていることだった。

ミハイルは一瞬たりとも油断せず、鬼の右腕に斬りかかろうとする。

鬼の力の源は妖力《ようりょく》を秘めた佩用物《はいよう》にあるといわれ、それを奪わなければ倒せない。

妖刀鬼の場合は利き腕を落とし、刀を奪って引き離す――人がこの鬼を退治するには、そうするしかないのだ。

「ミハイル！　深追いはやめろ！　首だけ持って逃げるぞ！」

時宗がいったが、ミハイルは諦《あきら》めなかった。刀を再び構え、鬼の右腕に斬りかかる。しかし鬼のほうが速かった。ミハイルの頭上を跳び越え、あれよという間に己の頭部を拾い上げる。そして橋の欄干の上に乗ると、血を噴く切り口に生首を当てた。

ミハイルが命懸けで落とした首が、瞬時に繋ってしまう。痙攣《けいれん》していた瞼《まぶた》が上がり、赤い瞳が露《あらわ》になった。ぎょろりと動いた目は、自分を斬ったミハイルを睨《にら》み下ろしてから、彼の後ろの時宗を見る。そして最後に紫乃に目を向け、そのまま視線を止めた。

「ほ、本当に……首を落としても、死なないんだな……」

時宗は愕然《がくぜん》としながら、慌てた様子で短銃を取りだす。

鬼に関する知識はあっても、目にしたのは初めてだったのだろう。ミハイルも驚いてはいたが、時宗が自分以上に驚いたことにより、冷静さを取り戻したようだった。

「時宗！　お前は下がっていろ！　車の後ろにでも隠れるんだ！」

友を守るべく片腕を伸ばして後退させたミハイルは、紫乃にまで、「お前もだ。一刻も早く逃げろ！」と命じる。視線こそ鬼に釘《くぎ》づけだったが、友だけではなく、見ず知らずの陰間のことまで考えているらしい。

――中尉……！

紫乃は一歩も下がらず、時宗も指示に従わなかった。

時宗は両手でしっかりと銃を構え、援護射撃の体勢を取る。

無意味だとわかっていても、そうせずにはいられなかったのだろう。

紫乃もまた、大人しく去ることなどできなかった。

自分が引けば鬼はミハイルを斬る。それは火を見るより明らかだ。鬼は人であれば誰彼構わず殺すが、生命力の強い者を好み、そして自らを傷つける者を憎む。

「その人に手を出すな！　去《い》ね！」

紫乃は松明を突きだしつつ左右に振り、鬼の注意を引きつけた。

自分の中に眠る鬼魄《きはく》を意識して、それをあえて引きだす。

どうなるか、重々承知したうえでの行動だった。

「……目の色が……！」

ミハイルの声が聞こえる。それでも構わず、紫乃は鬼に迫った。

人ならざる者の黄金の瞳。さながら猫の如く、縦に開く瞳孔《どうこう》――自らの変化を鬼に見せつけるように、松明の先端を下げる。

「去ね……もう、十分に喰っただろう？」

「う、ううぅ……」

鬼は紫乃の言葉に反応し、低く呻《うめ》いた。

目を合わせたまま、少しずつ利き腕を下ろす。

「早く行け！　二度とここには来るな！」

「ぐ、う……」

「失せろ！」

畳みかけた紫乃の前で、鬼は苦悶《くもん》の表情を浮かべた。

そして突然陸のほうを向くと、細い欄干の上を走りだす。

「——っ、鬼が……逃げていく！」

時宗が声を発した時にはもう、巨体が宙に跳んでいた。

走るだけでは飽き足らない勢いで、鬼は大きく跳び上がりながら姿を消す。

「なんてことだ、鬼を追い払うなんて……」

瞬く間の出来事だった。

ミハイルが刀を振る隙はなく、時宗も呟《つぶや》くばかりで引《ひ》き鉄《がね》を引けない。

「金色の、瞳……まさか、そんな……」

これまで冷静な態度を崩さなかったミハイルが、突如声を震わせた。

紫乃は誰にも正体を暴かれたくなかったが、しかし後悔はしていない。

今こうしなければ、取り返しのつかないことになっていただろう。

それに比べたら、どんな結果でもましに思える。

鬼の持つ妖刀でミハイルの首と胴が切り離されたあとでは、どれだけ悔やんでも悔やみきれないのだから——。

「──忍《しのぶ》……忍、なのか？」

その名で呼ばれるのは何年ぶりか。

松明の炎の位置を上げ、いまさら顔を隠しても無意味だとわかっているのに……思わずそんなことをしてしまった。

「何故《なぜ》だ……ここは遊郭ではないのか？　何故こんな所に……！」

狼狽《うろた》えるミハイルに腕を摑まれても、紫乃は彼と目を合わせない。

自分の瞳の色が黒く戻っているのかどうか、確信を持てずに炎ばかり見ていた。

もしもまだ黄金色だとしたら、それは炎を見ているせい。鬼が去ったのは、単に松明の炎を恐れたせい──そうして何もかも炎のせいにしておきたい。

「忍……どれだけ捜したか、どれだけ会いたかったか！」

できることなら冷たく微笑み、「人違いでは？」と突《つ》っ撥《ぱ》ねたかった。

しかし松明を奪われて海に捨てられると、丸裸にされたように心許《こころもと》なくなる。

「中尉……」

熱源を失いながらも胸が熱くなるのを感じて、自分もまた……彼に会いたかったのだと自覚した。よくよく考えれば当たり前のことだ。彼は初恋の人であり……本来なら生きることさえ許されない自分の、たった一つの光だったのだから。

《二》

伯爵ミハイル・ロラン・ペルシックが異郷の土を踏んだのは、二十四歳の時だった。

故国アルメルスの同盟国である島国、旭帝国《きょくていこく》に入国するため予定を早めて軍籍に入り、中尉の地位に就《つ》いたばかりの頃だ。

元より軍に入ることは決まっていたミハイルだったが、予定を早めた理由はただ一つ、世界一の製鉄技術を誇る旭帝国の人間国宝——名刀匠、四代目雷斬《らいざん》に自分専用の長太刀《ながたち》の制作を依頼するためだった。

「伯爵様……何度いわれても勝手に注文を受けるわけにはいかないんで、どうか勘弁してください。四代目は来月まで帰りませんし、五代目の予定も四年先まで埋まってます。今お受けできるのは打ち直しのみで、お断りせざるを得ない状況です」

四代目が不在の鍛冶場《かじば》を取り仕切る男——棟梁《とうりょう》代理の磯本《いそもと》は、頭に巻いていた手拭《てぬぐ》いを取って深々と腰を折る。帝都出身で学があり、若くして今の立場にいる彼は、ミハイルがどのような条件を出そうと決して折れなかった。頑《かたく》なに主《あるじ》のいいつけを守っている。

当のミハイルは、今日も進展しないことを覚悟のうえで鍛冶匠太刀風《たちかぜ》を訪れていた。

事実上休業して湯治場巡りをしている四代目の気が変わり、予定よりも早く帰郷して、さらにミハイルの要求を聞く気にならない限りは、何も進まないだろう。正直なところ金さえ積めば割り込みが可能だと思っていたミハイルは、旭人の真面目《まじめ》さに心底驚かされた。義理堅く融通が利かない民族だと知ってはいたが、聞きしに勝る頑固さだ。

「四代目が戻らなければ話にならんな」

「はい、申し訳ありません。一人の刀鍛冶が年間に打てる本数には決まりがありますし、四代目は高齢で半ば隠居状態でして……もうあまり打てないのです。五代目の忍《しのぶ》様も若年故に体力が持たず、無理が利きません」

「同じ説明を繰り返さずともよい。今日も鍛錬場を見学していくぞ」

「はい、それは構いません。ただし……」

「忍様に声をかけるな、だろう？　もうわかっている」

半袖《はんそで》の白軍服姿で鍛冶場に踏み込んだミハイルは、晩夏とは思えない熱気の中を進む。自由に入れるのは受付を兼ねた店までで、外廊下で繋《つな》がった鍛冶場や研《と》ぎ場は女人禁制の男の仕事場だった。

さらにその奥にある鍛刀場は、刀を作るためだけの神聖な場所として明確に区切られている。中でも鍛錬場と呼ばれる建物は格別で、外廊下を含めて、建物全体に注連縄《しめなわ》が張り巡らされていた。

案内を必要としないほど通い慣れたミハイルは、まだ遠くに見える建物を目指す。

日陰を選んで歩き、ハンカチで汗を拭った。

そうしたところできりがなく、熱源に迫れば迫るほど汗が噴く。

一年の大半が雪に覆われるアルメルスでは考えられないことだが、この国の夏は長期に亘《わた》り、そのうえ気温も湿度も極めて高い。

背後の森からは、絶えず蟬《せみ》の声が聞こえてきた。大合唱とも熱唱とも表現したくなる、凄絶《せいぜつ》な鳴き声だ。太陽が大地や岩を焦がす音にも聞こえる。

じりじりと自分まで焼かれている気がして、体感温度がさらに上がった。

頭の芯《しん》が溶けそうな熱気は、冬将軍の強襲と同じくらい危うく感じられる。

――この音……忍の金槌《かなづち》の音だ……。

独り廊下を進んだミハイルは、注連縄の前で足を止めた。

刀作りには様々な工程があるが、四代目の留守を預かる孫息子――次代雷斬は、昨日も今日も鍛錬場にいた。

砂鉄から強靭《きょうじん》な刀を作り上げる技術を持ち、あらゆる工程において他の鍛冶場を上回る精度を誇る鍛冶匠太刀風の中でも、花形とされる場所で魂を燃やしている。

少年の名は太刀風忍――いずれは五代目雷斬を名乗る天才刀匠だ。

弱冠十六歳で人間国宝の候補として名が挙がるほどの実力を持ち、一回り以上も年上の鍛冶を補佐役にして、自前の金槌を振り下ろしていた。

無駄なものが一切ない鍛錬場に、金槌の音と振動が響き渡る。

忍の音は、他の刀鍛冶が出す音とは違っていた。力強く、とても美しい。

ミハイルは異国の神など信じていないが、人の『気』は確かに存在すると思っていた。

そして忍は、刀に自分の気を籠《こ》めている。魂そのものといったほうが相応《ふさわ》しいかもしれない。製鉄の神が本当にいるのなら、今この瞬間忍の体に憑依《ひょうい》して、後世に受け継がれる伝説の名刀を打たせているに違いない。

——まさに神事《しんじ》だ……。

この国において、刀作りは神聖なものとされている。

神棚には製鉄の神である金屋子神《かなやごがみ》が祀《まつ》られ、刀を打つ時の服装は直垂《ひたたれ》だった。

刀鍛冶は打ち初めに身なりを整えて祈りを捧《ささ》げ、それから烏帽子《えぼし》を外して鉢巻に替え、襷《たすき》をかける。

酷く暑いだろうに、それでも彼らは神と鉄を敬う装束を身に纏《まと》っていた。

四代目不在時に刀匠頭を務める忍は、今日も白い直垂姿だ。

補佐役は黒い直垂を着ているため、忍の姿が際立って見えた。

振り上げた腕の太さといい、逞《たくま》しさといい、利き腕の完成度は十六歳の少年のそれではない。顔は小さく体も薄いのに、右肩と腕ばかりが著《いちじる》しく発達していた。

力を入れられてめきめきと盛り上がる筋肉は、それこそ鋼《はがね》のようだ。

――何度見ても凄《すさ》まじい……一度力比べをしてみたいものだな。

ミハイルは黙って見学しながら、この国に来てから教わった腕相撲で、忍と勝負したらどうなるかを想像する。案外よい勝負になってしまいそうだが、彼と手を組んで睨《にら》み合い、力任せにねじ伏せてみたかった。

重たい金槌を軽々と振る手は、体のわりに大きく見える。

おそらく掌《てのひら》は硬いだろう。体温が高いイメージがあるが、実際に触れたことはないのでわからない。手と手を組み合わせた時の感触が、想像しきれなくてもどかしかった。

――私にはあと二日しかない。明後日の早朝、備前《びぜん》を発つ。

ミハイルが武器調達の名目で許可を得た滞在期間は、二週間だった。刀の名産地である備前にいられるのも、見学と称して忍の姿を見られるのも、あと一日だけ。

誰もが認める天才刀匠として活躍する忍を前に、ミハイルの心は揺れた。

それが何故《なぜ》なのか、答えを出したくて通っている状態だ。粘り強く通うことで忍や棟梁代理の磯本が絆《ほだ》され、新規の注文を受けてくれることを期待しているわけではない。

もちろん最初のうちは期待もあったが、今は本当に無理なのだと理解している。

それでも、どうしてもここに来たくなるから来ているのだ。

午前中は情熱に任せて剣術の鍛錬に励み、昼食後は書物を読み、それでも落ち着かない自分を抑え込むために、庭球や水泳に興じて血の気を抜く。

しかしやはり落ち着かず、気づくと馬に跨《また》がっていた。

行き先を馬が察して、ここに向かって勝手に走りだす始末だ。

小さな火傷《やけど》でいっぱいの小麦肌も、赤みがかった黒髪も、汗だくで常に煤塗《すすまみ》れの汚れた顔も、忍のどこをとっても自分の好みとは外れているのに、刀を打つ彼に惹《ひ》かれた。

容姿も性別も年齢も関係ないのだ。忍の気魄《きはく》と打ち筋に圧倒され、迸《ほとばし》る思いを断ち切れない。異国の少年のもとに連日通い詰め、立ち尽くして見つめるばかりの自分を滑稽《こっけい》だと思ったが、それでもやめられない何かがあった。

――まただ……瞳《ひとみ》が金色になっている。

真っ赤に燃え輝く刀身を鉄床《かなとこ》に載せ、金槌を振り下ろして鍛え抜く時――忍の瞳は黄金色に染まった。最初に見た時は焼けた刀身の影響かと思ったが、そうではない。

刀を打っている時の忍の目の色は頻繁に変わり、それは長い時間であったり一瞬に近いほど短い時間であったり、まちまちだった。

何度か正面から見たこともあるが、目の錯覚でなければ、瞳孔《どうこう》が縦に開いていた。

まるで猫の目のように、魔性の気配を宿していたのだ。

――瞳が金色になっている時の……この気魄……声をかけるなといわれるまでもなく、同じ空間に足を踏み入れることさえ憚《はばか》られる。

ミハイルは鍛錬場の入り口に立って見学するばかりで、注連縄の先には入れなかった。

入るなとはいわれていない。忍の口から、「入っていいよ」といわれたこともあった。その際に、「火の粉が届かない所までな。ご立派な軍服に穴が開くぜ」と忠告されたが、そんなことを気にして近づかないわけではなかった。

「お暑いでしょう？　冷たい麦茶はいかがですか？」

外廊下に立ち尽くしていたミハイルは、磯本の声に我に返る。気配には敏感なはずなのに、彼が横に立っていることに気づかなかった。

同時に、空色がすっかり変わっていることに驚かされる。あれほどうるさく鳴いていた蟬も静かだ。金槌の音に重なるのは、蛙《かえる》や夜の虫の声に変わりつつある。

――いつの間に夕方に……。

間もなく、神事と呼ばれる作業も終わるだろう。

忍が刀匠の顔を脱ぎ捨て、普通の少年に戻る時がやって来る。

「ありがとう、いただこう」

ここまで見入ってしまう理由が未だにわからず、ミハイルは意図的に表情を消す。

硝子《ガラス》の茶器を手にして、旭帝国に来てから初めて知った麦茶を飲むと、喉《のど》が酷く渇いていたことに気づかされた。

「折り入ってお願いがございます。五代目のあれは、目の疾患だと思ってください」

二十四歳のミハイルよりも一回り以上年上であろう磯本が、真剣な顔で唐突にいう。

　忍の瞳の変化について、本人にも磯本にも訊《き》けなかったミハイルは、触れてはいけないものに強引に触れさせられた感覚を味わった。

「目の疾患？　あれを、疾患だというのか？」

「はい、珍しい疾患です。私らは皆そう思っています。ですが口さがない人の耳に入ればよくないことになる。アルメルスじゃどうか知りませんが、この国の人間は珍しいものに寛容ではないんですよ。五代目自身もそれをわかってるんで、私ら以外には決して神事を見せませんでした。伯爵様にも、他言無用の約束を求めたわけです」

「……他の客には、一度も見せていないのか？」

「はい、そもそも五代目は客人と顔を合わせることすらなさいません。これから作る刀が誰にどういう目的で使われるかわかってしまうと、要《い》らぬ雑念が入るからです。伯爵様にだけ何故あんなにも簡単に見学を許し、連日お会いになるのか、理由を訊いてもはぐらかされるばかりです。権力や財力に屈するような人じゃありませんから、おそらく伯爵様が異国の方で、なおかつ立派な剣士でいらっしゃるからだと思いますが」

「我が国の軍人が、これまでにも大勢来たと聞いているが」

「はい、確かに。うちの製鉄技術や旭日刀《きょくじつとう》に興味を持つアルメルス軍人が次から次へと、それはもう数えきれないほど押し寄せてきて……なかなか苦労しました。ただ、それだけたくさんいらしても、ご自身が使うために刀を欲しがった方は一人もいなかったんです。そういう意味で伯爵様は特別なんでしょうね」

「そうか……」

理由はどうあれ、「貴方《あなた》は特別だ」と忍から直々《じきじき》にいわれたような気がして、ミハイルの鼓動は大きく高鳴る。

ミハイルとて最初から見学を許可されたわけではなく、二週間前に初めてここを訪れた時は、磯本や他の鍛冶から止められた。もちろん忍と顔を合わせることもできなかった。

翌日再び来た際も、「神聖な神事ですから、お見せできません」「同盟国の軍人さんでも貴族様でも、駄目なものは駄目なんです」と突《つ》っ撥《ぱ》ねられた。

旭帝国はアルメルス皇国と同盟関係にあるが、事実上アルメルスの庇護《ひご》下にあり、アルメルス軍の防衛によって他国の侵略から逃れている。

旭帝国の民間人がアルメルス軍人の希望を断固拒否するなど通常では考えられないが、しかしこの国の民には、合理性や損得などとは無関係に優先するものがあった。

国を守る八百万《やおよろず》の神と、現人神《あらひとがみ》である帝を中心とする皇室だ。

刀作りが神事である以上、ミハイルが貴族であろうと軍人であろうと、アルメルスでは指折りの資産家であろうと、そんなことはなんの意味もない。

ところが二日目に粘って帰らずにいると、忍が奥から現れて下の者達を黙らせ、「ここで見たことを一切漏らさないなら見てもいいよ」と——難なく見学を許可してくれた。

「ああ、終わったようです」

丸盆に忍の飲みものも載せていた磯本は、すぐさまそれを持って忍のもとに行く。補佐役の二人の飲みものを持ってこないのは、序列が明確に決まっているためだ。磯本よりも鍛冶としての地位が低い二人は、ミハイルに一礼してから竹水筒の水を呷《あお》る。ごくごくと喉を鳴らし、最後は頭から水を被っていた。

「中尉、来てたのか」

空の色が変わるくらい長い間ここにいたというのに、忍は今頃気づいて歩いてくる。近づきつつも触れ合える位置に立つことはなく、注連縄のこちら側に来ることもない。会話をするには不自然な位置で足を止めると、磯本が持つ盆の上の茶器を手にした。いつもだいたいこのように、忍はミハイルとの間に距離を取る。

「何時間も前からここにいる」

「そうだったんだ？　気づかなかった」

「大した集中力だな。それがピークに達すると、目が金色になるようだ」

ミハイルに目の色のことを指摘された忍は、少し驚いた様子を見せた。視線を磯本に向け、無言ながらに「何か話したのか？」と問い質す顔で睨《にら》む。

「目の疾患だと、お話ししました」

「そうか、ご苦労だった。下がっていいぞ」

磯本は恭《うやうや》しく一礼し、補佐役の二人と共に去った。

ミハイルと二人きりになった途端、忍は明後日《あさって》のほうを向く。

しかし硝子の茶器を手にしたままであることに気づくと、ミハイルの顔を見上げた。

「喉が渇いたので、失礼する」

ミハイルが「どうぞ」という前に、忍は横を向いて麦茶を呷った。

勢い余って口端から零《こぼ》れた一筋の茶が、小麦色に焼けた肌をなぞる。

顎《あご》から首へ、滴が伝った。

忍の顔や手には、火の粉による小さな火傷の痕《あと》が数えきれないほどある。

それでも滑らかそうな肌に浮かぶ汗と混ざって、水滴は忍の一部になった。

ごくんごくん……と音がして喉が動き、次なる滴が鎖骨に向けて流れ落ちる。

直垂の中に滑り込むそれを目で追ったミハイルは、滴に対して強烈な嫉妬《しっと》を覚えた。

同じ所を指で触れ、舌でなぞって、最後は忍の胸に顔を埋《うず》めたい。

そして今、硝子に押し当てられている唇を貪《むさぼ》りたい。幼げにぽってりと膨らんだ唇は、接吻《せっぷん》をしたら冷たいだろうか。それとも冷えた麦茶の温度に負けないくらい、熱っぽいのだろうか。無理やり舌を絡ませたら、どんな声を漏らすだろう――。

「ぼんやりして、どうかしたのか?」

忍と対峙《たいじ》していたミハイルは、真っ直ぐに向けられる黒い瞳に怯《ひる》む。

アルメルスでは同性愛が禁じられているが、それを不自由だと思ったこともなければ、不自然だと感じたこともなかった。ベッドの相手を自由に選べる立場だったミハイルは、数々の美女と割りきった関係を結んできたのだ。

選ぶ相手は意識せずとも金髪ばかりで、碧眼《へきがん》の未亡人が多かった。胸が大きく肉感的であることや、落ち着いた雰囲気の女性であることも一致している。それが自分の好みなのだと、当然のように思っていた。

「ぼんやりなどしていない。お前こそ早く風呂《ふろ》に入ったらどうだ？　今日はいつも以上に汗だくに見える」

目の前にいる少年と早く別れたいあまり、ミハイルは冷たいいいかたをする。

よくよく考えればおかしな話で、彼の神聖な仕事場を覗《のぞ》きにきたのは自分のほうだ。

忍は一応客人である異国の軍人に気を遣って、すぐに風呂に入らずに声をかけてくれているというのに……迷惑そうな顔で追い払うなど、筋違いもいいところだった。

しかし別れたいと思ってしまったのだ。忍と一緒にいると、自分の中の見てはならない一面を突きつけられるような気がして怖かった。

「確かに汗だくかも。今日は真夏みたいに暑いから」

「早く風呂に入れ。着物が汗臭くなるぞ」

「すでに臭いし。だからこうして離れてるんだろ」

ぷすんっとした顔でいい返されたミハイルは、まさかの言葉に耳を疑う。いつもやけに距離を空けるな……とは思っていたが、その理由が臭いにあるとは気づかなかった。

「それでいつも離れているのか？」

「ああ、全身ぐっしょりだし。褌《ふんどし》もさ、絞ると凄《すご》いんだぜ……どばどば汗が出て。鉢巻もほら、髪の色が透けてるだろ？　風呂入って水分たくさん摂《と》って塩気のあるもの食って、あとはもう、泥みたいに寝るだけ」

黒髪が薄《うっす》らと透ける鉢巻を指差した忍は、直垂の衿《えり》に顔を近づけて鼻を鳴らす。

「うん、やっぱ汗臭い」というと、さらに一歩後ろに下がった。

「そんなに下がることはない。私も……いや褌は締めていないが、下着が絞れそうなほど汗を掻《か》いている。お前と同じだ」

「そうかもしれないけど、なんか違うんだよな。あんたからは花の匂《にお》いがする」

「——花？」

「そこらに咲いてるようなやつじゃなく、凄く高そうな花。一流の職人が丹精《たんせい》籠めて育てないと咲かないような、そういうやつ。あ、アルメルスの国花は薔薇《ばら》だっけ？　一度だけ見たことあるぜ。白いのが凄く綺麗《きれい》で……そうだ、中尉の匂いは白薔薇の匂いだ」

「あり得ない。私には軍人としての自覚がある。香水などつけていない」

「雰囲気だよ、そういう印象ってこと。あんた綺麗だからさ」

ははっと笑いながらいわれて、ミハイルは面食らう。

故国でもこちらに来てからも頻繁に向けられる褒め言葉だったが、忍からいわれるとは思わなかった。何しろ忍は刀にしか興味がなさそうに見え、今も、仕事と休息以外は何もする余裕がないという発言をしたばかりだ。

以前こうして立ち話をした時も、「備前は空気が澄み、風光明媚《ふうこうめいび》でよい所だな」といったミハイルに対して、「ここは良質な砂鉄の産地なんだ。砂鉄から玉鋼《たまはがね》を作るには踏鞴《たたら》を使うんで、滅法強い火力が必要なんだけど、それに最適な櫟《くぬぎ》が山を埋め尽くしてる。あと火床《ほど》用の火力の強い炭も豊富に作れて、名刀を生みだすために必要なもんが揃《そろ》ってるんだ。何から何まで凄いだろ？　製鉄の神様がさ、この地で最高の刀を作れっていってるんだと思うんだ」と、熱く語られた。

「あんたみたいに綺麗な人間、見たことないよ」

「……アルメルスに行けば、銀髪碧眼の男など珍しくはない」

忍に興味を向けられていることに、感情が大きく揺れる。

心の底が軽快に浮き足立つように嬉《うれ》しくて、しかしそれを抑え込もうとする理性のほうが上回っていた。

だから嘘《うそ》をついたのだ。アルメルスでは茶色い髪の人間が大半を占め、金髪の者もそれなりにいるが、銀髪となると非常に珍しい。

「あんたの国にいる銀髪の男で、旭日刀を使い熟《こな》す剣士はいるのか？」

「いや、私が知る限りでは……いないな」

いるといえばよかった――すぐに後悔したが、刀に関する嘘はつけなかった。

アルメルス人でありながら旭日刀を使い熟していることへの、自負もある。

「じゃあ興味ない。それは絶対外せない条件だから」

「条件とは、なんだ？　刀の注文を受けるうえでの条件か？」

「剣士以外からの注文だって受けてるよ。今のはなんていうか、他人に興味を持つための条件だな。あんたがいくら綺麗でも、剣士じゃないなら興味ない」

至極当然のこととしていった忍は、手にしていた硝子の茶器を棚に置く。

代わりに竹水筒を摑《つか》むと、今回もまた「飲み足りなくて。いい？」と断りを入れた。

「好きにしろ」

礼儀正しいのか無礼極まりないのか、太刀風忍という人間が摑めないまま、ミハイルは目を逸らす。竹に唇を押しつけ、首を伸ばして水を飲む忍の姿を、直視するのが嫌だったからだ。正確にいえば、見ていたいと思ってしまう自分の願望が恐ろしい。

「あのさ、あと……二日だっけ？」

「憶えていたのか？」

「最初に聞いたし」

空になった竹水筒を、右手、左手と転がしつつ持ち替えながら、忍は滞在期間について訊いてくる。どことなく、唇を尖《とが》らせているように見えた。

――忍……。

ミハイルの中で、俄《にわか》に期待感が高まる。

備前にいられる最後の日までに、「注文を受けるよ」といってもらえるのではないか――何しろ彼らは義理堅いことで有名な民族で、情に絆されやすいと聞いている。日参したら叶《かな》うなどとは思っていなかったが、予想外の効果があったのかもしれない。

「淋《さび》しくなるな、ちょっとだけ」

「――ッ」

忍が口にした言葉は、期待したものとは違っていた。

しかしミハイルは落胆しない。しようにもできなかったのだ。

それどころか明るい色味を帯びた感情が胸に広がり、くすぐったい喜びを感じた。

「私が来たことに、気づきもしないのにか？」

「いや……ほんとは気づいてたけど、気づかない振りしてた」

「何故そんなことを？」

「刀打つのに集中しなきゃいけないし、あんたに目が行ってたら浮気になるだろ？　刀は正直だからさ、拗《す》ねて出来が悪くなるんだ」

それなら何故――何故見学を許すのか、何故「気づかなかった」と嘘をついたり、汗を掻いたからといって距離を取ったり、それでいてこうして立ち話を続けるのか。

一つ一つ理由を訊いて問い詰めたら、忍は顔色を変えるだろうか。

何を考えているのか知りたいが、そのためには勇気や覚悟が必要だった。

「金槌を振っている時、お前の心のすべては刀に注がれているのだな。文字通り目の色が変わるくらい熱烈に、刀を愛している」

「……愛？」

何を考えているのか知るのは怖いのに、話を切り上げて去ることはできなかった。

ミハイルは、愛という言葉をあえて持ちだす。

この国の男の愛情表現は控えめで、求婚する時でさえ愛なんて言葉は使わないと聞いている。愛情といえば、母親が子に抱く感情のことを指すのが一般的らしい。

「愛って、惚《ほ》れた腫《は》れたの恋みたいな意味で使ってる？」

意外にも、忍は照れたような反応を見せた。

刀を打っている時以外は幼く見えるが、それでも十六歳の男子だ。色事のことを少しはわかっていて、「恋」と口にするだけで照れる程度に初心《うぶ》らしい。

「そうだな、そういう意味での愛だ。お前は刀に恋をしているように見える」

「――う、うーん……それは、ちょっと違うかな。親子の情みたいなもんだよ。俺は親、刀は俺の子。子供ってさ、結構嫉妬深いだろ？　だから浮気しちゃいけないんだ。父親の俺があんたの銀髪に見惚《みと》れてたら、いい子に育ってくれなくなる」

「親心を語るには若すぎる」

「これでも刀匠頭だし。代理だけどな」

くすっと笑った忍は、力自慢の右腕を誇るように叩《たた》いた。

日焼けした顔が、どことなく赤く見える。整った白い歯が眩《まぶ》しかった。

「私の髪は、見惚れるほど好ましいものか？」

「ああ、刀みたいな色だからな。光に当たるとますます似てるし、いいなあって思った。しかもあんた顔も綺麗だし、体も凄いの一目でわかるからさ。あと、やっぱそれ」

忍は話しながらミハイルの左腰を指差す。

軍服の腰から下げているのは、忍の亡き曾祖父《そうそふ》が作った刀――三代目雷斬だ。

「初めて来た日……その刀をうちの研ぎ師に預けて帰っただろ？　アルメルス軍人で旭日刀の使い手なんて珍しいからさ、研ぐ前に見せてもらったんだ」

「――これを？」

「ああ……それでなんかちょっと感動したんだよな。何十年も前にここで作られた刀が、海を渡って遠い国でちゃんと手入れされてて、いい状態でさ。三代目もその刀も幸せだなって思ったんだ。あんたみたいな剣士に欲しい欲しいって求められたら、そりゃ、刀匠なら誰だっていい気になるよ。惚れるなってほうが無理な話だ」

忍は視線こそ合わせなかったが、時に真剣に、そして最後には笑いながらいった。

その最後の一言を理解できている自信がなかったミハイルは、すぐに辞書を引きたくてたまらなくなる。惚れたというのは、異性に恋をすること、性的な意味合いで愛することだと認識していたが、忍の口調や表情からして別の意味があるらしい。

笑いながら語る「惚れる」の意味など、ミハイルの中にはなかった。

「お前がいう惚れるとは……どういう意味だ？　私は旭日語を幼い頃から学んできたが、わからない言葉もある。説明してくれ」

「えっ……と、つまり剣士として惹かれるものがあるって意味だよ。剣士として好きってこと。これでわかる？　刀匠だからって客を選びはしないけど……やっぱ飾りものとしてじゃなく、名のある剣豪とか、ちゃんと武器として刀を必要としてる凄腕の剣士に使ってほしいと思ってる——それが本音だ。だから、あんたみたいな剣士に刀を作ってくれって迫られると、嬉しくなるんだよ……凄く」

先ほどとは逆に最後に真剣な顔をした忍は、「凄まじい業《ごう》だろ？」と訊いてきた。

「業？」

「ああ、ごめん……わかりやすくいうとなんだろ、罪かな？」

「——何が罪なのだ？　人殺しの道具を作っていることか？」

「そう。俺はさ、自分の作った刀で人が斬《き》り殺されることを望んでるってことなんだよ。もちろん直接そう望んでるわけじゃないけど、同じことだ」

「それは……」

「刀が本来の役目を果たすことを願ってるわけだし、それは結局……誰かが斬られて死ぬことを望んでるのと同じ。それがわかってるのに、作るのをやめられない。より強く殺傷能力に長《た》けた刀を求めて日々精進してるなんて、どう考えても罪だろ？　鬼みたいだ」

惚れた――という、ミハイルにとって甘いイメージの強い言葉の説明は、徐々に思わぬ方向へと進み、どんよりとした暗雲の如《ごと》き重さを孕《はら》む。

忍はまだ十六歳の少年だが、自分が背負うべき罪業の認識があるのだ。

戦時下にある今、味方が使う武器を作ることに対して罪悪感など覚える必要はないが、考えずにはいられない人間もいる。

そして戦時下においては、考えたところでどうにもできない人間がほとんどだ。

もっとも忍の場合は、状況とは無関係に刀匠になるために生まれ、それは逃れられない彼の宿命のように思えた。もしも刀を使うことが許されない時代であったとしても、彼は刀を作り続けただろう。まさに天職というべきものだ。製鉄を司《つかさど》る神から、「名刀を世に送りだせ」と命じられて生まれてきたに違いない。

「私がお前の刀を手に入れたら、その罪はより重くなるかもしれないな」

「より重く?」

「私はアルメルス軍人だ。祖国と旭帝国の相互協力及び安全保障条約が破棄され、もしもまた……かつてのように敵国となった場合、お前の刀でこの国の人間を斬るだろう」

「そこまでは考えてなかったな。俺が生まれた時にはもう、アルメルスはこの国を守ってくれる大国って感じで、また敵になることなんて考えてなかった」

「可能性は低いが、ゼロではない。だが私は、どうしてもお前の刀が欲しい。棟梁代理を通して何度もいっているが、四代目の刀ではなく、お前が作った刀が欲しいのだ」

「四代目が、もうほとんど打てない爺《じい》さんだから?」

「いや、四代目が絶頂期だったとしても、私はお前を指名する」

「どうして?」

「お前が愛した刀が欲しい——そう思うからだ」

「……っ」

忍は黒い瞳を円くして、瞬きもせずに立ち尽くす。

その一方で、ミハイルは忍以上に身を強張《こわば》らせていた。

類い稀《まれ》な才能があるとはいっても、異国の田舎住まいの平民にすぎないのに、そのうえまだ十六の少年で、同性で、決して恋愛対象になどなり得ないのに、許されるものなら今すぐ距離を詰めて、目の前の体に触れたかった。

——私は、忍の刀が欲しい……欲しいのは、刀だ。

いくら自分にいい聞かせても、理性を裏切る本能が否定してくる。

柔らかそうな唇を塞《ふさ》ぎ、舌をねじ込んで唾液《だえき》を交わし、衿を広げて肌を暴きたい。存在感などないであろう乳首を指先で強引に弄《もてあそ》び、しなやかな足を広げて——そんな、あってはならない衝動を自覚した。

「長居してすまなかった、失礼する」

「——え？　何、突然」

ミハイルは立ち去るためだけに動き、踵《きびす》を返した。

会話の流れからするに、刀の依頼を受けてもらう絶好の機会だと感じていたが、ここに留《とど》まって約束を交わすだけの余裕がなかった。このままでは欲望を抑えきれずに取り返しのつかない無体を働きそうで、自分を止めるためには離れるしかない。

「中尉！　待ってくれ、これ……忘れもの！　手拭い！」

先を急ぐと、背後から忍の声がする。

外廊下を足早に進みながら振り返ったミハイルは、水色のハンカチを手にした忍の姿を目にした。彼は小走りで追いかけてきたが、しかし途中で足を止める。

直垂を着ているせいで走りにくいのか、それとも疲れているせいなのか、普段の活発な言動とは裏腹に、ハンカチを手に立ち尽くしていた。

ミハイルは忍に背を向けて進み、距離が開いていくのを感じる。

玉砂利の上を黙々と歩き続け、玄関と店を兼ねた建物に飛び込んだ。

愚かなことをしてしまった自覚はある。

これまで祖父のいいつけを守って受注を断り、棟梁代理の磯本と共に無理の一点張りを続けてきた忍が、ようやく軟化の兆《きざ》しを見せたのに、最後の踏み込みができなかった。

アルメルスから遠い異国まで、刀を手に入れるためだけに来た自分は、いったいどこへ行ってしまったのだろう。

最強無敵の長太刀が欲しい——その純粋な気持ちを見失いたくない。

決して見失っているわけではないのだ。欲しい気持ちに変わりはない。

けれども、その目的のためだけに冷静に動くことはできなくなっていた。

滞在先である桃瀬《ももせ》侯爵家の別邸に戻ったミハイルは、緑と岩に囲まれた露天風呂で汗を流し、時宗《ときむね》の母親から贈られた浴衣《ゆかた》に着替えた。

夜が更けて秋めいたせいもあるが、何より立地の関係で涼しい屋敷は、旭風建築でありながらもアルメルス人の体格に合わせた造りになっている。

襖《ふすま》も欄間《らんま》も頭が届かない高さまであるので、安心してすごすことができた。

虫の声から受ける印象も鍛冶場とは違って、暑さを増すものではなく、むしろ涼しげに聞こえる。

「ミハイル、真っ暗な庭なんか見てどうかしたのか？」

「真っ暗ではない。今夜は満月だ」

籐《ラタン》の椅子《いす》に腰かけながら外を見ていると、何故か夜会服を着込んだ時宗が現れた。

ここはミハイルが使っている一階の客間だが、時宗も頻繁に出入りしている。

彼の目的はアルメルス語の勉強だ。母親がアルメルス人なので読み書きも会話も完璧《かんぺき》に熟せるが、世代の違う異性に教わったことで不安があるらしい。ミハイルと会うたびに、アルメルス語の実践レッスンに励んでいる。

「私より先に風呂に入ったのではなかったか？　何故そんな恰好《かっこう》を？」

「もちろん明日の夜会のためだ。二着作ったんで迷っている。それより網戸を閉めないと蚊が入るぞ。アルメルスの夏とは違うんだからな」

ミハイルは月夜の庭を見続けていたかったが、網戸をぴしゃりと閉められてしまった。

この国の、ある程度裕福な家の窓には必ずといっていいほど網戸がついている。布団に至っては、夏場は蚊帳《かや》で覆われていた。いわれてみると腕の一部がむず痒《がゆ》い。

「どうだ、これ。光沢のある銀灰の夜会服なんて気障《きざ》だろうか？　主役はお前だから俺は黒でいいかとも思ったが、それじゃ制服と変わらなくて面白味がない気もする。十数年間黒い制服を着続けて、卒業後も黒軍服だからな」

「気障ということはない、よく似合っているぞ」

「本当か？　銀や灰や白はお前に譲らなければならない気がするが」

「それは違うな。私は全体的に淡すぎて弱々しく見えるのが嫌で、軍服は白だが、好んで着るのは濃い色の服だ。まあ、国柄もあるな。淡い色の服を好む貴族は少ない」

「そうか、一年のほとんどが冬なら当然そうなるよな。そういえば、肌を焼いているのはわざとなのか？　子供の頃は真っ白だったのに、今じゃ随分色がついたな」

「剣の鍛錬の際に否応《いやおう》なく焼けてしまうだけだ。この国に来てからさらに焼けた」

「どちらにしても男前なことに変わりはないな。明日は大変だぞ。お前とお近づきになるために、遠路はるばる大勢の御令嬢が押しかけてくるらしい」

黒髪と紺碧《こんぺき》の瞳を持つ時宗は、銀灰の新しい夜会服の襟を正す。

風呂上がりなので靴下は穿《は》いていないが、濡《ぬ》れ髪は整髪料をつけたかのように見え、上半身は本番さながらだ。

彼はアルメルスと旭帝国の血を引き、両親の美点のみを受け継いでいる。

年はミハイルより一つ下の二十三歳で、今は士官学校に通っていた。

「やはり黒にしておこう。これはどうも夏っぽい」

「暦の上ではもう秋か？」

「一応秋だな。それよりなんだ、その顔は……表情が暗くていけない。お前はアルメルス人として理想的な美男なんだ、明日は笑顔で頼むぞ。若い令嬢達より優先して母と踊ってやってくれ。祖国を懐かしむ母が娘時代を思いだせるようにな」

「ああ、わかっている」

　本音をいえば夜会に出ることさえ苦痛だったが、しかしミハイルにとって時宗の母親の桃瀬侯爵夫人は大恩ある女性だ。ご機嫌取りも致し方ないと思っている。

　彼女はペルシック伯爵家の姻戚《いんせき》に当たるアルメルス貴族の出身で、旭帝国の桃瀬侯爵に嫁いだあとも、幼い時宗を連れて里帰りをしていた。

　その際に着物や工芸品を土産として持参し、美術品とされていた三代目雷斬の旭日刀をミハイルの父親に贈ったのだ。

　当時まだ八歳だったミハイルは、その美しさと悪魔的ともいえる切れ味に衝撃を受け、サーベルを捨てて旭日刀を極める道を進んだ。

「暗い顔をしてるのは、明日は鍛冶屋に行けないからか？」

「鍛冶屋でも間違ってはいないが、正式な名称は鍛冶匠太刀風だ。私が行くのは刀を作る鍛刀場のみ。ここ数日はその中にある鍛錬場を見学している」

「鍛錬場とか鍛刀場とか鍛冶場とか、複雑だな。もし行くなら日没までには帰れよ」

「いや、行かない。明後日は汽車の時間が早いし、今日で最後だ」

つい先ほどまでは、明日も行くつもりだった。

しかしもう行けないと思っている。行くべきではないのだ。

また二人きりで会ってしまったら、自分は何をするかわからない。

今も忍がハンカチを届けにきたらどうしようかと、そればかり考えていた。労《ねぎら》ってこの部屋に誘って、唇を奪って腰を抱いて、蚊帳の内側に引きずり込んでしまうかもしれない。一度火が点いたら、忍が嫌がってもやめられない気がする。

忍の作る刀が欲しいが、それ以上に彼自身が欲しいのだ。

ここに来てから約二週間……気づかない振りをしていた気持ちに気づいてしまった。

自分はとても野蛮な劣情を胸に秘めている。あの子を、抱きたくてたまらない――。

「恋に破れたような苦しげな顔をして、自信家のお前らしくないぞ」

「……何を莫迦《ばか》なことを」

「備前に来てから手の届かぬ美人と出会ったか？　まさか我が母ではあるまいし、お前のような男前を袖《そで》にする使用人がいるわけがない。連日通っている鍛冶匠は女人禁制だし、ううん……誰だ？　あ、もしかしてもしかすると、人間国宝の孫息子か？」

まさかの図星《ずぼし》に、ミハイルは取り繕うのも忘れて呆然《ぼうぜん》とする。

背中に冷水を垂らされた心地だった。その冷感が錯覚なのか、それとも正真正銘の冷や汗なのか区別がつかない。

「……何を、あれは……少年だ」

「我が国では珍しいことじゃない。帝都に戻って裏通りでも歩いてみろよ、お前を見たら男娼《だんしょう》がわらわら寄ってくるぞ。公娼以外の娼婦は厳しく取り締まられるが、男娼の規制は緩いからな」

「何故そこで男娼の話になるのだ。彼は優れた技術を持つ刀匠だ！」

「もちろんわかってる。単に我が国の風俗について語っているだけだ。貧しくても見目《みめ》のよい子供は、男女問わず遊郭に売られたりする。まあ……あの子は裕福な職人一家の次期家長だからな、そういう意味では手に入れにくいか」

「手に入れるも何も、同性愛ではないか、蛮族の風習だ！　しかも十六の子供だぞ！」

籐椅子から立ち上がったミハイルの前で、今度は時宗が驚いた顔をする。

切れ長の目を瞬《しばた》かせ、呆《あき》れたことを示すように両手を開いた。

「そんな狭量なことをいうなよ、他国の文化を否定するのはどうかと思うぞ。この国じゃ男色は高貴な人間の嗜《たしな》みでね、名のある武将も高僧も美しい少年を侍《はべ》らせて可愛がったものさ。今じゃ裕福な庶民の粋な遊びになっている。そもそも十六歳を子供とはいわない。妻を娶《めと》って子供がいても驚かない年だ」

「文化を否定したことは謝るが、単純に年齢の問題ではないのだ。実際に接してみて私は彼を幼いと思った。もちろんしっかりしているところはあるが、まだ子供の部類に入ると感じたのだ。それに私は同性愛に興味はない。色白で落ち着いた、年上の女性が好きだ。あのような少年など……」

普段は訊かれても答えない女性の好みについてあえて言及し、勝手に浮かび上がる忍の肢体を脳裏から消そうと必死になっている——そんな自分に辟易《へきえき》しながらも、ミハイルは正直なことをいえなかった。

偏見は持っていないつもりだったが、生まれ育った環境が時宗とは違う。宗教も違う。禁忌な行為を、所変われば粋な文化だといわれても、おいそれと価値観を変えることはできなかった。

「日焼けして真っ黒だったが、なかなかの美少年だったな」

「もうやめろ。この話は終わりだ」

「改めて考えると、あの子はお前に気があるのかもしれない。お前がアルメルス貴族だとわかっていて敬語を使わないのは不自然だろ？　使えないほど学がないのかと思ったら、私に対しては至極まともな口をきいたからな。あれはたぶん、あの子の中で差をつけたい何かがあるんだ」

「それは簡単な話だ。異国の貴族を敬う必要はないが、自国の華族は敬わねばならないと思っているのだろう」

「そうだろうか？　アルメルス人にこそ腰が低くなるのが普通だぞ」

「彼にとって私は、アルメルス人である前に刀を欲しがって頼み込んでくる客だ。人間国宝の跡取りともなると、客よりも売る側のほうが優位になる。それだけのことではないのか？　いずれにしても私は彼になめられているのだ。不愉快な話はもうやめろ」

「なるほど、殿様商売ってわけか」

「――時宗、いつまでもそんな恰好をしていないで部屋に戻れ。私はもう休みたい」

彼は「殿様商売」という言葉を使ったが、ミハイルの中では、忍の敬語に関する法則が苛立《いらだ》ちを露《あらわ》にしたミハイルに対し、時宗は露骨な溜《た》め息《いき》をつく。

見えていた。今日会って話したことで、曖昧《あいまい》だったものがはっきりしたのだ。

なめられているのではなく、むしろその逆といえるだろう。

忍にとっては、刀を愛さぬ者や、剣士以外の人間はどうだっていいのだ。

故に、客の連れであった時宗は、包丁や金物を買いにくる客と同じ扱いになる。だから敬語を使って余所余所《よそよそ》しく対応したにすぎない。

忍は目に適《かな》った剣士の自分だけをテリトリーに入れ、作り手である自身を晒《さら》して接していたのだ。買い手だからと目下に見ているわけではなく、刀にことさら深い思い入れを持つ者同士の連帯感によるものだった。

あえて忍を貶《おとし》めることをいってしまったミハイルだったが、刀に向き合う忍の純粋な気持ちを心から信じている。

「ミハイル、据《す》え膳《ぜん》食わぬは男の恥ってものだぞ。何度もいうが、十六は子供じゃない」

「その話はもうやめろ」

「一度会っただけだが、あの子の視線……あれは完全にお前に見入っていた。仮にあれが色恋に絡む一目惚《ひとめぼ》れではなかったとしても、こんな男前に日参されて熱烈に迫られたら、刀匠としても個人としてもさぞや気持ちがいいはずだ。向こうもたぶん、お前が帰国する前にどうにかなることを考えてるぞ――たぶんな」

自信に満ちた時宗の言葉に、ミハイルは立ち尽くしたまま言葉を失う。

浴衣の袖を握り締めて息を詰めてから、「部屋に戻ってくれ」とだけいった。


翌朝、ミハイルはいつもと同じ時間に起きて、真剣と木刀を手にした。

まだ暗いうちに侯爵家の別邸をあとにする。山の中の開けた道を、ひたすら走った。

体を鍛えるのは、鍛刀に通じるものがある。

筋肉は意識して育てなければ理想の状態にはならない。

山中で素振りをする時はもちろん、黙々と走っているだけの時も全身の筋肉にあまねく神経を注ぐ必要があった。刀のように研ぎ澄まされて無駄のない肉体を作り、それを保ち続けるために、どんな時でも鍛錬は欠かさない。

いつものメニューを熟すと、ようやく空が白み始めた。

ミハイルは上半身裸で山小屋の前の床几《しょうぎ》に腰かけ、滴る汗をタオルで拭《ぬぐ》う。

朝は比較的涼しいが、やはりアルメルスとはまるで違う。この国の夏は暑すぎて、油断すると過度の負荷がかかりそうだった。体力に自信があってもいささかつらい。

しばらく休憩することにしたミハイルは、山小屋の横の小川に足を向けた。

上流の水はそのまま飲めると聞いていたが、あまり野性的なことはできずに口を濯《すす》ぎ、顔や首回りを洗う。旭帝国に来てから少し焼けた肌に、小川の水が心地好かった。

口内に残る水の味は甘く、夜明け前の空気は仄白《ほのじろ》く霞《かす》んでいる。

気温は高いが、肌に触れる風は一瞬の清涼感を与えてくれた。

岩肌を守る苔《こけ》は上質な天鵞絨《ベルベット》に見え、泳ぐ小魚は青みを帯びた銀色だ。

川底の石は丸くて平たいものが多く、裸足《はだし》で浸かれるほど優しいことを知っている。

なんて美しく情緒ある国だろう――二週間前に初めてここに来た時も思ったが、帰国が迫った今はなおさら思う。

旭帝国に入国するためには軍人になるしかなく、そして軍に入ったからこそ、次はいつ来られるか、自分では決められない。

父の旧友の将官に頼み、武器調達のための休暇として特別許可をもらったが、帰国後は戦地に赴く可能性が高いのだ。

アルメルスでは、貴族こそが心身を鍛え、剣や銃の腕を磨き、有事の際は民衆のために戦うべしという考えが古くからあり、戦死は最高の栄誉とされている。

現にミハイルの父親も敵国ダネルの近海で戦死していた。棺には皇帝から賜った勲章が飾られ、功績による陞爵《しょうしゃく》で、ミハイルが継ぐ爵位は子爵ではなく伯爵となった。

華族は皇室の藩屏《はんぺい》として帝と皇室を守り、民は帝のために国土を守るべし――という、旭帝国の考えとは違うのだ。アルメルス貴族の平均寿命は、民のそれより遥《はる》かに短い。

――帰国すれば明日をも知れぬ身でありながら、私は長太刀の制作を依頼しようとしていた。自分が死ぬ可能性について、考えるのを避けていた気がする。

旭日刀を愛し欲する気持ちばかりが先行していたが、旭帝国の人間国宝相手に、取りにこられる保証のない刀を依頼するのは失礼な話だ。

当初の予定では、四代目の刀が完成した時、自分が受け取りにこられない状況だったら桃瀬家の人間に頼めばいいと思っていた。死んでいようと生きていようと、報酬を預けて受け取ってもらう術《すべ》はある。この戦時下では仕方がなく、ましてや異人である自分なら、それくらいの不義理は許されると思っていた。

前髪から滴り落ちる小川の水を掌で受け止め、ミハイルは深い息をつく。

左手に嵌《は》めた家宝の腕輪が濡れて、プラチナが刀の刃のように煌《きら》めいた。

――四代目ではなく五代目の……忍が作った刀なら、決して誰にも任せたりはしない。

たとえ戦地にいようと、帰還次第すぐに自分で取りにいく。もしも死んでいたなら、その時は……この国でいう幽霊となって現れる。こんなふうに思うのは、刀そのものではなく刀匠自身への特別な想いがあるということだ。私は……自分が思っていた以上に普通の、ありきたりな恋心を抱く俗物なのかもしれない。

忍の刀が欲しい――その気持ちは剣士として純粋なものだが、そこに混じる欲がある。下心といっても誤りではない欲望だ。忍に刀を作ってもらうことは、彼と再会の約束をするのと同じこと。それを欲する気持ちが確かにあった。

「おはよう。手拭い、使うか？」

「ああ、ありがとう」

不意に声が聞こえてきて、ミハイルは川縁《かわべり》に膝《ひざ》をついたまま返事をする。

しかし人がいるはずがないのだ。水音や木々のざわめき、小鳥の囀《さえず》りが重なって起きた幻聴に、うっかり返答してしまったのだと思った。

「これ、中尉が落とした手拭い。洗っておいたから」

髪や顎の先から水を滴らせながら、ミハイルは振り返る。

斜め左に、彼は確かに立っていた。幻聴でも幻覚でもなく、本物の太刀風忍だ。

「――っ、忍……どうして、ここに……」

目で見ても耳で聞いても信じられず、ミハイルは彼の答えを待つ。

忍は刀を打つ時の直垂姿ではなく、涼しげな甚平《じんべい》を着ていた。

烏帽子や鉢巻もないため、自由な黒髪がさらりと揺れる。

「昨日、小さい手拭い落としただろ？　うちはあちこち煤だらけだからさ、綺麗にするの大変だったんだぜ。でもほら、一晩でなんとかなった」

紺色の甚平姿の忍は、水色のハンカチを広げて見せる。朝靄《あさもや》に溶け込んでしまいそうな笑顔で、「縫い目もちゃんと白くなった」と、誇らしげにいった。

「す、すまない……しかもこんな所まで……手間をかけたな」

「いいよ、早朝に散歩するの好きだし。かなり遠かったけどな」

「何故ここが？　侯爵家の者に聞いたのか？」

「ああ、お屋敷に行ったら女中さんが坊ちゃんを呼んでくれてさ……えっと、なんて名前だっけ？　中尉の友達の士官学校生の人」

「時宗だ」

「そうそう、その時宗様が凄い親切でさ、中尉はこの辺りにいるって教えてくれたんだ。寝てるとこ起こされたみたいなのに全然嫌な顔しないで、地図まで描いてくれたんだぜ。あんな親切な華族様もいるんだな」

忍の笑顔は快活なものだったが、しかしどこかぎこちない。

同じくミハイルも落ち着かなかった。時宗に昨夜いわれた言葉が頭を掠《かす》める。

目の前の忍がいつになく緊張していて、もうすぐ帰国する自分のことを特別に意識してくれているように見えたのだ。

「これ、手拭い」

「あ、ああ……ありがとう。これはハンカチというんだ。略語だが、それで通る」

「ハンカチか、そういえば学校で習った気がする。子供の頃から職人やってるけど、高等小学校は出てるんだぜ。アルメルスの言葉だって少しはわかる。ほんのちょっとな」

「そうか、同盟国だからな。敵ではない時代でよかった」

「うん、ほんとに」

差しだされたものを受け取らずにいたミハイルは、躊躇《ためら》いつつも手を伸ばす。

そして意図的に指に触れた。忍が何を考えているのか、知りたかったからだ。

「……ぁ」

その瞬間、俄に忍の表情が変わる。触れた——と、認識した顔だった。

しかも声まで漏らしたのだ。小川のせせらぎに負けそうな声だったが、間違いない。

物品の受け渡しの際に同性と指が触れ合っても、普通はこんなふうに表情を変えたりはしないだろう。

触れたことを意識するのは、特別な感情があるからだ。

もしくは、相手に意識されていることに気づいていて、警戒しているからだ。

——警戒ということは……あり得ない。それなら、まだ薄暗い早朝に山の中まで会いにくるはずがない。こんな誰もこない場所で二人きりになったり、するはずが……。

ハンカチを落として去ったのは、昨夕の出来事だった。

あの時に受け取らなかったのは、この瞬間のためだったのだと今はわかる。

夜の間も、庭を見ながら幻影を浮かべていたのだ。自分に会いにくる忍の姿を——。

「あの……手、放してくんないと……」

ミハイルはハンカチごと忍の手を握り、中腰姿勢から完全に立ち上がる。

身長差が歴然として、忍は思いきり見上げる恰好で再び笑った。

「ほんとに背え高いな。やっぱり凄い体してる。それに、剣士の手だ」

黒い瞳で眩しげに見つめられると、制御できない筋肉が勝手に運動を開始する。

客観的に見てもわかるくらい胸が隆起して、心音が体中に鳴り響いた。

忍に口づけたい、抱きたい——そんな欲望で身も心もはち切れそうだ。

「太陽が出ている時で、よかった」

「……ん？　まだちょっとしか出てないけど、太陽が何？　どういう意味？」

「明るいと、悪さはできない」

口ではそういいながらも、ミハイルは視界の隅にある山小屋を意識する。

ここは桃瀬家の私有地で、小屋の中には非常食や毛布やタオルが用意されていた。

扉を開ければ、今が朝であろうと無関係に暗がりに飛び込める。

引きずり込むのは簡単だった。無体を働いたところで、「そんなつもりじゃなかった」と泣かれることはないだろう。確信は持てないが、そんな気がした。

今も繋がっている手や視線から、拒絶の色は感じられない。

「夜だったら、悪さしてた？」

「――それは、わからないな。私は自分を理性的な人間だと思っている」

「そっか……」と、忍は少し残念そうにいった。

その気持ちは自分も同じだ。残念でたまらない。

ただ見つめ合っているだけで、ただ手を握っているだけで、こんなに心乱されるなら、それは紛れもなく恋だ。昼も夜も関係ない。心はすでに溺《おぼ》れている。

「忍……」

意志の強い眼差しが好きだ。刀作りに熱中して変化する魔性の瞳も、明るく聴き心地のよい声も、甘そうな唇も、赤みがかった黒髪も……日焼けしてなお瑞々《みずみず》しい肌や、少年と青年の中間に位置する未成熟な体もたまらなく好きだ。

忍という人間を作り上げるすべての要素が目の前にあり、そのすべてを愛しく思う。

彼の刀にも惹かれるが、それ以上に彼が好きだ。

「手を、放してくれ。もう一つ渡したいものもあるし」

忍に見つめられながらいわれ、ミハイルは名残惜しく手を引く。

衣嚢《いのう》から何かを取りだしている姿を、目に焼きつけるように見つめた。

忍は少しずつ表情を切り替える。真剣な顔をしながら拳《こぶし》を突きだし、手を開いた。

体のわりに大きな手に握られていたのは、鋼鉄の塊だ。胡桃《くるみ》くらいの大きさがある。

「それは？」

「俺が初めて作った玉鋼の欠片《かけら》。備前の良質な砂鉄を玉鋼にして、これを使って旭日刀を作るんだ。この国は小さい島国だけど、貴重な資源や世界に誇れる技術力がある。だからこそダネルや近隣諸国に狙《ねら》われるし、アルメルスみたいな大国に守ってもらえる」

「――話には聞いていたが、触れるのは初めてだ」

ミハイルは忍の手から玉鋼を受け取り、軽く握ってみる。

かつて触れたことのある火山岩に似た感触だが、もっと艶《つや》があった。

忍が初めて作った玉鋼ということは、数年前に精錬されたもののはずだ。

しかし錆《さび》は微塵《みじん》もない。

「国の礎《いしずえ》みたいなもんだけど、俺には生きる糧かな」

忍は笑いそうで笑わず、玉鋼を握ったミハイルの手の甲に触れた。

やはり真剣な目をして、じっと見上げてくる。

「中尉、俺はあんたのために最高の刀を作りたい」

「忍……」

「人殺しの道具っていうより、あんたに害をなす奴を消すための道具として作るよ。何をどういったところで人斬りの道具ではあるんだけど、いつもと違う気持ちで作りたい」

忍はミハイルが何かいう隙《すき》を与えず、「だから四年待ってくれ」といった。

棟梁代理の磯本から、忍の制作予定は四年先まで埋まっていると聞いている。

「四年は、長いな……そうまでいってくれても、割り込みは許されないのか」

「うん……あ、そういえば先日初めて、忍者……っていうか、忍びを見た。勝手にうちに入り込んで顧客名簿を写してるのを目撃してさ、驚いたぜ。あんたの差し金なんだろ？」

「――それは……」

澄んだ瞳で見つめられながら問われ、嘘はいえなかった。

事実、時宗に頼んで桃瀬侯爵家の子飼いの忍びに動いてもらったのだ。

希望通り名簿の写しが届いていたので、まさかそんな失態があったとは思わなかった。

「名簿自体は盗まれてないけど、ああいうのは感心しないな」

「すまない」

「謝るくらいならやるなよ。予約者を買収する気だったのかもしれないけど、もし注文の取り消しが出て予定が空いても、今はまだ受けなかったと思う。俺は最善を尽くして刀を打ってる自負がある。でもいくら頑張っても完璧じゃないんだ。肝心の体が出来てない。

人間国宝にもなってない。あんたの刀を作るのは、俺自身が最高になってからだ」

「お前自身が、最高に……」

それはなんて魅惑的な言葉だろうか——そう思って呟《つぶや》くと、忍は頷く。

まだ薄い胸を軽く叩いてから、頭の天辺《てっぺん》に手を伸ばした。

「中尉みたいに立派な体になって、背も伸びた頃に作るよ。普段は雑念が入らないように注文者の情報は一切聞かないし、客とは顔も合わせないいんだけど、あんたの場合は別だ。雑念じゃなく、あんたのことだけを考えて入魂の刀を作る」

「そうか、それは楽しみだな」

「あんたは貴族だし、軍人でも前線に行ったりはしないんだろ？　四年後にまた、無事に会えるよな？　その時までにもっとでかくなって、腕を上げておくからさ」

瞳を輝かせる忍に向かって、ミハイルは「ああ」としかいえなかった。

桃瀬家の子飼いの忍びの協力を得て顧客名簿の写しを入手しながらも、買収という手を使うのを自ら中止したことも、この国のお飾りの華族軍人とは違い、アルメルスでは貴族こそが率先して戦地に赴かねばならないことも——何もいえずに、玉鋼を握り締める。

「これを、約束の証として持っていてもいいか？」

「ああ、そのつもりで渡したんだ。刀と交換だな」

忍は笑い、ミハイルも無理に笑みを作る。

刀も欲しいが、何よりもう一度忍に会いたかった。

軍人として、剣士として、戦地で潔く散るのも悪くない人生だと思ってきたが、それをどうしようもなく恐ろしく感じる。

忍が今と同じようにきらきらとした瞳で見つめてくれるような、剛健な剣士であり続けたい。腕を失うことも目を失うこともなく、生きて再び会えるように――。

「今日も見に来る？　最後の日だよな？」

「いや、今日は……外せない夜会があって……日中も、茶会に出ることになった」

本当はこのまま忍と並んで鍛冶匠太刀風まで歩きたい気持ちで胸がいっぱいだったが、そうもいかない事情があった。世話になっている桃瀬侯爵夫妻に対して、尽くさなければならない義理がある。

「――あんたに、話しておきたいことが、あったんだけど……」

「話しておきたいこと？」

思いがけない言葉を鸚鵡《おうむ》返しにすると、「あ、いや、なんでもない」と返された。

「なんでもないことはないだろう？　なんだ？　今はいえないことか？」

「ほんとになんでもないんだ。あ……夜会とか茶会とか、なんか華族様っぽいな。いや、貴族様か。着飾ったあんたは凄く華やかなんだろうな……ちょっと見てみたいかも」

誤魔化《ごまか》すようにくすっと笑った忍は、ミハイルに何もいわせぬ勢いで「じゃあまた……

四年後に」と一方的に締め括った。

「忍……」

黒い瞳に別れの淋しさを見出したかったミハイルは、忍の目を見つめ続ける。

しかし本当のところはわからなかった。いったい何を話したかったのかも気になるが、その前に忍が口を開く。

「あのさ……この国は、戦争中とは思えないくらい平和で、こんなに呑気《のんき》でいられるのはアルメルス軍のおかげだってこと、わかってるから。だからなんていうか、ありがとう。絶対……気をつけてな」

せめて別れの口づけをしたいミハイルの眼下で、忍は唇を引き結ぶ。

押さえつけて不埒《ふらち》に貪ることなど、してはならない気がした。純粋に身を案じてくれる清らな少年に、大人の穢《けが》れた劣情など見せられない。

「ああ、気をつける。ありがとう」

手を出せずに、ミハイルは玉鋼を握り締めた。

忍は、「じゃあ、また」と再びいって片手を上げる。

何を話しておきたかったのかも訊けないまま、ミハイルは忍の背中を見送った。

磨《す》り硝子のように靄がかかる早朝の風が、二人の間を流れていく。

心まで濁されて、日が昇っても晴れることはなかった。

桃瀬侯爵夫人に求められるまま、既婚女性ばかりの茶会にも、未婚の令嬢が大勢集まる夜会にも出席したミハイルは、役目を終えるなり着替えもせずに馬を駆った。

二週間の滞在期間中、世話を焼いてくれた夫人の顔を立てた今、身も心も向かう場所は一つだ。今朝のことを一日中何度も思い返して、激しく後悔していた。

女性達と歓談している時も踊っている最中も、夜になったら忍に会いにいくことだけを考え、時間がすぎるのを待っていたのだ。あまりにも不甲斐《ふがい》ない自分を詰《なじ》りながら——。

鍛冶匠太刀風の前で馬を降りたミハイルは、灯りの乏しい建物を見渡す。

敷地は高い塀に囲まれており、門が閉まっている今は中がまったく見えなかった。

刀鍛冶というものは、真摯《しんし》な仕事をするほど経費が嵩《かさ》むのが普通で、高額な刀を扱っているからといって裕福とは限らないが、ここは別格だ。

旭帝国最高、いわば世界最高の製鉄技術を誇り、大量生産は不可能な最強の鋼と刃物を生みだしている。広々とした敷地も外廊下で繋がった無数の建物も、鋼鉄製の忍び返しがついた頑丈な石塀も、人間国宝が率いる最上の鍛冶集団に相応《ふさわ》しいものだった。

初めて来た時は、大事な刀を研ぎ師に数日預ける都合上、堅牢《けんろう》な建物に安心感を覚えたものだが、今は高い塀が忌々しい。分厚い門が憎くなる。

会いたい人に密かに近づくこともできず、門前で呼鐘を鳴らして待つしかないのだ。

夜会服姿で薄暗い門の前に立っていたミハイルは、閂《かんぬき》を抜く音を耳にする。

背後は暗い森で、近くに民家はない。小さな音でもよく響いた。

閂を抜いて現れるのは誰か——真っ先に想像したのは、棟梁代理の磯本の顔だ。

しかし実際に門の向こうにいるのは、より階級の低い職人ではないかと思った。

夜間の来客に応対するのは誰なのか、わからないままミハイルは挨拶《あいさつ》の言葉を考える。

もうすぐ日付が変わる時刻だ。早朝から汗水流して働いて、疲労困憊《ひろうこんぱい》して眠る職人達を起こしてよい時間ではない。誰が出てこようと、まずは謝罪するのが筋だろう。

「——ッ……」

ギギイッと音を立てて開かれたのは、門の横にある通用口のほうだった。

そこから誰かが顔を出す。最初は暗くてよく見えなかったが、すぐにわかった。

外に出てきたのは、他でもない忍だ。四代目が湯治場巡りで不在の今、代理で刀匠頭を務めている忍が、突然の訪問者の前に現れる。

「忍……っ、何故……」

驚きを隠せないミハイルの前で、忍は後ろ手に戸を閉めた。さらに錠をかける。

履物は雪駄《せった》だった。ほとんど足音を立てずに、そろりそろりと近づいてくる。

健康的な小麦色の肌に白い浴衣がよく映えて、月よりも眩しく見えた。

「暗くなったら、悪さしに来るかと思って」

どこか皮肉っぽい笑いかたをした忍まで、あと一歩——そう思った時には思いきり踏みだしていた。何かいう余裕もなく肩を摑み、顎を摘まんで上向きにする。

「——ぅ、ん……ぅ」

最早こらえきれず、ミハイルは忍に接吻した。

唇の感触がわからないほど荒々しく口づけて、歯列を舌で抉《こ》じ開ける。

今朝のうちにこうしておけばよかったと、今もまた後悔した。そうしておけば、一日のうちに二度もこんな悦びを味わえたのだ。

「う、ん……ぅっ」

「——ッ、ウ……」

接吻など戯《たわむ》れに何度もしてきたが、これほど感慨深い接吻は初めてだった。

美女を落とした征服感でも優越感でもなく、ただひたすらに嬉しい。

忍が可愛くてたまらなくなって、愛《いと》しさが心の襞《ひだ》に沁《し》みていく。

「ん、う……ふ、ぅ……」

忍は抵抗しなかった。それどころか夜会服の袖を摑んでくる。

おずおずと突きだされる舌を吸ったミハイルは、忍の頰《ほお》に触れた。

うなじにも手を添え、頭ごと掬《すく》い上げてより深く口づける。

触れた肌は、指先が驚くほどしっとりとしていた。

――いい匂いだ……肌も、浴衣も……。

旭帝国にはきめ細やかな肌の人間が多いが、忍の肌は火傷に見舞われながらも滑らかで、手触りは極上の絹に似ている。糠袋《ぬかぶくろ》で洗ったばかりなのか、接吻をしていてもわかるほど肌が匂い立っていた。

「……っ、は……ぅ、あ……」

艶《なま》めかしく汗ばんだ首が、呼吸のたびに震える。

忍が香りのよい糠袋を使ったことや、浴衣に香を焚《た》き染《し》めたことに気づいたミハイルの情動は止まらず、感極まって胸が閊《つか》える思いだった。

汗臭いから近寄るなといって必要以上に距離を取っていた忍が、わざわざ芳香を纏って待っていてくれたのだ。日中は凜々《りり》しく剛腕の刀匠であったり、いささか生意気な少年であったりするのに、今はなんて可愛らしいのだろう。

――忍……私はこれまで、いったい何をしてきたのか……一通りの経験をしたと思っていたが、まだ恋すらも知らなかった。刀以上に何かを欲したことはなく……誰かを愛したことも、強く求めたこともない。自分の命にすら、大した執着はなかったのだ……。

恋した相手と交わす接吻――初めて知ったそれは、凄まじい快感を齎《もたら》す。

恋の悦楽にやみつきになって、血道を上げてしまいそうだった。

「ん、ふ……ぅ」

「――ッ……」

いつまでもこうしていたい気持ちと、先を求めて昂《たかぶ》る気持ちが鬩《せめ》ぎ合う。

忍を抱いて、一生忘れられないよう自分を刻みつけたかった。

しかしここは鍛冶匠太刀風の門の前だ。

忍を馬に乗せてどこかに行き、誰にも見咎《みとが》められない場所に引きずり込みたい。

近隣の宿でもいい、小川の側の山小屋でもいい。とにかく早くどこかに移動して、忍の帯を解きたい。

「……ん……は、ぅ」

「忍……」

唇を名残惜しく離すと、忍は急いで息を吸い、どことなく照れた様子で目を逸らした。

いつも堂々としている彼が見せる初心な表情が愛しくて、ミハイルは瞼《まぶた》を閉じる。

目に焼きつけるだけでは飽き足らず、写真を撮るかのように脳裏に写した。

「……中尉、それ……夜会服って、やつ？」

瞼を上げるなり問われ、ミハイルは「ああ」と答える。

忍の顔は赤く、唇はわずかに震え、黒い瞳や白眼が潤んでいた。

そのくせ接吻が終わった今、努めて平静であろうとしているのがわかる。

うなじや腰に性的な手つきで触れても、忍の表情は少しずつ素に戻っていった。

「凄く似合ってる。思った以上に」

真っ直ぐな目でいわれ、ミハイルは戸惑う。

忍には、今すぐどこかに行ってこれ以上のことをするという考えが、まるでないように見えたのだ。

蒸し暑い中、夜会服のまま上着も脱がずに馬を駆ったのは、忍に見せるためだった。

見てみたいといわれたから着てきたが、忍の前で脱ぐことは叶わないのだろうか。

接吻だけで別れ別れになって、抱けずに何年もすごすのはあまりにも悲しい。

初めて知った恋なのに……最悪の場合は、もう会えないかもしれないのに――。

「お前が好きだ」

抱けないのは甚《はなは》だつらいが、無体なことができないほど忍を大切に思った。

せめて気持ちを伝えたくて、ミハイルは小さな顔を両手で包みながら告げる。

忍を抱けないとしても、こうして自分の恋情を信じられる瞬間は幸福なものだ。

今にも、「じゃあ、おやすみ」といいだしそうな忍に、同じ言葉を返してほしかった。

「お前を愛している」

玉鋼に誓った刀の約束とは別に、恋人として再会を誓いたい。

それさえあれば、いつどんな時も忍と会える日を励みに生きていけるだろう。

どうなるかわからぬ身ならば、心に残らないように去るのが優しさなのかもしれない。

しかし抑えきれない欲がある。

たとえ身勝手な愛情だと憎まれようと、彼の一部として記憶の中に鮮やかに残りたいと思うのだ。

船上で散って海の藻屑《もくず》になろうと、忍の心の中で生きていたい。

それが痛みを伴う傷であろうと、深く刻みつけなければ離れられない。

「好きとか、愛とか、そんなこと……いわなくていい」

「何故だ？　私は、お前にも同じことをいってほしい」

確かに嬉しそうな目をして照れたのに、忍はぷいと横を向いて「いわない」と答える。

両手で包み込んでいた顔を無理やり正面に戻すと、眉《まゆ》を寄せて唇を引き結んだ。

恋をするというのは不思議なもので、生意気で強気な目で睨まれても、ただただ愛しく思えてしまう。

「そんな顔をしても可愛いだけだぞ。私はお前を愛している」

「っ、この国では男はそういうことといわないもんだ。恥ずかしいからやめろよ」

「私はアルメルス人だ。同性を愛する日が来るとは思わなかったが、お前を愛している」

「……だから、何度もいわなくていいから！」

忍は声を張り上げると、いきなり抱きついてきた。

ぎゅっと……息苦しいほど強く胸や背中を締めつけられる。

恋人同士の色めいた抱擁ではなく、子供が親に縋《すが》りつく仕草に近かったが、それだけに必死に感じられた。誰よりも本気で別れを惜しんでいるのが伝わってくる。

「あんたを、信じても……いいのかな？　あんたには、話しても……」

忍の唇は夜会服の上着に埋まっていて、普段は通りのよい声がくぐもっていた。

いつになく聞き取りにくい声は、忍の迷いの表れに感じられる。

「今朝、私に話しておきたいといっていたことか？　お前のことならなんでも知りたい。もちろん誰にも秘密を漏らしたりはしない。信用してくれ」

忍が「話しておきたいことがある」といっていた内容について、ミハイルは今日一日、着飾った貴婦人を前にしながらもずっと考えていた。

根拠はないが直感的に、忍にとって重大な秘密のような気がしたのだ。色が変わる瞳と関係があるような気がして、それを聞かずに帰国するわけにはいかないと思っていた。

「誰にもいわないって、約束してくれ。いわれたら、たぶん……拷問されて殺される」

「――なんだ、それは……」

予想していた以上のことをいわれて、ミハイルは忍の肩を引《ひ》き剝《は》がす。

顔を見て話さずにはいられなかったが、忍はそれを拒むように俯《うつむ》いた。

「誰にもいわない。約束する。いったいどういうことだ？　力になれることはあるか？」

自分の生死にかかわることを告白しようとしている忍に対して、ミハイルはどうしたら己の真《まこと》が示せるのかわからず、もしもできるものなら胸を切り開いて、一点の曇りもない想いのすべてを見せたくなる。

心から信用してほしい、何をいわれようと愛している、お前の力になりたい——そんな想いばかりが詰まった胸がここにあるのだ。

「俺は、鬼の子なんだ……半分、人間じゃない」

忍は俯いたまま小さな声で告白し、それから恐る恐る視線を上げる。

嫌われたくないが、騙《だま》したくない。本当の自分を知ったうえで好きになってほしい——忍の胸中にある想いは、その胸を切り開かなくても見えた。気持ちをすべて書いたような顔で、不安を押し殺しながら見つめてくる。

「お前が何者でも、私の愛は変わらない」

「中尉……」

「心配しなくていい。お前は人間に囲まれながら人並み以上に立派に生きているのだから、これまで通り堂々としていればいい」

鬼がどういうものか、ミハイルは詳しく知っているわけではなかった。

アルメルスでいうところの悪魔に相当し、人間を喰《く》い殺したり魂を吸い上げたりすると聞いたことがあるが、たとえ鬼だといわれようと悪魔だといわれようと、忍に返す言葉は変わらない。何をいわれても即答できる。

　不安を押し殺しながらも勇気を出して告白してくれた小さな想い人に、他に何がいえるだろう。妖精《ようせい》でも天使でも悪魔でも鬼でも、同じ時代に生まれて、こうして出会って目の前にいられるならそれでいい。

「そんなふうに、いってもらえると思ってなかった。いや、違うな……いってもらえると思ってた。期待しちゃいけないとか、自分にいい聞かせてたけど、本当は期待してた」

「ご期待に添えたようで何よりだ」

「怖く、ないのか？　鬼の子と接吻したのかと思うと、嫌にならないか？」

「嫌なわけがない、天にも昇る気持ちだ。そもそも私を取って喰うわけではないだろう？　仮に喰われても、お前の血肉になるなら構わない」

「──っ、あんたって、思ってた以上に……男気、あるんだな」

　忍は目を円くしてから少しだけ笑ったが、憂いの消えない顔で唇を結んだ。

　照れているようだったが、それ以上に重く心にかかる不安があるようだった。

　眉を開くことなく考えを巡らせている様子を見せ、沈黙の果てに再び口を開く。

「俺の父親は……鬼だったんだ。真っ黒な角が生えてたし牙《きば》もあったし。けど俺の母親を凄く大事にしていて、俺にも優しくて……人を襲うような悪い鬼じゃなかった。鬼も色々なのがいる。人間だって色々いるように、鬼だって……っ」

忍の双眸《そうぼう》から涙が落ちるのを見て、ミハイルはこらえきれずに唇を求めた。

鬼の父親を持つことがどういうことなのか、具体的にわからなくても、今何をするべきなのかはわかる。不安がる忍に変わらぬ愛情を寄せて、それを如実に示すことだ。

「ん、う……ふ……っ、ぅ」

「──ッ、ゥ……」

ミハイルは忍の腰を抱きながら、最初の時よりも深く口づける。

鬼の子である忍の体に触れたい気持ちと、唇を崩し合いたい気持ち、そして舌を絡めて唾液を啜《すす》りたい気持ちも全部、わかりやすく接吻で伝えた。

何も心配は要らない。完全な人間だと思っていた時と一切変わらないのだということを実感してほしい。不安に震える胸を撫《な》で下ろし、愛に浸って──。

「う、ん……っ、あ……」

「……ッ……」

ちゅぷっと音を立てながら、ミハイルは忍の歯列を舌先でなぞる。

このまま勾引《かどわ》かして骨の髄まで自分のものにしてしまいたかったが、泣いている少年に欲望をぶつけることはできなかった。だからせめてありったけの愛を籠めて……優しくも激しい、呼吸すら奪うような口づけを交わす。

「は……っ、ふ、あ……は……っ」

忍は苦しさに喘《あえ》いで、自ら首を引いた。

肩で息をしながら手の甲でぐいぐいと涙を拭い、口角から溢《あふ》れた唾液も拭う。

「何度でもいう。お前を愛している」

これまで一度もいわなかった言葉を何度も口にしたミハイルは、その想いを腕に込め、忍の体を抱き締める。小さな頭に顔を寄せて、黒髪に口づけた。

願わくは、四年後にもう一度同じことができますように。

その時こそ、大人になった忍と愛を交わしたい。

「四年なんて、あっという間だ。俺、きっと凄く大きくなってるよ」

「お前がどんなふうに成長しても、変わらず愛すると約束する」

愛の言葉を惜しみなく告げると、忍は時間をかけてゆっくりと顔を上げた。

もう泣いてはいなかったが、濡れた黒い瞳が月光を跳ね返している。

瞳の色が俄に金色を帯びていった。刀を打つ時の目に近い。

瞳孔の形も変化し、一瞬縦になってからまた戻る。

「忍……」

ああ、彼にとって自分は特別なのだ。

それを明確に感じられた瞬間だった。

《三》

帝都郊外、孤島吉原《よしわら》、百間橋《ひゃっけんばし》――。

初秋の夜にミハイル・ロラン・ペルシックと再会した忍《しのぶ》は、人違いだといい張ることの虚しさを感じながら立ち尽くしていた。いまさら何をいったところで意味はなく、すでに彼のことを「中尉」と呼んでしまっている。

「忍……この一年間ずっとお前を捜していた。約束の四年後に会いにいったのに、鍛冶匠《かじ》太刀風《たちかぜ》は全焼し、お前の行方を誰も知らなかった。どこを捜しても見つからず……」

「その名前で呼ぶなよ。拷問されて殺されるって、前にもいっただろ？」

今は亡き祖父や、罪なくして死んでいった従業員の顔を思い浮かべながら、忍は背後に迫る華衛団《かえいだん》の足音を耳にする。

ミハイルと再会して郷愁に駆られている場合ではないのだ。

今すぐに、目の前の男の口を塞《ふさ》がなくてはならない。

「――っ、しの……！」

忍は刀を手にするミハイルの懐に入り、自ら彼に口づける。

時宗《ときむね》の視線も華衛団の視線もお構いなしに抱きついて、背中に指先を這《は》わせた。

五年前と同じだが、今は胸に顔を埋《うず》めたりはしない。彼の唇を味わいながら、艶《つや》っぽく抱きつくのは簡単だった。もう三年も、陰間《かげま》として生きている。

「ん、ぅ……ふ……」

呆然《ぼうぜん》と立ち尽くしながらもミハイルは接吻《せっぷん》を受け入れ、一切抵抗しなかった。

彼の舌を味わってから顔を引いた忍は、今度は耳に迫る。

形のよい耳殻《じかく》を軽く齧《かじ》り、耳朶《みみたぶ》を舌先で揺らした。

「俺の名は紫乃《しの》。奥吉原にある紫櫻楼《しおうろう》の御職《おしょく》……要するに売れっ妓《こ》の陰間だ」

囁《ささや》くと、ミハイルの体はわずかに震えた。

忍が語った今の立場に、あからさまに衝撃を受けている。

「昔の名前や家のこと知られると困るんだよ──察してくれ」

肩甲骨の辺りに指を添えながら頼むと、彼はわけがわからないと訴えたい表情を見せ、しかし一言も文句はいわずに、「紫乃……」と呟《つぶや》く。

「──紫乃……」

さらにもう一度、ミハイルは「忍」と呼びたい気持ちを表すように口にした。

とりあえず聞き分けてくれた彼に、忍は無言で頷《うなず》き返す。

五年前に、鬼の子だと告げてあった。おそらく妖刀鬼《ようとうき》との関係を推測しただろう。

素性を知られると困るということだけは理解してくれたようだった。

「ありがとな……あんたは、昔と変わらないな」

「この数年の間に何があったのだ？　すべて話してくれ」

「変わらないってことはないか……昔より、ずっといい男になった」

「紫乃……」

変わってしまった自分とは違って、ミハイルは五年前と変わらないまま、軍人としても剣豪としてもさらに立派になっていた。元々直視するのが申し訳ないほど神々《こうごう》しい男だと思っていたが、今はそれ以上だ。アルメルス海軍の白い軍服に包まれた見事な体軀《たいく》も、刀剣の輝きを持つ銀髪も、青玉《せいぎょく》色の瞳《ひとみ》も、ほんのり焼けた肌も変わらない。

五年前のあの夜、「お前がどんなふうに成長しても、変わらず愛すると約束する」といってくれた唇が、目の前で動き、息をしているのが夢のようだった。

「太夫《たゆう》！　離れなさい！　軍人は吉原の客ではない！」

押し寄せてきた華衛団に肘《ひじ》を摑《つか》まれた忍は、否応《いやおう》なしにミハイルと引き離される。

吉原は公娼《こうしょう》街だが悪所であり、軍人の立ち入りは禁じられていた。身分を隠して通う輩《やから》もいるが、軍服姿で大門を潜《くぐ》ったり、この百間橋を渡ったりすることはあり得ない。

「吉原の客になれないのは旭帝国《きょくていこく》軍人だけだろ？　アルメルス軍人は別さ。えらく好みの男前がいたんで、思わず営業しちまったよ」

ふふっと笑った忍は、連行されながらもミハイルに視線を送る。

一年間捜していたという彼が、このまま黙って引き下がるとは思えなかった。だからあえて見世の名を伝え、客として来られることを教えたのだ。

知らん顔をしたり会わないと決め込んでつれなくしたりすると、かえってまずいことになる。彼が冷静さを失って紫乃太夫の正体が表沙汰《おもてざた》になるような行動を取ったら、もうどこにも逃げられない。

「ミハイル、本部に戻るぞ。我々は鬼を目撃して接触までしたんだ。報告の義務がある」

友人の桃瀬《ももせ》時宗に肩を叩《たた》かれたミハイルは、何もかもが信じられないという表情で場に留まっている。

かつてあれほど黒く日焼けしていたうえに、火傷《やけど》や煤《すす》だらけだった力自慢の刀鍛冶が、色白の青年になって吉原で陰間をしているなどとは、夢にも思っていなかった顔だ。

「太夫っ、何があっても大門を潜るな！　今度やったら本気でしばくぞ、いいな！」

華衛団の団員に怒鳴りつけられ、忍は観念しましたとばかりに両手を上げる。

「はいはい、反省してますよ。けどなかなか凄《すご》いもんでしょう？　何しろ松明《たいまつ》一本で鬼を追い払ったんですよ。軍から報奨金をたんまりもらえる気がするんですけどねえ」

「莫迦《ばか》をいうな！　鬼を追い払ったのはアルメルス軍人だ！」

そう、それでいい、そう思ってくれているなら上々。上手《うま》くいったものだと、忍は内心ほっとする。ミハイルの活躍のおかげで、妖刀鬼の仲間だと疑われずに済んだのだ。

大門を潜る際にもう一度橋を見ると、ミハイルと目が合った。視線が酷《ひど》く痛い。

壊れた車からは煙が立ち、鬼に斬《き》られた人々の無残な遺体が転がっていた。


百間橋が使えないので、大門を閉じて奥吉原から船を出そうということになり、吉原を守る自衛団——華衛団の団員達は皆忙しそうに動き回っていた。

忍は叱《しか》られながらも掌《てのひら》を冷やすものを渡され、それを手に仲之町《なかのちょう》を歩いていく。

牛の膀胱《ぼうこう》に氷水を入れた氷嚢《ひょうのう》だ。火傷寸前の掌に、ひんやりと心地好い。

鬼が出たとはいえ大門を潜って吉原に侵入したわけではないため、吉原は存じの外《ほか》早くいつもの空気を取り戻していた。客を呼び込む妓夫《ぎゅう》の声や、笑い声も聞こえてくる。

西の最果ての奥吉原に逃げた客や見世の若い衆、そして遊女達も表吉原に帰ってきて、それぞれの見世に入っていった。泊まるための金がない客は、奥吉原から特別に出される非常用の船に乗って家路に着くだろう。

彼らは鬼とかかわりがないのだから、橋で鬼に斬《き》り殺された人の無念について考えず、自分は助かってよかったと、喜色を浮かべる権利がある、自由がある。

そうしたからといって、誰かに責められる謂《いわ》れはないのだ。

——俺は違うのに、考えてることは中尉のことばっかりだ……。

大門を潜らなかったとはいえ、妖刀鬼が吉原の門前まで来たことは衝撃的で、目の前で罪のない人が殺された。自分のせいだ。鬼が手にしていた妖刀は、紛れもなく五代目雷斬《らいざん》だった。妖刀を作ったのも鬼を作ったのも、死者を出したのも、他ならぬ自分なのだ。

それなのに、その衝撃を上回る勢いでミハイルとの再会に気持ちを奪われている。

彼が旭帝国にいることは噂《うわさ》に聞いていたが、実際に会って無事に生きている姿を見て、心から嬉《うれ》しいと思ってしまった。

二度と会わないほうがいいとか、今の立場では会いたくないなどと思っていたのが嘘《うそ》のように、会えた瞬間から身も心も躍動している。その起源は紛れもなく喜びだった。

あの見事な太刀筋が瞼《まぶた》の裏から離れない。彼の長軀には合わない刀を、それでも完璧《かんぺき》に使い熟《こな》していた。何よりとても勇敢な男だ。無謀ではあったけれど、鬼の首を斬り落とす腕と気概を併せ持つ剣豪など、そうそういるものではない。

「紫乃さん！　ああよかった、ご無事でしたか！」

人波と逆行して奥吉原に向かっていた忍は、耳に馴染《なじ》んだ声に顔を上げる。

血相を変えて走ってくるのは、二つ年下だが、そうは見えない大柄な男だ。

紫櫻楼の不寝番。いわゆる用心棒で、紫乃太夫専用の側仕えでもある。

名は楠見千景《くすみちかげ》。本人曰《いわ》く、近代化が進む昨今珍しくはない忍び崩れだ。へまをして自ら忍びの里を去ったそうだが、大層真面目《まじめ》で、誰もが感心するほどよく働く。

「その手はどうしたんです⁉　真っ赤になってるじゃないですか！」

「一時的なもんさ、面の皮も手の皮も厚いんでね。それより小毬《こまり》ちゃんは無事かい？」

「はい、途中で転んで膝《ひざ》を怪我《けが》してましたけど、大した傷じゃありません。今夜は泊まるそうですよ。そんなことより紫乃さんの手のほうが心配だ」

「怪我をしちまったのか、早く戻らないとな。俺のこれは大したことないから平気だよ。

あ、追加で玉代《ぎょくだい》を取らないよう楼主さんに伝えておくれ。必要なら俺が出すからって」

「はい。ですが楼主様はお知り合いの通夜で不在なので、番頭さんに伝えます」

「ああそうだった。お前は番頭さんの許可を取ってから来たんだろうね？」

「はい、番頭さんも心配してらしたんで、すぐに許してもらえました」

忍は「ならいい」といって、人の波を避けつつ道を急ぐ。

正面にある藍門《あいもん》の先に、奥吉原最大の大見世である紫櫻楼の姿が見えた。

赤が基調の表吉原とは違って、奥吉原は寒色を好んで使っている。

どの見世からも吊《つ》るされている提灯《ちょうちん》は、淡い紫色だ。

「凄《すご》い人混みですね、ぶつからないよう気をつけてください」

忍は千景に肩を抱かれ、さっと引き寄せられる。

いつまでも触れている千景ではなかったが、それだけに一瞬の掌の感触が残った。

忍がミハイルに抱きついていた時間はもっと長く、彼の体にも今、自分の感触が残っているのだろうかと考えてしまう。少なくともこの身には、ミハイルの名残が存分にあった。彼の体に抱きついて、白軍服に包まれた分厚い胸に身を重ねたのだ。

ミハイルが今でも忘れずに自分を想い、捜していてくれたのだと知った今、とても抑えきれないほど膨れ上がる悦びがある。離れた今になって彼の鼓動が蘇《よみがえ》った。

「紫乃さん、もしかして……鬼を見たんですか？」

「見たよ。大門からちょっと出てさ、松明振り回してみたんだ」

「松明⁉　それで火傷したんですか⁉　しかも大門から出るなんて無茶して！　松明振り回して鬼が払えたら軍隊なんて要りませんよ。顔に火傷したらどうするんですかっ」

「少しは役に立った気がするんだけどねえ。えらく見目《みめ》のいい軍人さんが現れて退治してくれたんで、俺の見せ場はなかったけどさ」

ははっと笑った忍は、鬼よりも火傷を気にしてくれる千景に掌を向ける。

氷嚢のおかげで熱もだいぶ引き、赤みも徐々に消えつつあった。

指先を摑んで掌を凝視した千景は、安堵《あんど》の息をつく。

「無茶しないでください」

「ごめんよ……でもそんなに心配しなくて平気だよ、これでも男だからねえ」

「紫乃さんはただの男じゃありません。蝶《ちょう》より花より綺麗《きれい》な御人だ」

「はいはい、お前の気に入りの顔を疵物《きずもの》にしないよう気をつけるよ」

忍は千景の肩を叩《たた》きながら藍門を潜り、そのまま紫櫻楼に向かった。

こんな時でありながらも、道行く人々が「紫乃太夫だ！」と騒ぎだす。

吉原は遊女がいる表側が主体であるため、奥吉原が賑《にぎ》わうことは滅多にないが、今夜は大勢の遊客でごった返していた。

これもよい機会とばかりに、客引きを始めている切見世の陰間の姿もある。

大見世の前に突きだした張見世にも、華やかに着飾った陰間の姿が見えた。

鬼の出た百間橋から遠いここは緊迫感も薄いのだろう。吉原に鬼が迫るという、かつてない状況だったにもかかわらず、人々はあまりにも呑気《のんき》だった。

犠牲になるのは知らない誰か、そして退治してくれるのも知らない誰か——そうやって我関せずと人任せにするばかりで、誰も身を削ろうとはしない。

忍が歩を進めると、自然と人々が左右に割れた。紫櫻楼に向かう道が開ける。

紫《むらさき》襦袢《じゅばん》に紫の着流し、銀襴緞子《ぎんらんどんす》の豪華な打ち掛け姿の忍は、背筋を正して道の真ん中を歩いていった。馴染《なじ》みの客を見つけて目配せし、ほどほどに愛想よく笑ってみせる。

罪深くも、何食わぬ顔をして逃げ隠れする身なのだ。

鬼を作りだしたのは自分だと、誰にもいえず、かといって秘密裏に退治する力もなく、何もできない臆病者《おくびょうもの》のまま——許されざる身でのうのうと生きている。

《四》

帝都、陸軍本部――。

旭帝国《きょくていこく》では、鬼を目撃した者は身分に関係なく軍や警察に報告する義務がある。

ただし、その場に軍人或《ある》いは警察官などの公人がいた場合は例外となり、今回の事件で報告義務を課せられた民間人は四名のみだった。全員、吉原華衛団《よしわらかえいだん》の団員だ。

百間橋《ひゃっけんばし》鬼襲事件の報告を主に担う公人は、アルメルス皇国海軍大佐ミハイル・ロラン・ペルシック伯爵と、旭帝国陸軍大佐である桃瀬時宗《ももせときむね》の二人で、他に百間橋警察署の署員も出頭している。

建て前上は自主的な報告にすぎないが、ミハイルに課せられたのは、報告とは名ばかりの事情聴取だった。

ミハイルは陸軍本部に出向くなり時宗と離され、すぐさま地下の調査室に通された。

そこで入れ替わり立ち替わりやって来る旭帝国軍人から、似通った質問を繰り返され、鬼襲なんの意味があるのかわからない調書を取られた。すでに自宅に戻っていたという、鬼襲対策本部連隊長補佐の轟《とどろき》中将が現れたのは、出頭から三時間後のことだった。

「遊郭に軍人が行ってはいけないことを知らなかったと、あくまでも仰《おっしゃ》るんですね？」

不愉快な質問に、ミハイルは憮然《ぶぜん》としながら「はい」と答えた。

遊郭に関する話は無意味で、本当は別の尋問をしたいのだとわかっている。

鬼は、妖力《ようりょく》を秘めた物体を佩用《はいよう》することにより人間の姿から鬼に変貌《へんぼう》する性質を持ち、普段は人に紛れて生活していると考えられていた。近年確認されているのは妖刀《ようとう》を持った鬼、通称妖刀鬼《ようとうき》のみであり、今夜鬼と接触した剣士のミハイルは、鬼の仲間ではないかと疑われているのだ。「いいたいことがあるなら率直にいえ。腰抜けが！」と、ミハイルは内心罵倒《ばとう》しつつ、氷の無表情を保っていた。

「百間橋を渡ったことを責めているわけではありません。正直に告白してください。鬼が出た時点で貴公の乗った車はすでに橋の上にいたんじゃありませんか？　それだけ整った顔をしていれば遊郭など行かなくても不自由はないでしょうが……たとえば色事とは関係なく、我が国の文化として吉原に興味を持っていたとか？」

ミハイルは椅子《いす》に姿勢を正して座ったまま、重厚なデスクの向こうの中将に「いいえ、あり得ません。興味がないのです」と答える。

正直なところ本当に、吉原には興味がなかった。今最も行きたい場所であり、忍の潜伏先として考えなかったことを悔やんでいるが、つい先ほどまでは無縁の場所だったのだ。

「アルメルス軍人は例外とはいえ……貴公は桃瀬大佐と一緒だった。車も彼のものです。もし二人で遊郭に繰りだそうとしていたのであれば、いささかまずいことになります」

「何度も説明していますが、我々は軍務で湾岸の射撃練習場に行った帰りで、遊郭に立ち寄る気など微塵《みじん》もありませんでした。ところが窓を開けて走行していたところ百間橋から悲鳴が聞こえ、人が逃げてきたので急行したのです。そもそも鬼が出たことが問題なのであって、我々が遊郭に興味を持っていたかどうかなど些末《さまつ》な話では？」

「……それでは質問を変えましょう。貴公らが目撃した妖刀鬼は長身で、髪は貴公の髪と同じ色でしたか？」

二回りほど年嵩《としかさ》の中将の言葉に、ミハイルは片眉《かたまゆ》を波打たせる。

鬼は遥《はる》か昔からこの国にいるが、妖刀鬼が現れたのはここ数年のことだった。

そのうえ目撃される個体はどれも旭日刀《きょくじつとう》を手にした白銀の髪の鬼ばかりで、多少の個体差はあるものの、体格がよく彫りの深い顔立ちをしているといわれている。

実際にミハイルが今夜見た鬼も、旭人なのかアルメルス人なのか判別がつかないような顔をしていた。体格、顔立ち、髪色、刀を持っているという点で、ミハイルに近いものがあるのだ。

「確かに長身でしたが、髪の色は違います。私は銀髪ですが、鬼の髪は白銀で、艶《つや》のある白髪に近いものでした。髪の長さも違います。刀と全身から立ち上る赤い色の気によって舞い上がっていましたが、平常時は鳩尾《みぞおち》より下まであると思われます。先々週目撃された妖刀鬼は舞い上がりようもないほど短い髪だったと報告されていますので、おそらく別の個体でしょう」

「そうですか……では肌の色は如何《いかが》です？　ミハイル・ロラン・ペルシック大佐、貴公と同じくらいの色だったと、警察署員からの報告書にありましたが」

「まったく違いますので、報告書の修正をお願い致します。確かに私は白人にしては色のついた肌をしていますが、仮にもっと焼けてもあのような肌色にはなりません。妖刀鬼の肌は平均的な旭人よりは黒いものの、紛れもなく黄色人種の肌でした」

「……そうですか、私は鬼を見たことがないので、失礼があったのなら謝ります。しかし以前から疑問に思っていましたが、貴公は何故そんなに肌を焼いているのですか？　貧困層の労働者ではあるまいし、鬼の姿に似て誤解を招くのは必至でしょう」

「鍛錬の際に焼けてしまうだけです。お言葉ですが肌の色に関しましては価値観の違いが大いにあることをお忘れなく。黄色人種の旭人は白い肌に憧《あこが》れを持ち、白ければ白いほど高貴で美しいと捉《とら》えているようですが、アルメルスでは逆です」

「――逆？」

「貴族でありながら色白の男は、軟弱かつ怠け者と見做《みな》され、世間の笑い物になります。博識で名高い轟中将ともあろう御方が、そういった文化の差について、もしやご存じないのですか？」

「いや、もちろん知ってはいますがっ」

「それでは無駄な質問はおやめください。報告できることはすべて致しました。妖刀鬼とまみえた私を鬼の仲間だとお疑いなら、捕らえて拘束でも拷問でも好きになさればいい。間違いだとわかった時に腹を切る覚悟があるのなら、私はいつでも従いますよ」

「――それは……っ」

「では失礼致します」

ミハイルは慇懃《いんぎん》無礼な顔つきで立ち上がり、勝手に話を切り上げて入り口に向かう。

アルメルス軍人と旭帝国軍人の関係は微妙なもので、轟中将は上官でありながらもミハイルに対して大きな態度に出ることができなかった。

アルメルスが旭帝国と同盟を結んだ際、軍の階級にしても爵位にしても、両国のものを同等に扱う取り決めが交わされたが、事実上旭帝国は庇護《ひご》されている立場の小国だ。

志願兵のみで自衛に励んでいれば済む現状は、アルメルスのおかげに他ならない。

お決まり通りに旭帝国軍人がアルメルス軍人を顎《あご》で使うわけにはいかず、ましてやミハイルのようにアルメルス皇帝の覚えも目出度《めでた》い貴族軍人が相手となると、旭帝国側は常に気を遣って下にも置かぬ扱いをし、遜《へりくだ》るしかなかった。

ミハイル自身は両国間の力関係に胡坐《あぐら》を掻《か》く気はないが、別の理由で上級軍人に対して敬意を持てずにいる。前線に出る気など微塵もなく、勲章だらけの重たい軍服姿で太った体を椅子に埋《うず》めている男達に、尊敬の念を抱ける道理がないからだ。

旭帝国には義理堅く慎ましい人間が多いが、官位が上の者ほど遊興に耽《ふけ》り、私利私欲のために心血を注ぐ傾向がある。今夜射撃場で見かけた肉刺《まめ》だらけの手の一兵卒のほうが、中将よりも余程熱心に国を思って精進しており、敬うに値するというものだ。

「ミハイル！　やっと終わったか……かれこれ三時間は待ったぞ」

地下の調査室から出て一階に上がると、ロビーで待っていた時宗が駆け寄ってくる。

別々の調査室に同時に入ったはずだが、華族である彼はすぐに解放されたのだろう。

「待っている間に屋敷に電話をかけて着替えを持ってこさせた。鬼を追い払った功労者を血塗《ちまみ》れの服のまま長時間拘束するなんて、ふざけるにも程がある」

時宗が座っていたソファーには、見覚えのあるガーメントバッグが置いてあった。

アルメルス製で、ペルシック家の紋章が入った軍服用の収納バッグだ。

「ありがとう、気が利くな」

「屋敷の者が心配していたぞ。送ってやるから早く帰れ」

「いや、着替えたらすぐに吉原に向かう」

「……は？　これから？　冗談だろ？　今何時だと思ってるんだ、午前二時だぞ。大門《おおもん》は閉じられてるし、事件のせいで橋も封鎖されてる。どう考えても無理だ」

「百間橋を通らなくても吉原に入る方法はあるだろう。お前の船で行くぞ」

「いやいや、俺は入れないんだよ。お前と違って軍規に反する。それに眠い！」

「船を出して島に近づくくらいは自由だろう？　だいいちお前は宵っ張りのはずだ」

ミハイルは時宗を余所《よそ》にバッグを摑《つか》み、軍靴《ぐんか》の踵《かかと》を鳴らして先を急ぐ。

しんと静まり返ったロビーを出ると、すぐ目の前に桃瀬家の車が待っていた。


「――あの陰間《かげま》のこと、一言も話さなかっただろうな」

後部座席に乗り込んだミハイルは、運転席との仕切りをぴたりと閉じてから時宗の顔を睨《にら》み据える。橋の上にいる間に口止めしたので心配はなかったが、事態の深刻さを伝えるために凄《すご》んでおいた。

「お前が話すなっていうものをわざわざ話すわけないだろ、何もいってないさ。華衛団の連中もいわなかったみたいだな。陰間を大門の外に出してしまった、なんて決まり悪くていえなかったんだろうが、おかげで面倒なことにならずに済んだ」

「それは重畳《ちょうじょう》」

時宗の言葉を受け、ミハイルはガーメントバッグから着替えを出す。

血に染まった上着を脱ぎ、新しいものに袖《そで》を通した。

「もしあの子のことを訊《き》かれたらどう答えるか、予《あらかじ》め用意していたんだがな」

「なんと答えるつもりだった？」

「そうだな……『無意味に松明《たいまつ》を振り回している間抜けな陰間がいたが、まるで役に立たなくて邪魔だった』とでもいうつもりだった。まさか陰間が妖刀鬼を説得して追い払ったなんていえないだろ？」

「お前は私の意図をよくわかっている」

「長い付き合いですから。一見そうは見えなかったけど、あれが例の忍《しのぶ》ちゃんか？」

「その名を口にするな。素性を知られると困るらしい。何も知らないことにしてくれ」

ミハイルは視線だけではなく顔ごと時宗のほうに向け、今の願いが如何《いか》に真剣なものであるかを示した。

この一年、あまりにも必死に忍を捜していたので、忍に対する執着が刀を超えたものであることはいわずと知れた状態だが、かといって単なる色恋沙汰《ざた》では済まないのだ。

再会を誓った恋人同士が、無事に会えて目出度し目出度しといくわけがなく、軽々しく扱われることは忍の破滅に繋《つな》がる予感があった。

「今夜中に直接会って事情を訊いてみる。口ぶりからして、会う気はあるようだった」

「了解。そんなに怖い顔で睨まないでくれ。しかし本当に驚いたな……あれほど真っ黒に日焼けしていた子が嘘《うそ》みたいに色白になって垢抜《あかぬ》けて」

「――背が、随分伸びていた」

「そうだったか？　むしろ以前より華奢《きゃしゃ》な印象を受けたが……。俺は身分の都合上、悪所吉原のことには詳しくないが、着物を見る目はあるつもりだ。着ていたものから察するにあの子はかなり上位の陰間なんじゃないか？　ああ、そういえば華衛団の連中に太夫《たゆう》とか呼ばれていたな。大見世《おおみせ》の売れっ妓《こ》かもしれないぞ、凄い美人だったし」

「あの子のことは一旦《いったん》忘れてくれ。必要があれば話す」

「おいおい、巻き込んでおいてそれはないだろ。他の誰に話すわけじゃなし、少しくらいいいじゃないか。好奇心を刺激するだけして説明はなしか？」

「お前を巻き込みたくない。船だけ借りる」

隣に座る時宗に淡々と答えたミハイルは、車窓から帝都の街並みを眺める。

時宗は不満げに「お前はどこまで勝手なんだ。我儘《わがまま》すぎるぞ」と文句をいっていたが、そんなことは百も承知だった。

忍が常識的に考えられる事情により陰間になったのなら、時宗に相談することもできたかもしれない。しかし事態は常識の範疇《はんちゅう》を超えているのだ。

――時宗からは見えなかったようだが、忍の瞳《ひとみ》は金色になり、瞳孔《どうこう》が縦に開いていた。色は違うが、あれは妖刀鬼と同じ種の目だ。もしも誰かに見られたら鬼の血を引いていることが明るみに出てしまう。そうでなくとも、鬼が手にしていたあの刀は……。

ミハイルは膝《ひざ》の間に立てていた愛刀、四代目雷斬《らいざん》に視線を注ぐ。

二年前に手に入れたばかりの刀で、作られたのは三十年ほど前だった。

度重なるダネルとの戦闘の際に三代目雷斬を折ってしまったミハイルは、忍と約束した五代目雷斬の長太刀《ながたち》を手に入れるまでの繋ぎとして、この刀を手に入れた。

今は亡き忍の祖父が、壮年の頃に作った名刀だ。

鬼が手にしていた妖刀は常に赤い妖気を発していたため、輪郭がぼやけて明瞭《めいりょう》には見えなかったが、しかしミハイルは、鬼の刀に忍と通じるものを感じた。

刀を打っている時の異様なまでの気魄《きはく》……あの頃の忍が発していたものが、燃え上がる鬼の妖気と同質に感じられて仕方がなかったのだ。忍と妖刀鬼と、忍の刀——無関係だと否定したい気持ちを裏切って、確信と呼べる考えが固まっていく。

——予《かね》てより、妖刀鬼が持っている刀は五代目雷斬ではないかという噂《うわさ》はあったが……確固たる証拠はなかった。だが私は確信できる。あれは忍の刀だ。

そうだとしたら、それはいったいどういうことなのか。

忍が鬼の子であることと関係しているのはわかるが、忍が好んで妖刀を作ったとは思えない。そして何故……忍は吉原で陰間などやっているのか。妖刀の作り手として疑われ、身の危険を感じて逃亡した結果だとしても、到底納得できなかった。

少しでも油断すると、炎に照らされていた雪色の肌や紅を引いた目尻《めじり》が浮かび上がり、艶《なま》めかしい媚態《びたい》を想像してしまう。

——口づけすら交わしたことがなかったはずだ。まだ十六の少年で……鬼の子だという秘密を、震えながら打ち明けてくれた。鬼にもよいものと悪いものがいるのだと……涙を零《こぼ》しながら訴えていた。まるで昨日のことのように思いだせる。

初めての口づけに照れた表情も、初心《うぶ》な抱擁も、不安に揺れていた瞳も、『紫乃《しの》太夫』に塗り変えられるまでは、過去の忍が記憶の先端に鎮座していた。

忘れた日は一日もなく、刀が折れて心まで折れそうになった時も、忍とすごした時間が支えになってくれた。

――忍が、陰間……？　私が再会を願って捜している間に……他の男に抱かれていたというのか？　あのように婀娜《あだ》めいた表情で、大勢の男に媚《こび》を売って？　いや、考えるな、今は何も考えてはならない。忍が好んであのような恰好《かっこう》をしているわけがないのだし……すべては忍の口から事情を聞いてからだ。今は何も考えるな、何も……！

金属製の柄頭《つかがしら》に指を押し当てたミハイルは、軋《きし》んで折れかける爪《つめ》だけを見据える。圧迫されて白くなった爪の中に、じわじわと血が滲《にじ》んだ。


湾岸から桃瀬家の所有する小型洋船に乗り込んだミハイルは、同乗した時宗と共に孤島吉原に向かい、島をぐるりと半周して西側の船着き場に船を寄せた。常時船が繋がれてはいるものの、この船着き場が使われるのは、緊急時と営業時間外だけだ。

遊女や陰間を逃がさないよう、島を囲う壁と船着き場の間には華衛団関所がある。その名の通り関所として機能し、人の出入りを制限していた。

鬼襲直後は客でごった返していたであろう船着き場も、今は静まり返っている。ここを通過するのが一番厄介だと思っていたミハイルだったが、文句をいいつつも船に同乗した時宗が、華衛団に話を通してくれた。

まずは上級華族としての身分を明かし、吉原に入る気も船から降りる気もないと伝えたうえでミハイルが脱いだ上着を掲げ、「鬼を払って吉原を救ったのは、こちらのアルメルス海軍大佐だ。見ての通り、軍服が鬼の血で真っ赤に染まっているだろう？　先ほど大門の外に出た陰間に極秘で接待させ、心身共に癒やして差し上げろ」と命じたのだ。

吉原は特殊な治外法権地区であり、華衛団は吉原の秩序を守るためならば華族や軍人の命令を拒否する権利を持っているが、団服を脱いで吉原を出れば平民にすぎない。

権力の不当な行使とはいえ、華族の口から「癒やしのための接待」という無難な名目で命じられれば、いわれた通りにするしかなかった。

時宗と別れて華衛団関所を通過したミハイルは、案内人を引き受けた中年の男と共に、黒く塗られた塀の内側に足を踏み入れる。

本来は客を通す場所ではないため、提灯《ちょうちん》を含むすべての装飾を反対側から見ている状態だった。しかしそれですら目を瞠《みは》るほど華やかで、淡い紫色の提灯が縦横無尽に並ぶ様は圧巻だ。大門及び藍門《あいもん》側から見れば、より美しいのは想像に難くない。

二階建て或《あ》るいは三階建ての黒い建物と籬《まがき》、所々に置かれている床几《しょうぎ》も黒で、暖簾《のれん》は目に眩《まぶ》しいほど白い。格子越しに見える障子も白く、仄《ほの》かな灯りが透けていた。

街を照らすのは紫提灯の光ばかりで、景色は涼やかに引き締まっている。

ミハイルがイメージしていたのは毒々しく下品な街並みだったが、奥吉原はなかなかに粋で統一感があり、闇《やみ》に紛れて見ている限りは幻想的な空間だった。

「ここは西にある藍門の内側……陰間ばかりの奥吉原でございます。藍門を潜った先は、表吉原とも呼ばれる遊女の世界。打って変わって赤や桃色が占めています」

案内役の男は、提灯を手に藍門の方向に足を向けた。

ミハイルは黙ってついていき、三階建ての大きな引手茶屋に入る。

暖簾の先には、紺色の着物を着た小綺麗《こぎれい》な中年男が二人いた。薄《うっす》らと化粧をしており、吉原に精通していないミハイルでも、元陰間なのだろうと察しがつく容貌《ようぼう》だ。

一階の控えの間に通され、座って待つよう勧められたミハイルだったが、もうすぐ忍に会えるのかと思うと、落ち着いて座ってなどいられなかった。

畳の上を歩きながら待つこと数分、華衛団の男が戻ってくる。

「大変お待たせ致しました。お部屋の準備が整ったそうです。三階に上がって今しばらくお待ちください。紫櫻楼《しおうろう》から太夫を極秘に呼びだす手筈《てはず》になっておりますので」

「私は直接あの陰間の所に行きたい。紫櫻楼という見世に案内してくれ」

「それはどうかご勘弁を……。奥吉原は表の吉原と比べれば気楽に遊べる色街ですが、大見世の太夫が相手となりますと話は別で、引手茶屋を通して呼びだすのが筋になります。それに太夫は今頃、最初はまず、こういった引手茶屋を通して呼びだすのが筋になります。最初はまず、懇《ねんご》ろになるまで部屋に通さぬものなのです。それに太夫は今頃、馴染《なじ》みの御大尽と一緒にいらっしゃるかと」

「──御大尽とは、客のことか？　今……他の男と一緒にいるという意味か？」

「はい、紫乃太夫は奥吉原一の売れっ妓ですから」

　さほど遠慮もなく当然のこととして語られ、ミハイルは言葉を失う。

　怒りを通り越して眩暈《めまい》すら覚えた。

　機械的に体が動き、男の背中を追って三階の部屋に向かうが、不意に、自分の居場所がわからなくなる。踏み締めている階段がどこのものか、考えることを頭が拒否していた。

　ここは孤島吉原の一画、奥吉原──考えたくなくても、現実の存在感は重い。

　アルメルスでいうならば、法にも神にも背いた禁忌と悪徳の巣窟《そうくつ》だ。

　この国では身分に関係なく男色を粋な文化と捉えていたり、遊郭を悪所と呼びながらも雅びやかな遊興の場として肯定していたりと、ミハイルには理解できないものがある。

　刀を作ることに心血を注ぎ、少年らしく、時に雄々しく、それでいながら初々しく頰《ほお》を染めていた忍が、金で男を買うような下種《げす》に組み敷かれているのかと思うと、臓腑《はらわた》が煮え返りそうだった。

上座に置かれた厚い座布団の上で待つこと十数分——客の相手をしていると聞いていたわりには、忍は早くやって来た。

それでもミハイルには長すぎる時間で、あと数分待たされたら、我慢できずに紫櫻楼に乗り込んでしまいそうだった。そのうえで忍に伸《の》しかかる男の姿を見ようものなら、問答無用で斬《き》りかかっていただろう。

忍の到着を告げられた瞬間は、これでなんとか忍の現在の立場を滅茶苦茶にせず、同盟国の民間人を殺さずに済んでよかったと、人心地がついたほどだ。

「紫乃太夫、おいでになりました」

襖《ふすま》が少しだけ開けられ、茶屋の従業員が三つ指をついて告げてくる。

食事や酒の提供を断っていたミハイルは、茶と茶菓子が載せられた一人膳《ぜん》を前に、膝を強く押さえてこらえた。

そうでもしないと、弾けるように立ち上がって忍に迫ってしまいそうだったからだ。

素性を偽って隠れている以上、忍は過去の知人との接触を避けたいに違いない。

人前ではどうにかこらえて、今夜初めて会った振りをするべきなのだ。

「こんばんは、男前の軍人さん。営業したのはこっちだけど、まさかその日のうちに来てくれるなんて……随分と情熱的な御人だねえ」

開いた襖の陰から色めいた声が聞こえてくる。以前とは少し変わったが、忍の声だ。噂程度に聞いていた花魁《おいらん》道中や、最高位の遊女の振る舞いとは大きく違って、忍は軽い足取りで部屋に入ってきた。

服装は金襴緞子《きんらんどんす》の黒い打ち掛けと、紫の着流しだ。中には薄紫色の長襦袢《ながじゅばん》を着ている。

忍のために開かれていた襖が、廊下側に座る従業員らの手で音もなく閉じられた。

これでようやく二人きりになれたのだ。なんでも遠慮なく語り合うことができる。

「忍……」

ミハイルが膝を立てると、忍は指先を唇に運んだ。

「しいっ」と息を抜いて沈黙を促し、そのまま畳の上を歩いてくる。

部屋は三十畳ほどあったが、忍が座ったのはミハイルの真横だった。右の膝頭に太腿《ふともも》が当たるほど身を寄せてきたうえに、背中に手を添えつつ顔を近づけてくる。

「久しぶりだな、中尉……いや、今はもっと出世してるか」

恋い焦がれて捜し求めた相手がすぐ傍にいて、そのうえ手を伸ばすまでもなく自分から触れてくるという状況に、ミハイルは黙って息を呑《の》んだ。

この一年、生死も行方もわからない忍を自分の足で捜していたのだ。

単純に喜べるほど簡単な話ではないが、今はただ、忍が隣にいることに心が震える。

「中尉？　どうしたんだよ、そんなにじっと見て。すっかり色白になったんで驚いた？」

「――今は、大佐だ。一年前から旭帝国にいる」

　お前を捜すためだ――と付け足そうとしたミハイルは、忍の手つきに怯《ひる》む。

　背中を撫《な》で下ろしてはまた這《は》い上がってくる手つきは悩ましく、子供のように背に手を回して縋《すが》りついてきた五年前とは、あまりにも違っていた。

「五年の間に偉くなったんだな。おめでとう、でいいのかな？　ますます男前になってて嬉《うれ》しいぜ。こっちにいる間は贔屓《ひいき》にしてくれるんだろ？」

「……贔屓？」

「吉原は疑似的な夫婦関係を結ぶしきたりなんで、一度相手を決めたら浮気は厳禁。とはいっても奥吉原は結構緩いんだけどさ、あんたは他の妓の所に通ったりしない」

　忍は両手でミハイルの右手を包み込むと、上目遣いで「そうだろ？」といって微笑む。

　百間橋で鬼襲の際に見た時よりも、遥かに愛嬌《あいきょう》があって美しく、惹《ひ》き込まれた。

　目元には妖艶《ようえん》な色の紅が引かれ、唇は水飴《みずあめ》を塗ったように艶めいている。

「私に、ここへ通ってこいというのか？　金でお前を抱く下種な輩と同じように」

「あんたは昔馴染みだし、それに男前だ。俺の素性も……あの秘密も……どっちも黙っていてくれるなら特別扱いはするよ。他の客より一つ上の天国を見せてやらないとな」

　忍に見つめられているのに、血の気が引くばかりだった。

　これは本当に忍なのだろうか。いっそ別人であってくれたらと願わずにはいられない。

しかし明日から再び忍を捜すことを考えると、不安と苦痛が胸に広がる。生きているか死んでいるかもわからない状態が、今よりましなはずはないのだ。生きて無事な姿でいてくれただけ、よかったと思わなければならない。

「何故こんな所にいるのだ？　お前は十七歳の時に祖父を亡くし、雷斬の名を受け継いで最年少で人間国宝に選ばれたのだろう？　それなのに鍛冶場《かじ》も家も焼失し、それが何故か騒ぎにもならず……いくら調べても事情が見えてこない。そのうえ何故こんな、いったいどんな理由があって陰間などやっているのだ⁉」

ミハイルが声を荒らげるのもお構いなしに、忍は妖しく微笑む。

両手で包み込んだ手を引き寄せ、接吻《せっぷん》の音を立てながら甲に口づけてきた。

艶々と光る唇には本当に水飴が塗られていたようで、唇の痕《あと》がつく。甘い香りもした。

「俺の客は皆、俺がこうすると手の甲を口に運ぶんだ。同じ所に唇を重ねたり、ぺろぺろ舐《な》めたりする。あんたはどっち？」

ふふっと笑う忍は、ミハイルの指先を摘まみながら手を引く。

忍の手は、右も左も柔らかく感じられた。

普通の人間と比べれば硬いほうだが、刀匠の手ではない。

もう何年も金槌《かなづち》を握っていない手だと、すぐにわかった。

「私の質問に答えろ。何故こんな所で陰間などやっているのだ？」

生きているだけまし――最早そう思い続けることすら危うい。

怒る気力を失ったミハイルは、胸元からハンカチを取りだした。

忍が手の甲につけてきた接吻の痕を、汚いもののように拭《ぬぐ》い取る。

「傷つくなあ、あんたは今でも俺に気があると思ってたのに」

「そうだな、今でも愛している」

口から無理なく出てきた言葉に、ミハイルは自分でもいささか驚く。

忍もまた、目を円くした。

澄みきった白眼や、水に落ちた宝玉の如き黒瞳《こくどう》が煌《きら》めく。

それらは大層美しく、鬼を彷彿《ほうふつ》とさせる異常は見られなかった。

「刀を打つのをやめて身を隠しているのは、その瞳が関係しているのか？」

「――っ、あ……」

忍は自分の瞳の色が変わっていると思ったのか、慌てた様子で片目を隠す。

顔を逸らしてもう片方の目も隠し、さらに俯《うつむ》いた。唇をきつく引き結んでいる。

これまで如何《いか》にも陰間らしい態度を取ってきた忍が、初めて見せた本来の表情だった。

「今は黒いが、鬼の前では金色になっていた。鬼を払ったのもお前だ」

「そういうこと……いわないでくれ。あんたが俺の秘密を誰にもいわずにいてくれたのはわかってる。感謝してるから、これからも黙っていてくれ。他人にも、俺に対しても」

「悪いようにはしない。何があったのか話してくれ」

「俺が話さなくたってあんたはだいたいわかってるんだろ？　鬼が持ってる妖刀は五代目雷斬だってことは、巷《ちまた》でも噂になってる。俺の正体を知ってるあんたなら、その噂が本当だってことくらいすぐに察しがついたはずだ」

「そうではないと信じていたかったが、今夜初めて自分の目で妖刀を見て、お前の刀だと確信した。鍛冶匠太刀風《たちかぜ》が焼失したのも、お前がここにいるのもそのせいなのか？」

「俺の実家に……行ったりした？」

「何度も行った。周辺住民に火災当時の話を聞いて回ったが、誰も真相を知らなかった。お前を含めた全員が焼け死んだとか、住まいと仕事を求めて散り散りになったとか……噂ばかりで本当のことは誰も知らない。人間国宝の生死が不明だというのに、新聞にも一切載《の》らなかった。何もかもがおかしい」

焼け野原になっていた鍛冶匠太刀風の有り様を思い起こしながら、ミハイルは深まる謎《なぞ》に困惑する。妖刀を忍が作ったという噂も、単に噂であって報道されてはいないのだ。

「色々あったんだよ……でも今は結構幸せだから、放っておいてくれないか？」

「色々とはなんだ？　具体的に説明してくれ。力になれることもあるはずだ」

ミハイルは忍の両腕に手を伸ばし、強張《こわば》る体を揺さぶる。

すると忍は眉を寄せ、「色々だっていってんだろ」と、ぶっきらぼうに答えた。

しかしそれだけでは終わらない。

忍に真相を喋《しゃべ》らせるには相当な時間と労力がかかり、これから長い押し問答になるかと覚悟し始めたミハイルの予想を裏切って、「罰《ばち》が当たったんだよ」と語りだす。

「——罰？」

忍は不本意な表情で頷《うなず》いた。観念した様子で肩の力を抜くものの、視線は合わせない。

「鬼が人殺しのための武器を作る。それは結局、理に適《かな》ったことだったのかもしれない。俺の鬼魄《きはく》……気のほうじゃなくて、鬼って書く鬼魄っていうらしいんだけど、それがさ、刀に宿るようになって……妖刀鬼は俺の眷属鬼《けんぞくき》で、俺は親玉の主鬼《しゅき》っていうものらしい。そうなることを心配していた四代目は、老体に鞭《むち》打って……湯治場巡りと称して俺の刀の購入者の様子を確認しに行ってたんだ。その結果問題は起きてないっていうから平気だと思ってたのに、途中から駄目になった」

「……本当に……お前の刀の購入者が、鬼に？」

想像はできていた話でありながらも、ミハイルは驚きを禁じ得ない。

妖刀鬼と忍の因縁を改めて考えると、刀匠としての忍が憐《あわ》れでならなかった。

忍自身に人を鬼に変えようとする意図などあるはずがなく、妖刀鬼の誕生が鬼の血故に防げない現象であったなら、どんなにかつらかったことだろう。

「子供の頃に手伝って作ったやつとか、初期の刀は平気なんだよ。けど今はもう駄目だ。

俺の意思なんか関係ない。人目に触れないよう刀を隠してみても無駄で……俺の刀は人を呼ぶ。呼び寄せられて手にした人間は俺の眷属になり、人を殺して魂魄《こんぱく》を吸うんだ」

忍は神妙な顔で語ると、自分の右肘《みぎひじ》に視線を向けた。

ミハイルが握っている上腕のすぐ下で、肘を揺らしてみせる。

「それでも作りたいと思うんだ。作ればどういう結果になるかわかってても、作りたくて仕方なくて……本当に、頭が変になりそうだった。俺の刀のせいで誰が死のうと、それは使用者の責任であって俺には関係ないとか、そんな考えに行き着きそうになって……何がなんでも作りたくて……」

忍は伏せていた瞼《まぶた》をおもむろに上げ、真っ直ぐに見つめてくる。

嘘偽りはないと主張する瞳に、ミハイルの顔を映した。

「──だから、右肘の骨を砕いた。二度と金槌を持てないように」

その言葉を聞き終えた瞬間、ミハイルの心の均衡は大きく崩れる。

空が落ち、大地が割れるかのような衝撃に、我を失って嗚咽《おえつ》してしまいそうだった。

「今も、そんなふうに触られると肘が痛い」

「……ッ、ウ……」

顔を少し顰《しか》めて痛いといわれ、ミハイルは反射的に手を離す。

それくらいの理性は辛うじて残っていたが、「嘘だ！」と叫びたくても声にならない。

両の掌《てのひら》に残る忍の腕の感触を確かめるように、自分の手を見下ろすばかりだった。

たった今摑んでいたのは、ただの腕ではない。国宝にまでなった天才刀匠の腕だ。

後世に残る名刀を生みだすためのもので、特別な才を持ち、弱冠十六歳にして誰よりも力強く鋼《はがね》を鍛え上げていた。力の強さそのものが刀の出来を決めるわけではないが、忍が途轍《とてつ》もない腕力を誇っていたのは事実だ。

あれほど力強く、神に祝福されていた右腕を自ら砕くなんて……砕かずにはいられなかったなんて——何故、どうして忍がそんな酷い目に遭わなければならないのか。

その苦しみの最中《さなか》に傍にいられなかった自分自身を含めて、すべてが呪《のろ》わしい。

「もう随分前の話だよ……人間国宝になってすぐだったから、四年近く経ってる。磯本《いそもと》に全部任せて備前《びぜん》を出て、刀を打てない苦しさに悶《もだ》えてる間に……あの火事が起きたんだ。あんたのいう通り新聞にも載らなかったから、帰郷するまで何も知らなかった。だから、皆がどうなったのかもわからない。俺が今あんたに語れる確かなことは……約束した刀は作れないってことだけだ」

「忍……」

「そんなふうに呆然《ぼうぜん》とされても困るけど、悪いとは思ってるよ。俺が初めて作った玉鋼《たまはがね》の欠片《かけら》を渡して、約束したもんな。あんたの体に合った最強の長太刀を作るって」

「——忘れたわけでは、ないのだな」

「もちろん憶えてるよ。でもごめん……俺はもう、作れない」

忍の口から直接、「作れない」と二度もいわれて、ミハイルは口を閉ざす。

戦地において心の支えになっていた希望が、砂の如く崩れていくのを感じた。

肘を砕かずにはいられなかったうえに、代々続く鍛冶場と家と仲間を失い、今もなお、妖刀鬼が出るたびに自責の念に苛《さいな》まれる忍の苦しみを思えば、一方的に嘆いてはいけないことはわかっている。

体に合った理想的な長太刀ではないにしても、自分はすでに旭日刀を持っていて、今も傍らに四代目雷斬を横たえているのだ。これはこれで愛刀と呼ぶほど手に馴染んでいて、忍の刀が手に入らなくても戦うことはできる。

――理屈ではなく、私は……忍が私のために作った刀を欲していた。忍が愛情を注ぎ、私のことを想いながら、私のためだけに作った刀……この世に一振りしかないそれを手に入れたいと願っていた。忍と離れて戦地にいた私の中には、心身を強く支えてくれる幻の刀があったのだ。

旭日刀を作ることを宿命づけられ、それを生き甲斐《がい》にしていた忍の絶望は、如何ほどのものだろう。どんな思いで備前を出て、そしてどんな思いで帰郷したのか――。

他人であり異人でもある自分でさえ、焼け野原を見て大きな衝撃を受け、筆舌に尽くし難い喪失感を覚えたのだ。

忍が受けた悲しみを憂い、彼の立場に立って思いやらなければいけない。忍を励まし、癒やしになるようなことをいわねばならない。それはわかっているのに、肝心の言葉が何も見つからなかった。自身が受けた衝撃から抜けだすことさえ儘ならないのだ。

「同情してくれてるみたいだけど、そういうの、いらないからな。憐《あわ》れまれると情けなくなるし、俺は罪人であって……同情されていい立場じゃない」

「同情できるほど他人事《ひとごと》だとは思っていない。慰める余裕すらないのに……」

「ごめん……約束を反故《ほご》にしたことは、本当に悪かったと思ってる。許してほしい」

「お前は私に、許しを請うのか？　許されたいのか？」

「──許されたいよ」

そう答える忍に「許さない」といえるわけもなく、かといって「許す」といえば終わりになってしまいそうで、ミハイルはあえてどちらも口にしなかった。心の中で今も輝き続ける幻の刀を諦《あきら》めきれず、同時に忍のことも決して諦められない。

「許せないなら、許さなくてもいいけど……どちらにしても刀を打つのは無理だし、もう二度と刀の話はしないでくれ。俺は運命から逃げて……過去も罪も捨てたんだよ。国中が疑心暗鬼を生じてる今……目の色が変わることや、刀を作っていたことが人に知られると大変なことになる。もしも太刀風忍だってわかったら、処刑される前にそこら辺の人達に私刑で半殺しにされるだろ？　妖刀鬼のせいで身内を亡くした人もいるんだし……」

「だから私に、刀の話を一切するなというのか？」

「剣の道に心血を注いできたあんたには、俺の気持ちがわかるはずだ。悪い譬《たと》えだけど、仮に利き腕を失ったあとに、過去の功績を讃《たた》えられたり惜しまれて嘆かれたりしても……嬉しくないだろ？　それはもう、自分のものじゃないんだから」

忍に見つめられながら問われ、ミハイルは与えられた仮の悲境を想像する。

問われるまでもなく、戦地に赴くたびにいつも考えてきたことだった。

幸い後遺症が残る深手は負わずに済んでいるが、利き腕に銃弾を受けたことも、毒矢に当たって全身が麻痺《まひ》したこともある。

死を意識したり、刀を持てない体になることを考えたり、最悪のシナリオはいつも頭の中にあったのだ。

「そうなったとしても、私は剣の道を捨てて逃げたりはしない」

「──っ」

「命ある限り、この国が生みだした旭日刀にかかわっていたいと思う。指導者でもいい、若き刀鍛冶を支える投資家でもいい。どのような形でもかかわっていたい。そう思うからこそ余計に、刀から離れなければならなかったお前の苦しみが身につまされる。だが……何故ここでなければならなかったのだ？　何故、どうして陰間になった⁉」

次第に声が重くなり、責めるような話しかたになっている自覚はあった。

我が子同然に愛情を籠《こ》めて作った刀が残忍な鬼を生む妖刀となってしまい、自らの肘を砕かなければならなかった忍の苦悩――さらに鍛冶場も家も仲間も失った絶望を思えば、如何なる方法で生き延びたとしても責めてはいけないのはわかっている。

「答えてくれ。陰間に身を落とした理由はなんだ？　この国には働き口がいくらでもあるはずだ。読み書きができるお前なら、もっとましな仕事にも……」

「生きてるだけましだって、そういってくれよ！」

「忍……っ」

「あんただけは、そういってくれると信じてた！」

声を張り上げた忍は、怒りに任せて一人膳を払い除ける。

忍を責める言葉を止められなかった自分と同じように、忍もまた、激昂《げきこう》して本心を抑えきれなかったのだ。ぶるぶると震える手で、胸倉を引っ摑んできた。

「死のうと思ったんだ。死ななきゃいけないと思った。俺は生きてる限り刀を作りたいと思い続ける。それが、鬼の本能なんだよ！　だから……いつか箍《たが》が外れて再び妖刀を作り始めたらと思うと……自分を殺して止めるしかなくて……でも死ねなくて……生きてちゃいけないと本気で思っても、死ねなくて、山ん中を彷徨《さまよ》って……」

両目に涙を湛《たた》えた忍は、もう一度、「でも死ねなくて……」と口にする。

人間が誰でも生存本能を持っているように、死のうと思っても生への執着によって死にきれないという意味に捉えたミハイルだったが、忍の瞳を見ているうちに、今の言葉には別の意味があることに気づいた。

忍と関係している妖刀鬼の首を斬り落としたのは、ほんの数時間前のことだ。

鬼は、首が飛んでも死ぬことはなかった。

「まさか……」

「崖《がけ》から何度飛び下りても……首を吊《つ》っても、深く切っても……駄目だった。怪我はすぐ治ったりしないのに、死ぬと生き返る。右肘も、そのたびに治るから、また砕いて……」

愕然《がくぜん》とするミハイルの胸倉を摑んだまま、忍は声を詰まらせる。

この数年間、誰にもいわずに抱え込んできた秘密を口にするうちに、感情が昂《たかぶ》って涙をこらえきれなくなったようだった。両の瞳から一粒ずつ落涙する。

「初めて死んだあと、目が覚めたら……日焼けしてたはずの肌が真っ白になってた。それからも何度か繰り返して……失敗して半死半生になってる時に、女衒《ぜげん》に助けられた」

「女衒？」

忍は話しているうちに少し落ち着いたらしく、呼吸を整えて軍服から手を離す。「女衒ていうのは……」と説明しかけてから涙を拭い、倒れていた一人膳を起こした。

「田舎の貧しい家から器量のいい娘を買って、遊郭に売る人買いのことだよ。計算高くてがめつい男で、俺を陰間として売るために病院に運んだ。入院して手術もして、凄い金がかかって……多額の借金を負わされた俺は、回復するなり吉原に連れてこられた」

「そんな金、私が今すぐにでも支払う！　お前を身請けしてここから連れだす！」

「……断る。自分で作った借金だ、自分で返す。それに金の問題じゃないんだよ。最初は陰間なんて冗談じゃないって思ったし、あんたのことだって考えたよ。客を取るのは凄く嫌だった。けど……俺のことを誰も知らない環境で、昔みたいに好きなだけ飯が食えて、あったかい風呂《ふろ》に入れて、清潔な布団で眠れて……ここは皆優しくてさ」

「それは、お前に商品価値があるからだ」

「そうだけど、ここなら誰かに迷惑をかけることもないし、客とのことだって、俺といて幸せそうな顔してくれりゃあ嬉しい。生きていてもいいような気分になれたんだ」

忍はミハイルの顔を見ることはなく、濡《ぬ》れた畳を懐紙《かいし》で拭き、転がった茶器や茶菓子を拾う。一人膳の上に戻しながら、時折すんっと洟《はな》を啜《すす》った。

「吉原を抜けだして、どこかの鍛冶場に弟子入りを口実にして潜り込みたいとか、今でも考える……。性懲りもなく刀を打ちたがるたびに俺は……やっぱり俺みたいな危険因子は死ぬべきだって、つくづく思うんだ。けどそんな時にいつも、あんたのことを思いだす。この世に少なくとも一人は俺の無事を願っていてくれて、俺が何者か知っていながらも、俺と会いたがってくれている人がいるって、そう思うと——生きてこられた」

茶を吸った懐紙を纏《まと》めながら、忍は再び隣にやってくる。

もう泣いてはいなかった。腹に溜《た》めていたものを吐きだして、気力まで抜けてしまったように力ない表情を浮かべている。

まるで判決を待つ罪人のように見え、ミハイルは自分がどれだけ忍を責め立てたのかを痛感する。いうだけのことはいって、あとは裁きが下されるのを待つのみといった表情の忍に対して、かける言葉を慎重に選ばなければならなかった。

「お前が生きていてくれて、本当によかったと思っている。陰間という仕事が今日までのお前を支えてくれたなら……全面的に否定しないよう努める。だが今日で終わりにしろ。今すぐに吉原を出て、私の屋敷に来るんだ」

「なんだよそれ……剣士のあんたに囲われて、刀を打つこともできない身でどうしろっていうんだ？　陰間として、俺なりに生きてるのに……これ以上罪を犯さないよう、必死にこらえて前向きに生きてるのに、あんたと話してると……また後ろ向きになりそうだ」

「前も後ろもない！　お前は進む道を完全に誤っている。どんな理由があろうと、遊郭で身を売るのを肯定することはできない。救いの手があるなら、それは絶対に掴むべきだ。それに、読み書きができれば他にも仕事があるといったが、お前が戻るべきは刀の道だ。それしかない。自分では打てなくとも、よい環境で指導者の立場に立てるよう私が尽力する。別人として仕事ができるようにすればいい話だ。アルメルスに鍛冶匠太刀風に似せた鍛冶場を作ってもいい。お前のためならどんなことでもする！　もう一度あの頃の輝きを取り戻してくれ！」

　忍に向ける言葉を慎重に選ばなければ――そう思ったのが嘘のように、感情剝《む》きだしの言葉が溢《あふ》れだす。

　苛立《いらだ》ちと激しい怒り、そして切望を抑えきれずに忍にぶつけたミハイルは、いい放った言葉と同時に返ってきた視線に射貫かれた。

　忍はこれまでとは比較にならない憤怒《ふんぬ》を露にし、瞳を金色に染める。

　柳眉《りゅうび》を逆立て唇を戦慄《わなな》かせたかと思うと、突如股間《こかん》に手を伸ばしてきた。

「――ッ、ゥ……！」

　軍服のトラウザーズの上から急所を握られたミハイルは、反射的に息を殺す。

　危険なほど強く握られたわけではなかったが、数秒の間に脂汗がぶわりと滲《にじ》んだ。

　慣れない胡坐姿勢で視線を落とすと、穿き替えていないトラウザーズに鬼の血の染みがついているのが見える。忍もそれに気づいたようで、同じ所に目を止めた。

「あんたは勇敢で腕の立つ剣士で、そのうえ達観してるとこがあるみたいだけど、俺には無理だったんだよ。もしもあんたのご立派なここがさ、急に勃《た》たなくなって……でも心底惚《ほ》れた相手を抱きたくて仕方なかったら、他の奴にそいつを抱かせて満足か？　腰を右に動かせ左に動かせって指示してさ、それで達《い》ける？　かえって苦しくならないか？」

「――っ、放せ……」

「俺はなるよ、きっと嫉妬《しっと》で頭がおかしくなる。耐えられない。そんな地獄を見るくらいなら、惚れた相手と無縁の世界にいるほうがいいんだよ。そいつのことを考える暇もないほど忙しくて、会いたくても会えない。選択肢も自由もない。どうしても会いたくて抜けだそうもんなら、華衛団の連中にすぐ捕まっちまう。そういう場所に逃げ込んでる今は、だいぶ楽なんだよ。ここでやっと少し、落ち着けたんだよ……」

死ぬほど刀を愛している。狂おしいほど打ちたい――。

忍の欲望の深淵《しんえん》に触れたミハイルは、金から黒に戻っていく瞳を見据える。

口でいっている以上に、忍は刀を作りたがっているのだ。

その欲望故に指導者として携わることなど到底不可能で、刀のことを考えることも見ることもできない囚われの環境がよい、と――つまりは吉原が安居だと主張している忍に、何をどういえば説得できるのか、どうしたら今すぐ連れ帰ることができるのか……いくら頭を振り絞っても適切な言動が見えてこない。

「勝手に握って悪かったな。思った通り、いいものをお持ちで……」

「――ッ、ゥ」

ミハイルの股間から手を引いた忍は、一旦瞼を閉じて瞳の色を落ち着かせる。

表情も口調も変わり、売れっ妓陰間という自分の役柄を意図的に取り戻そうとしているようだった。しかし笑ってもぎこちなく、どこか痛々しく見える。

「その刀、以前持ってた三代目雷斬か？　柄《つか》も鍔《つば》も前と違うけど」

「いや、これは……諸事情あって、今は四代目の刀を使っている」

ミハイルは自分が戦地にいたことを話す気はなく、三代目の刀を戦いで損壊したこともいわなかった。現在の愛刀を手に取り、柄を胸の位置まで持ち上げる。

「これも見事な名刀だ。見るか？」

刀を目にするのを避けているであろう忍に、ミハイルは四代目の刀を見せたくてたまらなくなる。それは忍にとってつらいことだとわかっていても、刀の力に頼って彼の意識を変えたかった。いっそのこと刀を打ちたいという欲望が爆発し、忍の箍が外れてしまえばいいとさえ思う。

今は自分が一緒にいるのだから、実際に刀を打たせることにはならず、妖刀を増やして不幸を生むような結果にはならない。それでいて吉原から連れだすことができるのだ。

「お前の祖父の刀だ。手に取って見てくれ」

「吉原の中で抜刀は厳禁。本来なら銃も剣も持ち込むことすら許されないのに、あんたは自由すぎるだろ。今夜も船で来たんだって？　しかもこんな深夜に客のついてる大見世の御職《おしょく》太夫を呼びだすなんて、無粋《ぶすい》も度を越すと笑えてくるよ」

ミハイルは忍に手首を摑まれ、刀を抜くのを止められる。

忍の口調は軽々しいものに変わってしまった。そのうえけらけらと笑いだす。

「――客の相手をしていたのか？」

「してたよ。独り寝の夜は滅多にないんだ。今夜の旦那《だんな》は早く帰る人なんだけど、あんな事件が起きたからさ。うちの見世に避難して、そのままお泊まりってわけ。腰が砕けそうで大変だよ」

忍は自分の腰を摩りながらいうと、「そろそろ戻らないと旦那が淋《さび》しがるんで」といって立ち上がる。

大きく動くと上質な花の香りがして、嗅覚《きゅうかく》に刻まれた過去との差を突きつけられた。昔は、お互いに汗だくの状態で立ち話をしていたのだ。最後に会った夜は湯上がりのよい香りがしていたが、それはもっと清らで優しく、こんなに豪華な香りではなかった。

「――待て」

口でいうより先に動きだし、ミハイルは忍を追う。

すでに襖に向かって歩いている忍の背中を、たまらなく憎く思った。

腰の帯を他の男が解き、柔い肌を暴いて尻《しり》に性器をねじ込んで忍を喘《あえ》がせているのかと思うと、耐えられない。五年前にそうしたい気持ちをこらえて、再会したらすべてを手に入れられると信じていたのだ。

「行かせると思っているのか？　愛しているといったはずだ」

「……っ、あ」

襖の前で忍を追い詰めたミハイルは、二枚の襖の把っ手《とて》を片手で塞《ふさ》ぐ。

もう片方の手も襖に当てて、金粉が鏤《ちりば》められた緋牡丹《ひぼたん》の襖絵に忍の体を張りつけた。

斜めの体勢だった忍が振り返った瞬間、強引に唇を奪う。

「う、ん……ぅ、っ」

甘い衝動よりは、他の男への嫉妬や忍に対する怒りのほうが勝っていた。

これは自分のものだと主張せずにはいられなくて、水飴の味がする唇を舐《ねぶ》り、無理やり割って歯列の向こうに舌を突き入れる。

突然のことに怯《おび》える舌には、過去の初心《うぶ》な接吻を彷彿とさせる戸惑いがあった。

それすらも男を煽《あお》るための演技ではないかと、疑って信じきれないことが悲しい。

「は、ん……う、ぅ……ふ、っ」

「――ッ、ン……ゥ」

忍の黒髪が緋牡丹の襖絵を擦り、ジリッと音を立てた。衣擦れの音もする。

十六歳から二十歳までの四年間――忍が色欲とは無縁の体で待っていてくれるなんて、そんな絵空事のような話を勝手に信じていた。

清い体で待っていろとは、一言もいっていない。貞操を誓ってはいないのだ。

成熟期を控えた少年を相手に無理のある望みを抱いて、裏切られた気になって心苛《い》らる自分は、身勝手な男なのだろうか。滑稽《こっけい》で愚かだろうか――。

「や、やめ……っ、中尉……！」

「大佐だといっただろう。名前で呼べ、ミハイルだ」

細い顎を引っ掴み、上向かせて睨み下ろす。

今でも変わらず愛しくて、そして憎らしい婀娜めいた顔を見ていると、酷く凶暴な熱に侵された。他の男達に触れられたすべての箇所をこの手で触れ直して、肌が赤くなるほど強く擦って塗り替えたい。

他の誰かが性器をねじ込んだというなら、さらに奥を犯して自分を確かに刻みたい。取り戻せない時間の分も、これから先のすべてを奪わずにはいられないのだ。それ以外に、この悲憤と妬心《としん》を乗り越えて、心を澄ます術《すべ》がない。

「あ、あ……っ、ぅ！」

ミハイルは柔肉を嚙《か》み千切らんばかりの勢いで肩に食らいつき、忍の肌を吸う。着物の衿《えり》を掴んで開き、香る肌を弄《まさぐ》った。

「ん、う……」

深い鎖骨の下の胸は滑らかで、小さな突起は触れた瞬間反応する。

肩と共に、ぴくりと震えた。

「……ぁ、ふ……」

悩ましく濡れた声が耳を掠《かす》める。

忍の体の芯《しん》は燃え上がり、ミハイルもまた同じ状態になった。

指の腹で揉《も》んだ乳首は硬く尖《とが》って、唇で吸った肌は瞬く間に火照《ほて》る。

こんなことを他の男にもさせたのかと思うと、やはり憎い。けれど愛しい。

望んだものの多くは容易に手に入れてきたミハイルにとって、忍は特別だった。

他人に執着心を抱いたのは忍が初めてで、刀が打てないといわれたところで忍への愛は少しも目減りすることがない。独りで苦しんで何度も命を絶ったと聞けば、愛しさはより募る。そんなことを二度としなくても済むように、傍に置いて守りたいと思うのだ。

「――忍……愛している」

左肩につけた吸い痣《あざ》を確かめたミハイルは、それを囲う歯型をつける。

「うう、っ！」

忍は痛そうに呻《うめ》いたが、抵抗はしなかった。

背中に手を回してきて、軍服の撓《たわ》みを探って掴んでくる。

それだけでは終わらず、最後は縋るように強い力で引き寄せられた。

「あ、う、痛ぅ、っ」

再び唇を離すと、唾液《だえき》で濡れた肌に新たな痕が見える。

上下共に、整然と揃《そろ》った歯列の痕だ。皮膚を破ってはいないが、濃い桃色をした点状の内出血が散っている。

「お前は私のものだ。金でしか買えないというなら、今すぐにでも身請けする」

「……ミハイル」

初めて名前を呼ばれたミハイルは、もう一度忍の唇を塞ぐ。

この恋は実ると五年前から信じていたが、今もその気持ちは潰《つい》えていない。

忍の体は下種な男達によって穢《けが》されてしまったが、心まで奪われたわけではないのだ。

現に忍は、一度として心を否定してはいなかった。

それどころか、自分の存在が生きる力になったといってくれたのだ。

これ以上の想いがあるだろうか。恋や愛という言葉を使わないだけで、忍の中で自分は特別な存在に他ならない。恋も愛も二人の間にすでに生まれ、育まれているのだ。

「ん、う……ぅ、ふ……」

「――ッ、ン……」

柔らかな唇、熱い舌。縋りつく手や、指先で捏《こ》ねると淫《みだ》らに尖る乳首……。甘い吐息、火照って桃色に染まる肌――過去とは少しずつ違うけれど、どれをとっても過去の延長のように思えてくる。あの恋は続いているのだと、実感せざるを得ない。

――これが陰間の手練手管だというなら、私は生涯何も信じられなくなる。

ミハイルは忍の胸から名残惜しく手を離し、帯に触れた。

これを解いて肌を暴きたい。

下着もすべて取り除き、一糸纏わぬ忍を抱きたい。

その思いで帯を解きかけると、途端に忍の手が伸びてきた。

指を爪ごと押さえられ、至近距離にある顔を横に振られる。

無言だったが、忍はやけに真剣な表情で、「やめてくれ」と訴えた。

「忍、私の所に来てくれ。これから先の身の振りかたは、落ち着いてから考えればいい。時間が必要なら待つ。無理強いもしない。ただ、吉原を出て私の屋敷で考えてくれ」

「あんたが、こんなわからず屋だなんて思わなかった」

「忍、わかってくれ……こんな所には置いておけない」

「頼むから、その名前で呼ばないでくれ。襖の近くなんて誰の耳があるかわからないものなんだぜ。茶屋の人とか、禿《かむろ》や側仕えが控えてたりするんだ」

「今は誰もいない」

「この国には、気配を消せる人種もいるんだよ。忍びとか、いるの知ってるだろ?」

忍はそういうなり、ミハイルの背中から手を引く。

さも襖の向こうに忍びを控えさせているかのような素振りを見せ、ミハイルが警戒した隙《すき》に襖を開けた。バッ！　と、思いきりよく二枚を左右に開け広げる。

「千景！」

廊下には誰もいなかった。ここは最奥《さいおう》の間で、隠れる所もない。

忍は着物の衿を引き寄せながら廊下に出て、もう一度「千景！」と声を上げた。

ほぼ同時に階段を駆け上がる音がして、廊下の先から大柄な男が現れる。

忍が大きな声を出したので、何かあったのかと血相を変えていた。

「紫乃さんっ、どうかなさいましたか⁉」

千景という男の顔を見た途端、忍は我に返ったように頰を引き攣《ひ》らせる。

彼の表情が鏡代わりになったのか、自分が騒ぎすぎたことに気づいた様子だった。

千景よりもむしろ忍のほうが焦っていて、そわそわと落ち着きなく答えに迷っている。

「紫乃さん、大丈夫ですか？」

ミハイルは千景に一瞬睨まれ、そのあとすぐに一礼された。

鋭い視線は個人としてのもので、仕草は吉原で働く人間としての形式的なもの――そんな印象を受ける。

「あ……ああ、大丈夫。うっかり膳を倒して、畳をお茶で濡らしてしまってね……茶屋の人に謝っておいておくれ。今夜はこれで帰るけど、明日お詫《わ》びに伺いますってね」

「はい、お伝えしますが、それだけですか？」

千景は納得いかない様子で、再びミハイルに目を向けた。

その視線を受けながら、ミハイルは彼が普通の人間ではないことに気づく。

気配を消しているわけではないが、身に纏う空気が違った。隙がなく、練達した剣士に近い気の張りかたをしている。肉体的にも旭人とは思えないほど筋骨隆々として、着物の上から見ただけでも、一切の緩みなく鍛え上げた体であることが窺《うかが》えた。

「このまま見世に戻るよ。先に一階に行っておくれ、すぐ行くから」

「はい、承知しました」

千景は忍とミハイルに向かって恭《うやうや》しく頭を下げ、来た方向に立ち去る。

足音が階段の下へと消えていくと、忍は毒を吐きだすような深い息をついた。

ミハイルは部屋の中にいて忍は廊下に出ていたが、空間は再び二人だけのものになる。

しかし燃え上がった熱は戻らない。瘧《おこり》が落ちるように冷めてしまい、鮮やかに見えた襖絵の色までくすんで見えた。

「忍び崩れってやつだよ。忍び上がりじゃなくて、崩れなんだってさ……自虐めいたいいかただろう？　差し詰め俺は刀匠崩れの陰間だけど……さっきも話した通り、それなりに幸せにやってるから大丈夫だよ」

「何が大丈夫なんだ？」

「あんたに助けてもらう必要なんてないんだ。身請けしてくれる御大尽は他にもいるけど断ってるし、あんたの申し出も受ける気はない。天職が一つとは限らないんだよ」

「陰間が天職だとでもいうのか⁉」

「疑うなら、確かめてみれば？」

廊下から再び部屋に戻って畳を踏んだ忍が、すうっと手を伸ばしてくる。

ミハイルは酷く腹を立てながらも、忍の手が自分の左頬に向かってくることを察して、動かずに触れ合う瞬間を待った。熱を冷まされたところで、忍に触れたい思いに変わりはない。

「俺を、抱きにおいでよ」

ひんやりとした指先が頬骨に当たった。掌は顎に当たる。

黒い瞳が、昔よりも近くにある。美しい額も鼻筋も、唇も、何もかもが近い。

「あんたに会いたくないって、そう思ってた。刀を打ってる俺の姿を、あんたの心の中に残したかった……塗り替えたくなかったんだよ。でもこうして会えばやっぱり嬉しいし、忘れた振りも嫌いな振りもできやしない」

「そう思うなら私の屋敷に来てくれ。お前を身請けしたい」

ミハイルは忍の手首を摑み、自分の頬から引《ひ》き剝《は》がして唇を寄せる。

昔よりも柔らかくなった掌に、愛を籠めて唇を押し当てた。

それだけでは飽き足らず、指や爪にも口づける。齧《かじ》ってしまいたいほど愛しくて、その気持ちを「愛している」という言葉でしか伝えられないのがもどかしかった。

「明日……日付のうえでは今日だけど、俺を買ってくれる?」

忍は潤んだ瞳で問うと、ミハイルが答える前に、「待ってるから」と続ける。

「あくまでも、私に客として来いというのか？」

「二度目で床を共にするなんて、これまで一度もなかったんだけど、約束破ったお詫びにご奉仕するよ。それで満足したら、陰間として生きてる俺を認めてくれ」

「満足できなかったら？　陰間を辞めてくれるのか？」

「辞めないよ。その時は、俺を忘れてくれ」

「……ッ」

「俺も、あんたを忘れるようにする。いや……俺が何者でも愛してるっていってくれた、五年前の男気あるあんただけを記憶に留めて、ここで生きていくよ」

過去の己の発言を突きつけられたミハイルは、忍の瞳の切なさに胸を突かれる。

今摑んでいる手を離すのさえつらいのに、どうして忍のことを忘れられるだろう。

忍の苦境を理解し、刀と無縁の世界で生きる彼の意思を尊重するべきなのだろうか。

今は大人しく身を引き、夜が明けたら新たに忍と出会って、初対面の人間として陰間の忍を愛せばよいのか。

そうすれば、「俺を忘れてくれ」などと、そんな死刑宣告のような言葉を向けられなくても済むのだろうか。

忍を失わずに、それなりに幸せだといっている彼とこれからも会って触れ合うことができるならば、答えは一つに思えた。

「紫乃って、そう呼んでくれ」

「——紫乃……」

未だ心惑う中で、ミハイルは乞《こ》われるままにした。

迷いはある。揺れて揺れて、どうしてよいかわからない。

鬼の子であり、これ以上刀を作るわけにはいかない忍を、それでも再び刀の世界に引き戻すために——或いは、刀とは無関係で、なおかつ遊郭とも無縁の世界に送りだすために憎まれ役を買って説得を続けるべきなのか、寛容な男の振りをして過去の発言通りどんな忍でも受け入れるべきなのか、心が定まらないまま忍の体を抱き寄せる。

「——苦しいよ、ミハイル……」

立ち上る今の香りも愛しくて、生きているだけでよかったという気持ちが込み上げる。瞼が燃えるように熱くなり、気づけばまた、「愛している」と告げていた。

《五》

ミハイルと別れて引手茶屋をあとにした忍《しのぶ》は、側仕えの千景《ちかげ》と共に夜道を歩く。時節柄まだ暗いが、時刻のうえでは間もなく朝だ。

秋の夜風は心地好く、火照《ほて》った頬《ほお》を冷やしてくれた。指先も冷たくなる。噛まれた肩と胸の内ばかりが熱く、息の白さが変わらない。

横を歩く千景の息は、疾《と》うに無色になっていた。

「紫乃《しの》さん、軍人と関係を持つのは危険です。紫乃さんが隠してる素性を、軍人の立場を利用して調べ上げるかもしれない。あの人がやらなくても、周囲の人間が調べる可能性があります。さっきのアルメルス軍人は華族の船に乗ってきたそうで、接待を口実に吉原《よしわら》に連れてきたのは帝国軍の上級軍人、桃瀬《ももせ》侯爵令息だったと聞いています」

忍が相当な訳ありで追手から逃げており、徹底して素性を隠している——という認識のもとに何かと手を貸してくれる千景は、心配そうに顔を曇らせた。

「それならあの人の親友だよ」

「親友なら裏切らないというものではありません。親友だからこそ、陰間に入れ込む友を真っ当な道に呼び戻そうとして、紫乃さんを貶《おとし》めるかもしれない」

「ああ、それはあるかもな」

ははっと笑った忍は、百間橋《ひゃっけんばし》でミハイルと共にいた桃瀬時宗《ときむね》の顔を思い返す。

五年経っても変わらない関係に見えた二人を、純粋に羨《うらや》ましいと思った。

できることなら自分も、備前《びぜん》で刀を打ちながらミハイルを待ちたかった。

日に焼けて、真っ黒なうえに所々小さな火傷《やけど》を負っていて、手の皮は石のように硬く、腕はミハイルに負けず劣らず太くなっていただろう。抱きつきたくても汗だくなのが気になって抱きつけず、再会の夜はきっと、香りのよい糠袋《ぬかぶくろ》で体中を隅々まで洗ったに違いない。照れて全身を赤くしながらも、念入りに洗う自分の姿が見えるようだった。

そうして一年前に備前で再会していたら、今頃ミハイルが携えている刀はこの手による入魂の一作だったはずだ。玉鋼《たまはがね》に誓った約束の刀、五代目雷斬《らいざん》――。

それもかつてない長太刀《ながたち》で、素材は選りに選った、最高のさらに上をいく砂鉄から作り上げた玉鋼だ。ミハイルの愛刀となったその刀は何十年経っても錆《さ》びることはなく、持ち主の見事な銀髪の如く輝きながら、主の命を守り抜く。

「紫乃さんが想い続けていたのは、あの人ですよね？」

「俺にそんな人がいるなんて初耳だね。寝言で誰かを呼んでたかい？」

「いえ、すみません。余計なことをいいました」

千景は謝ってすぐに俯《うつむ》き、それからは何もいわなかった。

見世の名が入った紺色の着流し姿で横を歩いて、密やかに息をつく。

やがて藍門《あいもん》の右手に位置する紫櫻楼《しおうろう》が見えてきた。

大見世《おおみせ》の証である総籬《そうまがき》は、升目が小さく遠目には中が見えにくくなっている。内に並ぶ選りすぐりの美人を隠して、手の届かない高嶺《たかね》の花に見せる効果があった。売れっ妓《こ》ほど後ろに並ぶため、人気太夫《だゆう》を見たいと思ったら、客は早くに大見世の前に来るしかない。早々に売れてしまう太夫の姿に目を凝らし、満足したら懐具合に合わせて中見世や切見世に移動するのだ。

妥協せずに大見世の太夫を買える客はほんの一握りだが、それでも確かに存在する。

空の籬の前を通って暖簾《のれん》を潜った忍は、若い衆の挨拶《あいさつ》を受けながら三階に向かった。

さあ仕事だ——と、まずは自分にいい聞かせて気を入れる。

そして千景を下がらせ、背筋を正して衿《えり》を整えた。

「小毬《こまり》ちゃん、帰ったよ。もう寝てるかな？」

忍は紫櫻楼の名物である空中廊下を渡り、自室の襖《ふすま》をそろりと開ける。

一握りの金持ちの一人である小毬は、高く積んだ三つ布団の上で待っていた。

「紫乃さんっ、お帰りなさい。お取り調べは終わったんですか？　大丈夫でしたか？」

小毬は忍の顔を見るなり、弾けるように布団から下りる。畳の上を駆けると、勢いよく胸に飛び込んできた。余程心配だったのか、肩が小刻みに震えている。

他の客からの呼びだしで抜けるとはいえなかった忍は、出かける際に「鬼を見たから取り調べを受けることになった」と説明して出たのだ。

「不安にさせて悪かったね。膝《ひざ》を怪我してるんだから、走ったりしちゃいけないよ」

「こんなのなんでもありません。それより紫乃さんは⁉　軍人さんが吉原に来るなんて、鬼が出たとはいえ余程のことでしょう？　酷いことされませんでしたか？」

「大丈夫、いくつか質問されただけだよ。これっきりの話さ」

「よかった……紫乃さんが吉原の外に連れだされて、尋問されるんじゃないかと……」

「そんなふうに泣かないでおくれ。俺が吉原から出るわけないだろ？　一生誰にも身請けされずに、引退したら裏方になるって約束したじゃないか」

　忍は小毬に気づかれないよう、飛びつかれてずれた衿をさりげなく寄せた。

　ミハイルに痕《あと》をつけられたのは肩だが、下手をすると見えてしまいそうな位置だ。

「よかった、本当によかった。でも……その約束、信じていいんですか？　本当に誰にも身請けされずに、年季が明けてもここに？」

「ずっといるよ。吉原から出たりしない。小毬ちゃんが許嫁《いいなずけ》のお嬢さんと結婚して父親になっても、俺は変わらずここにいる。しんどくなったら会いにおいでよ。お客を取らなくなっても、話し相手にはなれるからさ」

「紫乃さん……っ」

抱きついたまま離れない小毬の体を、忍は両手でひょいと抱き上げる。

いくら小柄でも可愛くても、それなりに重みがある男の体だ。

しかし右肘《みぎひじ》は少しも痛まず、思うままに力が入る。

最後に骨を砕いてからだいぶ経ったので、死ななくともほとんど治ってしまっていた。

「紫乃さんは力持ちですね」

「こっそり鍛えてるんだよ。小毬ちゃんの前では、男でいたいからね」

「嬉《うれ》しい」

肘が治ると刀を作りたい欲求も増してくるため、また激痛に耐えなければいけない日が来るだろう。

吉原での生活に慣れてしばらく落ち着いていたが、ミハイルと再会し、彼の太刀筋まで見てしまったことで、今すぐにでもここを抜けだしたい気持ちがあった。

理性を裏切って思考が働き、脱走の方法や行き先や経路どころか、使う偽名まで考えてしまう。鍛冶場《かじば》は国中に多数あり、どこの門を叩《たた》くか妄想するだけで血が騒いだ。

「朝まで時間は短いけど、一緒に眠ろう」

「紫乃さん……抱いてくださいといったら、呆《あき》れますか？」

腕の中の小毬は、性交を求めて目を潤ませる。

ここに戻ったら強請《ねだ》られるであろうことを、忍は薄々察していた。

小毬の唇には忍が愛用しているのと同じ、唇用の水飴《みずあめ》が塗ってある。接吻《せっぷん》を意識して、塗り直して待っていたのだろう。

「呆れるわけないだろ。怖い目に遭ったんだから、人肌恋しくなるのは当然だよ。でも、どうか今夜は喪に服すことを許しておくれ。罪のない人が目の前で亡くなったからね……情けない話だけど俺も怖いんだよ。罰当《ばちあ》たりなことをしたら死んだ人に責められそうだ」

「ああ……っ、なんてこと……紫乃さん、ごめんなさい。紫乃さんは亡くなった人や鬼を見てしまったのに……僕は自分のことばかりで……」

忍は小毬の体を布団に下ろし、一旦《いったん》離れてからいつも通りに帯を解く。

着物を脱いで長襦袢《ながじゅばん》姿になり、この部屋でのみ使われる特製の紫布団に横たわった。

小毬は舶来《はくらい》物の柔らかい下着を身に着けている。上質で抱き心地がよかった。

こうしていると、ミハイルとのことが幻のように思える。

――いくつもの嘘《うそ》を積み上げて、騙《だま》してばかりで……。

そのうち誰にどんな嘘をついて何を隠しているのか、わからなくなりそうだった。

ミハイルに語ったことの大半は真実だが――嘘もあった。隠していることもある。

今は小毬に嘘をつき、罰当たりないい訳をすることでミハイルの余韻を守った。

今夜だけは接吻すら許したくないのだ。

胸の内では、ミハイルが携えていた刀を作った祖父にまで嫉妬《しっと》している。

凄《すさ》まじく重い金槌《かなづち》を自在に振り、焼けた鋼を打って鍛えて、最高の刀を作りたい。

これまで一度も作ったことがないほど長い刀——ミハイルのためだけの長太刀を、彼に捧《ささ》げられたらどんなにいいだろう。

この身は添い遂げられなくても、刀だけは生涯の愛刀として傍に置いてほしい。

そして手入れの際は、時々でいいから作り手のことを思いだしてくれたら——。

「紫乃さん、なんだかつらそうな顔……」

虚空を見つめながら刀と使い手のことばかり考えていると、小毬が栗鼠《りす》のような目で見上げてくる。鬼や死者を見たせいで、今夜は普段と違う……と思われていることだろう。

それを考えるにつけ申し訳ない気持ちになった。

小毬に対してではなく、鬼に殺された罪なき人々に対してだ。

「小毬ちゃんの寝顔を眺めて、全部忘れるよ」

「紫乃さんみたいに綺麗《きれい》じゃないから、じっと見られたら恥ずかしいです」

「小毬ちゃんは可愛いよ」

「どこから見ても本当に綺麗な人と、若いうちだけ愛嬌《あいきょう》でちょっと可愛く見せかけている紛いものとは月とすっぽんくらい違うんです。紫乃さんが僕と同じ寝子《ねこ》だったら……羨《うらや》ましくて妬《ねた》んでしまいそう」

「おやおや、それは怖いね」

「紫乃さん、どのみちとても眠れそうにありませんし、何か素敵なお話でもしませんか？　不謹慎だけれど、しんみりしていると悪い霊を呼び寄せるなんていいますし」

「いいね、じゃあ素敵な話をしよう。……でも素敵って？　なんだか難しいな」

「うーん……初恋の話、とか？　それは素敵というより、切ない話でしょうか？」

選りに選ってミハイルと縁の切れない話題を振られ、無理に笑うより他なかった。

先手を打って、「小毬ちゃんの初恋は？」と訊《き》くと、小毬は照れながらも語りだす。

初恋の人は従兄《いとこ》で、幼い頃は兄のように慕っていたけれど、彼の結婚が決まった日に、これは恋だと気づいたのだという。無理だとわかっていながら想いを告げたら、結婚式の前に一日だけ恋人ごっこに付き合ってくれて——彼が父親になり、自分は遊郭通いをしている今でも、その一日は宝物なのだと小毬はいった。まさに、お題通りの素敵な話だ。

「妬《や》けるね、胸の辺りがちくちくするよ」

「紫乃さんに初めて抱いてもらった日も、一生忘れられない宝物ですよ」

可愛らしく語るだけでは終わらずに、小毬は「紫乃さんの初恋は？」と訊いてくる。

作り話で誤魔化《ごまか》せないこともなかったが、忍の脳裏に浮かぶ顔は一つだった。

「——実家が田舎で店をやっていてね、その人は客だった。見目《みめ》のいい人で、強そうで、最初は同じ男として憧《あこが》れていたんだよ。それだけだと思ってた」

五年前の晩夏、ミハイルを一目見て理想の剣士だと思った。

天才刀匠の名をほしいままにしながらも、当時の忍には、他人のために刀を作るより、自分が剣士になって刀を使いたいという……少年らしい密かな願望があったのだ。

ところが彼を見た瞬間、そんな気持ちは泡沫《うたかた》の如く消え失《う》せた。代わりに刀匠としての夢が大きく膨らみ、覚醒《かくせい》ともいうべき意識の改革が起きた。

「小毬ちゃんのように、相手の結婚が決まったら気づくとか……そんな大きなきっかけがあったわけじゃないんだけど、毎日会いにこられて、見つめられて……気持ちよくてね。俺はちょっとした優越感に浸ってた。会えなくなるのは淋《さび》しいとか、思ってた。そしたらある日、その人がハンカチを落としていったんだ」

「ハンカチ？　田舎だといってたのにハンカチだったんですか？　紫乃さんの初恋の人はハイカラな方なんですね」

「ああ、そうだねえ。いい生地で、糊《のり》の効いたハンカチだった。それを俺は拾ってね……その人に声をかけて追いかけたんだよ。渡そうと思って何歩か走ったんだ。ところが急に思った。『これがあれば自分から会いにいける。店の外で会えば、この人は俺の唇を吸ってくれるんじゃないか』って、そう思ったら心臓が飛びだしそうになって、足が止まった。その瞬間に気づいたんだよ。……どうにかされたい気持ちにね」

「妬けますね……胸がちくちくしちゃう」

「なんだい、人の台詞《せりふ》を真似しなさんな」

「本当のことですよ。だって紫乃さん、凄《すご》く切ない顔で語るんだもの」

小毬は頬を膨らませて唇を尖《とが》らせたが、最後には「でも嬉しい」といって笑った。

過去の色恋沙汰《ざた》などまともに語らずにはぐらかしてきた忍が、素の表情を見せたことが嬉しかったのだろう。

「紫乃さん、今は抱くばかりだけれど……抱かれたかったこともあったんですね」

「そう思うだろ？　ところが当時は子供すぎて、接吻までしか想像できなかったんだよ」

「わあ驚いた……本当に吃驚《びっくり》。床上手にして百戦錬磨の処女太夫と名高い紫乃さんにも、そんな可愛い時代があったんですね」

「さっさと処女を捨ててたら、今頃は緋《ひ》襦袢でも着てたのかねえ」

「嫌ですよ、そんなの。紫襦袢と紫の着流しは紫乃さんのトレードマークでしょう？　寝子をやらない意思表示だって噂《うわさ》されているんですから」

「トレードマークか、上手《うま》い言葉があったもんだね」

「紫乃さんの真似をして寝子をやらない陰間も増えていますけれど、紫襦袢は紫乃さんの専売特許だからって、遠慮して青い襦袢を着ているそうですよ。身のほどを弁《わきま》えずに紫を着ると、紫乃さんの贔屓《ひいき》筋に咎《とが》められるんですって。僕もたぶん睨《にら》んでしまいますね」

「そんなもんかい？　何色でも、着たいものを着ればいいと思うけどねえ」

布団の中で語り合っているうちに、障子の向こうが明るくなった。

すっかり心休まって眠たげな小毬の肩を抱きながら、忍は枕《まくら》に頭を埋《うず》める。

罰当たりなのは重々承知のうえで天井を見据え、この部屋でミハイルに抱かれる瞬間を思った。


「楼主さん、一番おっきな張り型を売っておくれ。各種取り揃《そろ》えてあるんだろ？」

昼風呂《ひるぶろ》から上がるなり楼主の部屋を訪ねた忍は、起床の挨拶を飛ばしていきなり用件を口にした。淡い紫の浴衣《ゆかた》に手拭《てぬぐ》いを引っかけて、絨毯《じゅうたん》の上を裸足で歩く。

楼主は舶来品を好んでおり、さほど広くはない部屋にアルメルス製の調度品が所狭しと置かれていた。

真鍮《しんちゅう》の鎖で吊《つ》るされた硝子《ガラス》製のランプの下には、脚の長い円卓がある。

それを囲んでいるのは牛革張りの椅子《いす》だ。円卓の上には水晶の大きな灰皿、革カバーを巻かれた厚い辞書、横書きの筆記帳と万年筆。壁には大きな食器棚——これは中のものを見せる仕様になっていて、収められているのはもちろんアルメルス製の食器だった。

「張り型……ってなんだ？　いったいなんの張り型だ？」

「ここで張り型といったらあれしかないだろ。亡八が蒲魚《かまとと》ぶってどうするんだい？」

忍はソファーで寛《くつろ》いでいる楼主の前に立ち、指先で宙に陽物《ようぶつ》の形を描く。

四天王と呼ばれる吉原華衛団の代表の一人にして、奥吉原では唯一の代表である彼は、目をぱちくりとさせてから忍の手をじっと見た。

「馴染《なじ》みの客に使うのか？」

「俺が使うんだよ。相手の魔羅《まら》が初釜《はつがま》には厳しい大きさなんで、拡げておきたい」

忍が明瞭《めいりょう》な声でいうと、楼主は頭を抱えて立ち上がる。

四十路《よそじ》をすぎているが、自慢の長髪を振り乱しながら「ジーザス！」と叫んだ。

「鬼なんか見たせいで紫乃がクレイジーなことをいいだした！　最悪なジョークだ！」

「クレイジーってなんだ？　俺はジョークなんていってない」

「じゃあなんだ？　相手は誰だ？　昨夜お前を呼びだしたアルメルス軍人かっ⁉　つまり脅されているんだな⁉　ここは吉原だぞ、いくら同盟国の軍人とはいえ大きな顔ができる場所ではない。そもそも呼びだしたことも気に入らん。私が留守の間に、よくも……」

「落ち着きなよ楼主さん。俺が寝子をやるのはそんなにショックなことかい？」

「ショックに決まってるだろう！　『陰間《かげま》になってやってもいいけど、抱かれる側は絶対御免だ。難攻不落の処女太夫とか、売りになるんじゃないか？』とかなんとか、ふざけたことをいってのけて、なんだかんだとヴァージンのまま御職まで上り詰めたお前が、今になって張り型だと？　莫迦《ばか》をいうにもほどがある。お前はうちの見世だけじゃなく、この奥吉原の名物なんだぞ。我こそは初めての男に……と願いつつも、実際には疵物《きずもの》にしちゃならない貴重な代物《しろもの》だと客は思ってる。全部お前の狙《ねら》い通りになったんじゃないか」

「楼主さんが俺の提案に乗ってくれたおかげさ。何もかもあんたの功績だよ」

室内をうろつく楼主に「とにかく座れ」と命じられた忍は、ソファーに腰かけた。

ほどよく硬いが、じわりと沈み込む感覚が心地好い。

「なあ紫乃、お前は奥吉原にニューウェーブを起こした新生陰間のパイオニアだ。軍人に何をいわれたか知らないが、早まらないで私に何でも相談してくれ。自分がこれまで築き上げてきたブランドを簡単に捨てるような真似は……」

「簡単じゃないし、楼主さんのいってることがよくわからない。旭日語《きょくじつ》でいってくれ」

「つまり……っ、お前は女装紛いの恰好《かっこう》をした小柄な陰間が全盛だった奥吉原に、新風を吹き込んだ先駆者で、それまでの固定概念を引っ繰り返し、陰間と遊客の多様化を見事に実現させて奥吉原の可能性を広げた功労者でもある。贔屓筋はもちろんのこと、奥吉原の人間の多くは嫉妬も忘れてお前という存在を愛してるんだ」

「大袈裟《おおげさ》だねえ。楼主さんが客を選んで、寝子になりそうな客しか通さないでくれたってだけじゃないか。ずるの賜物《たまもの》だよ」

「確かに最初は調整したが、本当に最初のうちだけだ。富裕層の寝子を抱いて売れっ妓《こ》になったのも、床を共にせずに舌先三寸で丸め込んで躱《かわ》してきたのも……っ、ぅ！」

忍はソファーに座ったまま、目の前に立つ楼主の股間《こかん》に足を当てた。

スラックスの上から一物を的確に探り当て、器用に動く爪先《つまさき》でぐりぐりと刺激する。

「紫乃……っ！」

「さっさと張り型を出しておくれ。それとも楼主さんので拡げてくれるのかい？　見世の妓には手をつけない主義を返上するっていうなら、あんたにあげてもいいけどね」

「あ、足癖の悪い……っ、ふざけるのはやめなさい。その気もないくせに男を誘うんじゃない。私の箍《たが》が外れたらどうする気なんだ？」

「理性的な男だって、信じてるから誘うのさ」

苦笑した忍は、楼主の股間から足を引いて膝を抱える。

本当に大袈裟だと思えてならず、苦々しい笑みばかり漏らしてしまった。

山の中で死にきれずに半死半生になり、女衒《ぜげん》の手でここに送り込まれて三年が経つ。

最初は客と接吻するだけでも吐きそうだったが、なんとか上手くやってこられたのは、新しいもの好きで頭の柔らかいこの楼主のおかげだ。

仁義礼智忠信孝悌《じんぎれいちちゅうしんこうてい》を失った亡八と呼ばれる立場だけあって金に厳しいところはあるが、吉原での陰間の地位向上に励み、色街の伝統を重んじながらも、前衛的な精神で紫櫻《しおう》楼《ろう》を経営している。内心、足を向けて寝られない相手だと思っていた。

「真面目《まじめ》な話、アルメルス軍人に何をいわれた。脅されてるんだろ？」

「そんなんじゃないよ。一目惚《ひとめぼ》れしちまったんだ」

「――は？　なんだって？」

楼主は首だけを前に突きだし、鳩《はと》が豆鉄砲を食ったような顔をする。

黙っていれば役者のような二枚目だが、思わず笑ってしまう表情だ。

「絵の中から出てきたみたいに綺麗な男でさ。一目見た瞬間に、この男のために何かしてやりたいなあって、思ったんだよ。自分のポリシーを曲げてもいいかなってさ」

ミハイルと出会った五年前の夏の日を思いだしながら、忍は変わってしまった自分と、変わらぬ彼の姿を重ね合わせる。

三代目雷斬を研《と》ぎ師に預けたアルメルス軍人が、最強の長太刀を求めていると聞いて、まずはよく手入れをされた彼の愛刀を見た。

そして持ち主にも興味を持ち、二日目に来た時に物陰からこっそり覗《のぞ》き見たのだ。

友人の桃瀬時宗と共に鍛冶匠太刀風《たちかぜ》を訪れ、長太刀を作ってほしいと必死に訴えているミハイルを見た瞬間、祖父ではなく自分に依頼してくれ――と切実に思った。

祖父に嫉妬までして、吸い寄せられるようにミハイルの前に出てしまったのだ。

その一方で、今の自分では圧倒的に力不足だとも思った。最強無敵の刀を作りたくて、一日も早く成長して、ミハイルに頼ってもらえる刀匠になりたかった。

「わかっていると思うが、間夫《まぶ》だの色だのを作ると仕事がつらくなるぞ。寝子をやろうがやるまいが、つらくなる。ここは恋が薬になるような場所じゃない。毒になるだけだ」

「わかってるよ。けどそれでいい。本当はつらいくらいじゃなきゃ駄目なんだよな。俺はあまりにも恵まれすぎてた。楼主さんを含め、奥吉原は優しい人ばっかりでさ」

「私が優しいのはお前が売れるからだぞ。客がつかなけりゃ容赦なくお払い箱だ」

「それもわかってるけど、結果的に今は優しいだろ？　この見世、居心地いいんだよ」

忍の言葉に、楼主は小鼻を蠢《うごめ》かして顎《あご》を撫《な》でる。

無理に持ち上げているわけではなく自然に出た言葉だったが、彼が何に力を入れていて何をいえば喜ぶかを、忍はよくわかっていた。

「嬉しいことをいってくれるじゃないか。私は暗い顔した遊女や陰間が嫌いなものでね。そんなの抱いても気晴らしにならんだろ？　不本意に売られてきても、それなりに明るい顔して客を取ってほしいんだよ。そのための環境を作るのが私の仕事だ」

「そんな男前なこと語られると、あんたに惚れちまいそうだよ」

「惚れてくれるな。お前に迫られたら拒める自信がない」

一応のところ納得して笑み曲げた楼主は、「少し待っていろ」といって背を向けた。

腰のベルトと繋《つな》げた鍵束《かぎたば》をじゃらりと鳴らし、一つを選んで洋簞笥《ようだんす》を開ける。

忍の位置からは見えにくかったが、箱らしきものが収まっていた。

「最初から大きいのなんて入らないぞ、怪我《けが》をするだけだ。何しろうちのは水晶で出来た特注品だからな、人の魔羅のように柔らかみがあるわけじゃない。中くらいのやつで十分慣らせば、アルメルス軍人のご立派な一物でもなんとかなるだろう」

差しだされた桐箱《きりばこ》入りの張り型を受け取った忍は、思いきりよく蓋《ふた》を開ける。

中には男性器を模《かたど》った水晶が収められていて、綿《わた》入りの絹布団で保護されていた。

「値は張るぞ。借金が増えるが、いいんだな？」

「いいよ。ありがとな、楼主さん」

忍は柔軟性の欠片《かけら》もない張り型の表面に触れ、指の腹で撫でてみる。

雁首《かりくび》の所に爪の先をカチンと当てて、ミハイルの陽物を迎える瞬間を想像した。

処女太夫だと知らない様子の彼を騙す気などないが、「後ろは許していないから、陰間の自分を受け入れてくれ」とはいいたくない。

最後の一線を越えていないというだけで――寝子の客を抱くのはもちろん、それ以外の客とも肌を合わせることは間々あった。男の陽物を舐《な》め回し、自身も弄《いじ》り回され、青臭い白濁に塗《まみ》れて穢《けが》れた体だ。好いた男に純潔を主張するなど、詐欺にも等しい。

「紫乃……覚悟のうえで色を作るのは構わんが、いくつか条件を出させてもらうぞ」

「おや、いくつもあるのかい」

「まずは相手にしっかり口止めして、後ろを許したことを口外させないことだ。とはいえアルメルスでは同性愛は禁忌だからな、その軍人が吹聴するとも思わんが……」

「そんな安い男じゃないよ」

「お前の見る目を信じよう。あとはもう一つ、これが何より重要だ。色を作ることで他の客の相手がつらくなっても、決して暗い顔はするな」

楼主は立ったまま少しだけ腰を折り、口元に向かって両手を伸ばしてくる。

左右の柔らかい頬肉を摘まれた忍は、それを口角ごと強制的に持ち上げられた。

「お前の虜《とりこ》になった上客は……処女太夫紫乃というブランドや、お前の美貌《びぼう》に惹《ひ》かれてるわけじゃない。目の前の客をちゃんと幸せにしてやろうっていう、そこら辺の陰間が持ち得ない心意気に惹かれてるんだ」

「楼主さん、それは褒めすぎだよ」

「本当のことだ。お前はこれからも愛嬌《あいきょう》のある顔で笑っていろ。毒にやられるも、毒を薬に変えるも自分次第。外の世界で何があったか知らないが、居心地のいい場所をあえて苦界《くがい》にすることはないんだぞ。お前はここで必要とされて、ちゃんと生きてるんだ」

「──楼主さん……陰間にそんなことというと、惚れられちまうよ」

さすがに弁が立つ楼主に頬の肉を摘まれたまま、忍は笑顔を強要される。

そのうち本気で笑えてきて、この居心地こそが毒に思えた。とても罪深い、蜜《みつ》の毒だ。眷属鬼《けんぞくき》が人を殺《あや》めたのは昨夜のことだというのに、主鬼《しゅき》である自分が、こうして何事もなかったかのように笑っているのだから──。

《六》

暗いうちに奥吉原《おくよしわら》を出たミハイルは一旦《いったん》屋敷に戻り、午前十時に帝国陸軍本部資料室の扉を開けた。同盟国の軍人とはいえ、ミハイルが閲覧できる資料は少なく、そのうえ閲覧時間が限られている。

改めて鍛冶《かじ》匠太刀風《たちかぜ》の火災について調べてみたが、不自然にもどの新聞にも掲載されていなかった。

これに関しては以前から不審に思っていたので時宗《ときむね》にも調査を依頼したが、時宗が相談できる上級軍人の中で、これらについて知っている人間は一人もいない。

火災が発生した時点で妖刀鬼《ようとうき》が各地に出没していたため、刀匠として最も有名な鍛冶匠太刀風が逆恨みされた可能性は捨てきれないものがあった。

報道こそされていないが、忍《しのぶ》が人間国宝に選ばれた時期に妖刀鬼が現れたこともあり、鬼の持つ妖刀は五代目雷斬《らいざん》ではないか——と実《まこと》しやかに噂《うわさ》されていたのだ。

それらはあくまでも噂にすぎず、確証を得た者がいたわけではない。

しかし、鍛冶匠太刀風に逆風が吹いていたのは間違いないのだ。ミハイルが近隣住民に火災について聞いて回った時も、同情の声はほとんど聞こえてこなかった。

それどころか、「罰当《ばちあ》たりなものを作るからですよ」「五代目の太刀風忍の刀が鬼を生むそうです」と、否定的な言葉や噂を口にする人間が大勢いた。

鍛治場が密集している刀の名産地でさえ、そのような状況だったのだ。

仮に忍が妖刀鬼とは無関係な普通の人間であったとしても、刀匠の代表格であるが故に疑われて迫害され、あの場所で刀を打ち続けてはいられなかったと思われる。

そもそも、忍が人間国宝に選出された際の記事も四代目が死去した際の記事も小さく、ミハイルにとっては意外な扱いだった。現代を生きる旭人《きょくじん》にとってはこれが妥当で、刀は縁遠く、無関心及び無価値なものになっているのだと痛感させられる。

高い製鉄技術がこの国を支えているとはいえ、実際に武器として出回るのは旭日刀《きょくじつとう》ではない。銃剣やナイフだ。刃物の最高峰に位置する旭日刀は、作り手と剣士、そして一部の収集家に愛されるだけの存在で、世間的には前時代の遺物かつ、鬼を彷彿《ほうふつ》とさせる恐怖の対象でしかないのかもしれない。

「ミハイル、遅くなってすまない。寝坊して昼になった」

忍が人間国宝に選ばれた際の新聞各社の記事を並べていると、桃瀬《ももせ》時宗が現れる。

言葉通り昼になっていたが、ミハイルは「おはよう」と返した。

「おはよう。それ、太刀風忍の写真か？　まるで別人だな」

「時宗、声を控えろ。忘れろといったはずだぞ」

「すまん。声は控えるが、忘れるのは難しい。何しろ目の覚めるような美人だからな」

正面の席に腰かけた時宗は、ミハイルが見ていた記事を回転させて自分に向ける。

忍の写真を見るなり、「掲載当時も思ったが、酷い写りだ」と顔を顰《しか》めた。

時宗のいう通りで、写真の中の忍は御世辞にも美しいとはいえない。

紫乃太夫《しのだゆう》どころか、ミハイルの記憶に住む忍ともまったく違った。

「昔から結構な美少年だったのにな。これ、写真を撮ると魂を抜かれるって迷信を信じて気合を入れすぎたんじゃないか？　田舎住まいじゃ撮る機会もなかっただろうし」

「なるほど、そういう迷信があるのか。魂を抜かれまいとして歯を食い縛って……」

「への字口になって、顎《あご》には梅干し皺《じわ》ができた。輪郭は横広になって、いかつく見える。そのうえ首や肩まで力んだせいで、一時的にずんぐりむっくりになったわけだ。小鼻は膨らんでるし眉間《みけん》には縦皺が寄ってるし、色は黒いし……まるで掘り立ての泥芋だな」

ミハイルは時宗の言葉を意識しながら、新聞各社共通の写真を改めて見る。

人間国宝が生死不明という状況なのに、忍に関する記事はこれだけで、鍛冶匠太刀風の火災や忍及び従業員の安否が報じられていないのは異様だった。だからこそ余計に、裏があると思えてならない。何者かが報道規制を敷いている——そう考えるのが妥当だ。

その人物は相当な力を持っていて、政府か軍の上層部の人間である可能性が高い。

彼もしくは彼らの目的は不明だが、妖刀《ようとう》の作り手である忍を秘密裏に捜しだして捕らえようと目論《もくろ》んでいたとしても――この写真でしか忍の顔を知らなければ、まず絶対に紫乃太夫と同一人物だとは気づかないだろう。椅子《いす》に張りついてばかりの上層部の人間のやることだ。下の者にこの写真を渡して、無意味な捜索を続けているのではないだろうか。

「この国の上澄みは濁っているからな」

ぽつりと独《ひと》り言《ご》ちたミハイルの前で、時宗が目を瞬《しばたた》かせた。

さすがに怒るかと思えば、「突然どうした？　皮肉だが、いい得て妙だな」と苦笑する。

時宗もまた、この国の上澄みの一人だ。華族であり旭帝国《きょくていこく》軍人でもある。

しかし戦闘にも刀にも縁がない。

射撃の腕を磨いているだけましだったが、軍人でありながら真剣を持ったことは一度もなく、用事がなければ昼まで寝ている始末だった。

それでも不自由しないのは、この国では爵位を持つ上級軍人を戦地に送らないからだ。時宗は流暢《りゅうちょう》なアルメルス語を話せるため、通訳を兼ねた接待を任されることが多い。所属は外交部隊で、アルメルスからやって来た官僚や上級軍人を、夜会や料亭に連れていくのが仕事だった。

「濁った上澄みなりに考えてみたんだが、太刀風忍には妖刀作りの疑いの他に、火付けの容疑もかけられているんじゃないか？　火災の件が報道されないのはかなり不自然だが、容疑者が人間国宝となれば合点が行く」

「火付けの容疑者？　忍が？」

「何しろ国宝に選出するのは政府で、承認するのは帝だ。火付けは問答無用で死罪だし、もしもあの子が犯人で数十人の職人を焼き殺したとしたら……帝の顔に泥を塗った手前、首相以下の引責辞任は免《まぬか》れない。とんでもない醜聞になる」

「なるほど、あり得ない話ではないな。私は火付けの犯人が政府要人か上級軍人ではないかと考えていたが、火災自体は妖刀鬼に遺恨を持った者の仕業で、忍は火付けの容疑者にされただけなのかもしれない。もしくは犯人が誰であれ、鍛冶匠太刀風が焼かれたことが明るみに出れば、妖刀鬼と人間国宝の関係に信憑《しんぴょう》性が出てしまう――と考えたか」

「お前……っ、要人が火付け犯だと思ってたのか⁉」

「声が大きい」

ミハイルは図書館と変わらぬ造りになっている資料室の隅で、目の前の時宗を睨《にら》む。

本人もまずいと思ったらしく、慌てて周囲を見渡した。見える範囲には誰もいないが、扉のついていない仕切り壁の向こうの状況はわからないので、声を潜める必要がある。

「外に出よう。忘れろといった件、お前に話しておくことにした」

「何故また急に？」

「いつ召集がかかるかわからない身だからだ。私の身に万が一のことがあった場合は……あの子の力になってほしい」

「不吉なことをいうな。使えるものはなんでも使って免れればいいじゃないか」

「この一年はそれに近い真似をしてきたが、あの子の無事が確認できた以上、自分自身を軽蔑《けいべつ》したくなるような行動は取れない。私は恥じるところのない剣士でありたいのだ」

「その融通が利かないところも頑固なところも、まるで旭人の民のようだ。旭日刀を長年使っていると作り手の性質が伝染するものなのか？」

「私は恋をして変わったのだ。愛する者の前では、誇り高くありたい」

「日中に堂々と恋だの愛だのいう辺りは、間違いなくアルメルス人だな……」

時宗と共に資料室を出たミハイルは、赤絨毯《あかじゅうたん》が敷かれた大理石の床の上を歩く。

大階段を使って二階から一階に下り、衛兵の敬礼を受けながら外に出た。

初秋の午後はすごしやすく、日差しは優しい。

早く黄金色に染まりたがっている銀杏《いちょう》もあれば、夏を惜しむように黄緑色にしがみつく木もあった。どちらも風の存在を、木漏れ日や音により示している。

「忍は奥吉原の紫櫻楼《しおうろう》という見世で働いている。紫乃太夫という名だ」

「紫乃太夫なら知っているぞ。父の知人が太夫の上客だったはずだ。あ、確か彼は……」

誰もいない陸軍本部の庭園を歩きながら、ミハイルは時宗の言葉に大きく反応する。

時宗の知人は軍人ばかりではないため、その中に忍の客がいる可能性は考えていたが、明言されると不愉快だった。

「どこの誰が忍を抱いたか、そんなことは知りたくない」

「――っ、え……あ、ああ……そうだ、な……すまない」

「話を戻すが、忍が自宅や職場に火をつけるわけがないのだから、犯人は別にいる。では犯人の目的は何か。近隣の住人は刀を作っていたから罰が当たったなどといっていたが、妖刀鬼に絡んだ怨《うら》みなのか、それとも何か別の目的があるのか考えてみた。もし仮に別の目的があるとしたら、犯人の目的は顧客名簿の略奪と、その内容を記憶している可能性がある従業員の抹殺だった――とは考えられないか？」

ミハイルはこの一年間に知り得たことと、昨夜忍に会って判明したことを考え合わせて発言した。

すぐ横を歩いている時宗は、少し驚きながらも納得した表情で頷《うなず》く。

「そうだよな、顧客名簿……鬼襲対策本部が喉《のど》から手が出るほど欲しているやつだ」

「美術品として刀を手に入れた人間の中には、所持していることを公言し、披露する者も少なからずいるものだが、忍の刀の所有者は一人も表に出てこない。初期の刀については公言していた収集家もいたが、今は持っていないといい張るばかりだ。そのほぼ全員が、盗まれたと証言している」

「妖刀鬼の持つ刀は五代目雷斬じゃないかって噂は濃厚だからな。五代目の刀を持ってるなんていいだせる空気じゃないよな……」

「実際に会ってみたが、彼らは本当に盗まれたのだと訴えていて、私の目には嘘をついているようには見えなかった。極秘で行われた家宅捜索でも忍の刀は出てきていない。そう考えると、火付け云々《うんぬん》は別として、妖刀鬼に変貌《へんぼう》する人間が顧客名簿をすでに手に入れている可能性は高いと考えられる。なんらかの理由があって五代目雷斬を集めるうえでも、自らの名を伏せるうえでも、奪わねばならない名簿だったのだろう」

「お前のその刀……四代目雷斬だよな？　もしそれが五代目雷斬で……妖刀でもなんでもない普通の刀だったら、お前ならどうしていた？」

時宗に問われ、ミハイルは手の中の四代目雷斬をより強く握り締めた。

忍の刀が妖刀ではなく、なおかつ自分が所持していた場合の行動について考える。

「軍に預けて、そのことを世間に公表しただろうな。旭日刀を愛する者なら、そういった行動を取るはずだ。妖刀ではないことを証明することで、若き天才刀匠の汚名を濯《そそ》げる。だが現実には、誰一人としてそうしなかった」

「五代目の刀が本気でまずい代物だからか……『太刀風忍は無実だ』と、刀を表に出して庇《かば》おうにも庇えない本物。善良な愛好家の手からは盗みだされ、今現在……鬼以外は誰も持っていない状況……」

「そういうことだろうな。鬼が手にしていた妖刀――あれは確かに五代目雷斬だった」

「……っ、実物を見て確信したってことか⁉」

「私の目に狂いがなければな」

忍が鬼の子であることも、忍自身の口から妖刀に関する言質《げんち》を得たことも打ち明けられないミハイルは、己の直感を確信しているものとして話を進める。

旭日刀には一家言《いっかげん》あるミハイルの言葉を、時宗は素直に聞いていた。

「妖刀の所有者は自分が鬼に変わることを自覚しているから刀を隠し……鍛冶匠太刀風が保管していた顧客名簿を奪った挙げ句に、情報を記憶している可能性のある従業員を焼き殺した。そして名簿を利用し、五代目雷斬を次々と盗んだ、と考えられるが、真実は依然闇《やみ》の中だ。何しろ目撃者もいない、三年以上前の火事だからな」

そんな恐ろしいことをする人間が、政治家や上級軍人の地位にあるとしたら――それは忌々《ゆゆ》しき事態だが、証拠は皆無だ。

「鬼が要人だったら大変なことじゃないか！　だが、そう考えると報道規制を敷く理由も増えるな。人間国宝の醜聞は困るってだけではなくなる。もっと深刻だ」

「時宗、五年前に忍の刀の注文者を調べるよう頼んだのを憶えているか？　あの時に受け取った顧客名簿の写しを、私は目を通さずにお前に返した。刀を予約した人間を買収してキャンセルさせて割り込むという、卑怯《ひきょう》な手段を使うのをやめたからだ」

「もちろん憶えているとも。お前の我儘《わがまま》に振り回されて腹が立ったが、しかし……あれがあれば鬼の正体がわかるかもしれない！　なんてことだ、存在をすっかり忘れていた」

時宗は目の色を変えて興奮を示す。火付け云々とは関係なく、顧客名簿の写しは大変な代物だ。妖刀鬼の正体を暴くことを考えるなら、これほど貴重な手がかりはない。

「しかしあれはどこへやったか……備前《びぜん》の別邸に置いたままだと思うが、執事に確認してみないと保管場所がわからない。不要品として処分していないといいが……」

「処分されてはいないが、盗まれていた」

「……え？　何が、だ？」

急な話に呆気《あっけ》に取られる時宗に、ミハイルは説明のための言葉を選びながら、「まず先にいっておくが、お前の家の使用人が悪いわけではない」と前置きした。

「盗まれたって……え？　あ、あの写しが盗まれたのか？」

「火災の数ヵ月後、侯爵家の別邸の書斎に何者かが侵入した形跡があったそうだ」

「うちに⁉　どういうことだ⁉　俺は何も聞いてないぞ！　父は知ってるのか⁉」

「いや、知らない話だ。女中がいうには、女の直感で誰かが入ったような気がするというだけで確証はなく、ものがなくなっているようには見えなかったので黙っていたらしい。気のせいかもしれないことで騒いで、解雇されるのが怖かったのだろう」

「信じられん！　なんだそれは、うちの使用人はどうしようもないな！」

「確証のないことで罰を受けるのを恐れるのは無理もない。数年経ってもその時のことが胸に引っかかっていたそうで、彼女はとても悔やんでいた。許してやってくれ」

ミハイルは女中を庇って執《と》り成《な》したが、他人にそういわれることで、時宗は余計に気を悪くした様子だった。怒りを地面に向け、歩きながら砂利《じゃり》を蹴散《けち》らす。

「それで……盗まれていたのは顧客名簿の写しだったってわけか？」

「ああ、私が備前《びぜん》の別邸に行って執事に顧客名簿の写しを出すよう依頼したことにより、侵入者の目的がなんであったのかわかった。今から一年前のことだ」

「お前……せめて俺にはいえよ！」

「すまない。あの頃は忍の生死がわからず、気持ちに余裕がなかった」

「そういいつつも、顧客名簿の写しのことは憶えていたんだな」

「ああ、忍の刀を手にした人間が鬼になるという話が本当なら、購入者を訪ね歩くことで忍の消息が摑《つか》めるかもしれないと思ったのだ。だが顧客名簿も写しもなくなっていて……鬼が出てから出現場所を訪ね歩いても収穫は得られなかった」

「しかしその読みは当たっていたということだよな。結果的に昨夜鬼と遭遇し、鬼退治に向かったら太刀風忍と会えたわけだから。あ……ちょっと待てよ……妖刀鬼に人としての意思があり、顧客情報を消したがっているとしたら、刀を作った本人の身も危ないんじゃないか？　だからあの子は遊郭に逃げ込んで隠れているのか？」

「いや、忍は雑念を払うために客の情報を一切聞かずに刀を打つといっていた。妖刀鬼がそのことを知らなかったとしたら、忍の命を狙《ねら》っている可能性はあるが……」

ミハイルは時宗に対して常識的な推理を語ったが、実際には違うことを考えていた。

忍は人間ではなく、持ち主を鬼に変える妖刀を作った半人半鬼――いうなれば妖刀鬼の親玉であり、忍が襲われるようなことはないのだろう。

現に昨夜百間橋《ひゃっけんばし》に現れた鬼は忍を攻撃せず、説得に従って立ち去った。

忍自身もそれをわかっていて、あとあと「鬼は松明《たいまつ》の火を恐れて逃げていった」という いい訳に使うために、カムフラージュとして松明を鬼に向けていたと思われる。

「鬼はあの子に逆らわずに逃げたんだし、作り手は特別なのかもしれないな」

「ああ、そうだな……真に恐れるべきは、鬼の罪業を妖刀の制作者に負わせたがっている世論だ。忍は計らずも妖刀を作ってしまったようだが、本人も悩み、死ぬよりつらい目に遭ってきたことだろう。しかし今は完全に無害な人間だ。見逃してやってくれ」

「心配するな。俺はお前のように真面目《まじめ》な軍人じゃない。妖刀の制作者を見つけた以上、帝国軍人として祖国のために友を裏切るしかない……なんて思い悩むわけがないだろう？今でも妖刀を作り続けて鬼を増やしているというなら話は別だが、吉原で大人しくしてる色っぽい美人じゃないか。あの白い肌に民衆が石を投げつける光景は見たくない。私刑も拷問も処刑も、俺は血腥《ちなまぐさ》いこと全部が嫌いだ」

「お前をこれほど頼もしいと思ったことがあっただろうか」

「これまでもたくさんあったと思うぞ」

「そうだったか?」と憎まれ口を叩《たた》いたミハイルは、誰もが時宗のように理解してくれるものならば……と思いながらも、現実の厳しさを考えて陰《いん》に籠《こ》もる。

身体的特徴から見て、妖刀鬼は少なくとも六体存在するといわれているが、未だ一体も捕まっていない。倒すのも捕らえるのも不可能だと諦《あきら》められている現状があるからこそ、やり場のない人々の憤怨《ふんえん》は妖刀の制作者に向かうのだ。

人間国宝、五代目雷斬——太刀風忍が鬼襲事件の黒幕だという噂は、今のところ単なる噂にすぎないが、もしも鬼が倒されて妖刀が一振りでも確保されれば、銘により忍の刀であることが公になってしまう。そうなれば、いくら写真と姿形が違っていても、今の忍が罪人として引っ立てられる日が来るかもしれない。

「ミハイル、お前を呼んでるみたいだぞ」

考えごとをしながら歩いていたミハイルは、数歩遅れていた時宗に声をかけられる。振り向くと、陸軍本部の裏口から通信兵が駆けてくる姿が見えた。

「ペルシック大佐! 海軍本部から緊急の伝令が届いております!」

長閑《のどか》な午後の光に濃い影を落とし、青年はミハイルの正面に立つ。

差しだされた伝令書は剝《む》きだしで、受け取る前から『出動命令』の四文字が見えた。

それを目にした途端、体と心が引き千切られるような感覚を味わう。できるものなら、権力でも財力でもなんでも使って、忍と共にいる時間を守りたかった。忍を説得して吉原から連れだし、二人でのんびりと甘い日々をすごせたら、どんなに幸せかと思う。

しかし実際に残せるのは心だけだ。体は行くべき所に向かわせなければならない。

「すぐに行くと伝えてくれ」

「承知致しました！」

通信兵が離れてから、ミハイルは改めて伝令書を読み返した。

気が重くなる内容だったが、今はそれ以上に忍のことが気にかかる。

今夜会う約束になっているというのに、すぐに帝都を出なければならないのだ。

自分は軍人であり、剣士でもある。こればかりはどうにもならない話——否、どうにかできる特権があるとしても、己の信念を裏切ってはならない話だった。

「火急の出動要請か？　いったい何があったんだ？」

「要請ではなく、出動命令だ。白鳫諸島《はくがんしょとう》が蛮国《ばんこく》の賊軍《ぞくぐん》に占拠されたらしい」

「すでに占拠されたのか!?　うちの海軍は何をやっているんだ!?」

「未然に防ぐために北側に帝国軍の戦艦が二隻配備されているが、公海にダネルの艦隊が現れたため、領海侵犯を牽制《けんせい》すべく離島していたそうだ。その隙《すき》に足回りのよい小型船を使って乗り込まれた。敵は推定千二百余名」

「ダネルのほうは結局なんでもなかったのか？　問題はそっちだろう？　賊徒が千人以上いたって、アルメルス軍や我が帝国軍の敵ではない。原始的な烏合《うごう》の衆じゃないか」

「そう侮《あなど》ってもいられないぞ。奴らは宗教上の理由から死を恐れないうえに、戦闘中に大麻を吸って笑いながら手榴弾《しゅりゅうだん》を投げつけてくる。捕虜に対する礼を尽くさず、捕まえたら家畜以下の扱いだ。そういう意味ではダネルよりも性質《たち》が悪い」

「そんなに危ないなら行くなよ。お前の立場なら我が軍の命令くらい断れるだろう？」

時宗に何をいわれても足を止める気はなく、ミハイルは陸軍本部の正門に向かった。

白鳫諸島は旭帝国有数の鉱山を擁し、近海は恵まれた漁業区域だ。旭帝国はもちろん、主要輸出国のアルメルスにとっても重要な食糧拠点といえる。何より、鉱山で働く旭人が大勢暮らしている島でもある。占拠されたとあっては一刻を争うのだ。

「ミハイル、聞いているか？　いくら剣の腕が立っても、手榴弾が飛び交う戦場で無事でいられる保証はないんだぞ。お前の命は賊如《ごと》きに散らされていいものではない」

「何をいまさら。それより時宗、私は今夜、客として忍を買う約束をしている。代わりに紫櫻楼に行ってもらえないか？　心配をかけないよう、適当な理由をつけてくれ」

「莫迦《ばか》なことを……俺は旭帝国軍人だぞ。吉原には入れない」

「私服で内密に通っている軍人はいると聞くぞ。確かお前から聞いたはずだ。私の軍服を着てアルメルス軍人を名乗るのもいい。お前のほうが私よりも白人らしいからな、誰にもわからないだろう。明日以降は屋敷の者にでも行かせて、私が戻るまで毎日必ず忍を買い続けてくれ……他の客を取れないように。とりあえずこれを担保として渡しておく」

時宗と共に歩きながら、ミハイルは左手に嵌《は》めていたプラチナの腕輪に指をかける。嵌め込まれている大粒の石はペルシック伯爵家に代々伝わる家宝で、希少な青いダイヤモンドだ。売れば帝都に大邸宅を建てられるほどの金になる。

「ああ、やめろやめろ、外すな。どうしても行くなら、頼むからそのまましっかり着けて出征してくれ。先祖の念が籠《こ》もった御守りを受け取って、お前が死んだら夢見が悪い」

「――お前はよき友だな」

「それこそいまさらだろ」

お互いに腕を強めに摑み合い、しばし視線を合わせた。

いつにも増して時宗の存在に感謝したミハイルは、「忍を頼む」と頭を下げる。

時宗は驚いて言葉も出ない様子だったが、ミハイルは構わず頭を下げ続け、「やめろ」といわれるまでそうしていた。

「わかったから……必ず戻れよ。戻らなかったら俺が客になるぞ」

「いくらお前でも、それは許さん」

ミハイルは真顔でいい放つと、時宗と顔を合わせたまま少しだけ笑った。

死ぬ気はないが、別れ際はいつも考えてしまう。目の前の相手の記憶に残る最後の顔にならないことを祈りながらも、どうしても、意識して表情を作り、相手の顔をしかと目に焼きつけてしまうのだ。

《七》

布海苔《ふのり》で濡らした水晶の張り型を菊壺《きくつぼ》に挿入し、滲《にじ》む涙をこらえた日——忍《しのぶ》は生まれて初めて緋襦袢《ひじゅばん》に袖《そで》を通した。寝子《ねこ》をやらない陰間《かげま》の象徴として、突出しの時から紫襦袢を着ていた忍にとって、今夜はそれだけ特別だったのだ。

アルメルス軍人が来たら部屋に上げてくれと番頭に伝え、張見世には出ずに部屋で待つこと数分。客は夜見世《よるみせ》が開く時刻より前に来て、すでに登楼していると伝えられた。

ミハイルが来ると信じていたにもかかわらず、本当に来たと知って胸を撫《な》で下ろし……ほっとしたのも束の間、あとはひたすら心臓の音を感じながら待った。

少しも自分らしくなかったが、それくらい特別な夜だった。それなのに、禿《かむろ》の少年達が開いてくれた襖《ふすま》の向こうには、白軍服姿で軍帽を被った別の男が立っている。

「……これは、どういうことですか？」

桃瀬時宗《ももせときむね》——桃瀬侯爵家の嫡男にして旭帝国《きょくていこく》軍人である彼が、何故《なぜ》かアルメルス海軍の白軍服を着ていた。ミハイルが着ていたものとまったく同じだ。

「桃瀬様はいつからアルメルス軍人になったんですか？」

「よく見てくれ、この軍服は私の体には少し大きいだろう？　急きょ詰められるだけ詰めさせてみたが、体に合わぬ服など着たことがないのでね、なんとも着心地が悪い。やはり私服を着てくるのが一番だったかな。ここまで来るのに随分目立ってしまったよ」

時宗はそういって軍帽を脱ぐと、上座に置かれた一人膳《ぜん》の前に座る。

表吉原では遊女が上座に座るが、奥吉原では客に上座を譲るのが習わしだ。

膳を挟んで時宗と向かい合わせになった忍は、狐《きつね》に摘まれた心地で彼を見据えた。

「それはペルシック大佐の軍服……ということですか？　どうして貴方《あなた》が？」

「私はアルメルス人の母親に似ているし、色も白い。髪の色は生憎《あいにく》父に似てしまったが、こういう恰好《かっこう》をするとアルメルス軍人に見えるだろう？　一興だと思わないか？」

「そんなことを訊《き》いているんじゃありません。はぐらかさないでください」

時宗は忍に睨《にら》まれて肩を竦《すく》め、くすっと笑う。

忍にしてみれば笑えることなど少しもなく、酷《ひど》く苛立《いらだ》つ笑みだった。

「ミハイルを出し抜いて君を自分のものにしたくてね……油断した友に一服盛って軍服を奪ってきた——なんてドラマチックな話ならよかったんだが、君を買うよう、ミハイルに頼まれたんだ。外せない急用で来られなくなったが、君が他の男に抱かれるのは耐えられない……ということらしい。ミハイルが戻るまで、毎晩君を買わせてもらうよ」

「そんな莫迦《ばか》なこと……」

「本当に莫迦だと思うよ。心配しなくても、君は他の男に抱かれたりしないのに」

意味深にいってくる時宗を前に、忍はぎくりと息を呑《の》む。

処女太夫《だゆう》と呼ばれていることをミハイルが知らない今、真実を教えずにそのままにしておきたかった。穢《けが》れた身でありながら最後の一線は越えていないというだけで、さも清い身で彼を待っていたかのような顔はとてもできない。

「父の友人が君の客の一人でね、夜会の席で君のことを話していたよ。寝子はやらない、特別な陰間だとか。その証拠に緋襦袢を着ることはなく、トレードマークは紫襦袢と紫の着流しで、君を抱きたい客の多くは、初めての男に選ばれたくて仕方ないとか……君との駆け引きが楽しいとか、そんな話だったかな」

時宗の視線が、緋襦袢の衿《えり》に突き刺さるようだった。

ミハイルとの逢瀬《おうせ》を期待し、この時を待っていたとばかりに普段と違う色の襦袢を着ている自分が滑稽《こっけい》でたまらなくなる。日中には水晶の張り型を使って、独りで半泣きしつつ菊座を拡張していたと知ったら、この男は腹を抱えて笑うだろうか。

「そこまでご存じなら、何故ご友人に本当のことをいわなかったんです？　無駄なお金を使わせずに済んだでしょうに」

「ミハイルは君と客とのことを聞きたくないようだった。それに何より……私が個人的に君に会いたかったんだよ。確認したいことがあってね。純真で可愛かった頃の君なら応援する気になれたんだが、果たして今はどうだろうか……と考えずにはいられない。いくらミハイルが君を好きでも、友人としては複雑だ。その姿を見る限り君も本気で惚《ほ》れているようだが、大人しく身請けされて添い遂げる気はあるのか？」

　添い遂げる——その言葉の意味を改めて考えてしまうほど縁遠くて、忍は俯《うつむ》きつつ唇の端を持ち上げる。笑えることなど何もなかったが、嫌な客の前でも常に微笑を湛《たた》えるのが癖になっていた。

「……惚れた腫《は》れたに関しては、無意味な嘘《うそ》はつきませんよ。あの人のことが好きなのは本当のことです。でも、身請けされる気はないし、添い遂げるなんて夢のまた夢……」

「驚いたな……随分と正直に本音を語るものだ。駆け引き上手と聞いていたので、もっと嘘で固めてくるかと思っていたよ。だが結論として、君はミハイルをどうする気なんだ？　まさか自分の客の一人にして、ここに通わせる気じゃないだろうな？」

「——どうするかは、俺が決めることじゃありません」

「そういわずにきっぱり決めてほしいものだ。私はミハイルの親兄弟ではないし、遊女に嵌《はま》ろうと陰間に嵌ろうと小言をいう立場ではないんだが、さすがに君は危険すぎる」

　時宗は上座に座ったままそこまでいうと、左右を見渡し、さらに後ろを振り返って膝《ひざ》を崩して、床の間に飾られた掛け軸を捲《めく》った。その先に何もないことを確かめると、今度は天井を見上げる。明らかに忍びの存在を意識した行動だった。

　——ああ……子飼いの忍びがいるとか、いってたな……。

誰かが耳をそばだてているかもしれない、と警戒している様子の時宗は、「こちらへ」といって手招きする。そんな呼びかたをされれば行かないわけにはいかず、忍は薔薇《ばら》模様の入った白い打ち掛け姿で立ち上がり、時宗の真横に座った。

「――君は鬼の親玉……主鬼《しゅき》なのか？」

肩を抱かれて耳元で囁《ささや》かれた瞬間、忍の血の気は音を立てて引いていく。

本当に頭の中で音がした。砂が岩肌を滑り落ちるように、自分の中にある支えが崩れ、熱を奪われていく。冷水を頭からかけられた気分だった。指先まで、すべてが冷える。

「君の赤みがかった黒髪が白銀の髪に変わり、妖刀《ようとう》を振り回して人を無差別に殺すなんて考えているわけではないんだが、君が作った刀が問題の妖刀だということは察しがつく。巷《ちまた》でも信憑《しんぴょう》性の高い噂《うわさ》として広まっている話だ。実際に間近で妖刀を目にしたミハイルは確信を持ったようだし――あれは君が作ったんだろう？」

「……それは……」

それは違う――といいかけて、それこそ違う……と、忍は自ら否定した。

あの刀は自分が作ったものではないなどと、いえるわけがないのだ。

それは刀匠として生きてきた自身への裏切りであり、愛した刀への裏切りでもある。

刀は忍にとって、我が子に等しいものだった。ありったけの愛を注いで、数えきれないほどたくさんの火傷《やけど》を負いながら、苦痛と灼熱《しゃくねつ》に耐えて生み育てた子供だ。

こうして遊郭の中で素知らぬ顔をしていることだけでもつらいのに、面と向かって問い質されている今、「自分が作った刀ではない」などと、どうしていえるだろう——。

「俺は……妖刀を作ろうと思ったことは、一度もありません」

事実を否定せずに、それでもいい逃れながら思うことは一つだった。

ミハイルが今夜ここに来なかった本当の理由は、自分が鬼襲事件の真犯人ともいうべき存在だからなのだろうか。

昨夜から今日にかけて色々と考えて冷静になり、熱が冷めたのかもしれない。しばらく自分を買い続ける気があるなら見限ったのではないとしても、いったい何を思って友人を代理で寄越したのだろう。ここでの返答次第では、もう二度と会えないのだろうか。

「妖刀を持つ白銀の髪の鬼が現れたのは、君が人間国宝に選ばれた頃……つまり四年前とされている。だが実際には違う。混乱を恐れて大々的には取り上げられなかったが、実のところその少し前から同種の鬼と思われるものが目撃されていたそうだ。妖刀鬼《ようとうき》は、君とミハイルが出会ってしばらくしてから出始めたことになる」

時宗に肩を抱かれたまま、忍は黙って彼の言葉を聞いていた。

視線は合わせず下に向け、無意識に唇を嚙《か》む。

そこに塗っていた取って置きの水飴《みずあめ》の味が舌に広がることで、ミハイルがいないことを実感した。

選んだ水飴は、アルメルスの国花である薔薇の味の水飴だ。高貴で美しい彼に似合うと思って……ミハイルが好きだと思って、唇に塗りつけておいた。

「我が国には古来様々な鬼がいて、親玉の主鬼と、その下っ端《したっぱ》の眷属鬼《けんぞくき》がいる——という伝説がある。まるで流行《はや》りもののようにいつの間にか消えては別の鬼が現れるが、過去に出たものは攻撃的なものでも斧《おの》や包丁を持つ鬼くらいで、妖刀鬼ほど殺傷能力の強い鬼が現れた例はなかった。そして、過去に出たどの鬼もアルメルス人に似た姿ではない。妖刀鬼は何故か彫りの深い顔立ちをして、銀に近い髪を持っている。何故あれほどミハイルの容貌《ようぼう》に似ているんだ？　本来小柄で平らな顔をした旭人の容姿が変化し、ミハイルに似た姿の鬼になっているとしたら……実におぞましく許し難い話だ。それにより彼がどれだけ迷惑しているかわかるか？　あれほどの美男でありながら、外を歩くと人が逃げていくんだぞ。時には蛇蝎《だかつ》を見るような目を向けられることもある」

仄《ほの》かに薔薇の味と香りがする唾液《だえき》を飲んで、忍は指先を胸に当てる。

ミハイルと一緒にいる時とは違うが、鼓動が激しく高鳴っていた。

これまでどうにか逃げ果《おお》せたが、遂に人生の幕が下りるのかもしれない。

隣にいるのは旭帝国軍人であり、皇室の藩屏《はんぺい》たる華族だ。

鬼の正体や問題の妖刀の出所を知ったら、軍に報告する義務がある。

「俺が作った刀が、妖刀になって……それの持ち主が鬼に変貌《へんぼう》して、人を殺し歩いているようです。鬼は武器を奪うと人間に戻るという説がありますので、刀を奪い取れば捕らえられると思います。それしか、いえることはありません」

「君は鬼退治をする気はないのか？　君の命令に従って鬼が去ったのを確かに見たぞ」

「あれはすでに何人も人を斬《き》っていたからだと思います。鬼は人の魂魄《こんぱく》を吸っていて……それが足りなくなると理性を抑えきれなくなるようです。個体差もあって、必ずしも刀の作り手の命令を聞いてくれるわけではありません」

「つまり、君自身が鬼退治に繰りだすことはできないということか。妖刀鬼を作るような大罪を犯しておいて、ただ逃げ隠れするばかりとは情けない」

「……はい、仰《おっしゃ》る通りです……返す言葉もありません」

「それでも君は主鬼なんだろう？　鬼の親玉だ」

時宗は声が誰にも聞こえないよう、肩を抱いてさらに顔を近づけてきた。

同じことを先ほども訊《き》かれたにもかかわらず、忍は過剰な反応をしてしまう。

しかし正直に答えることはできなかった。

妖刀を作ったのは自分だと認めたが、それと出自を告白するのは別の話だ。

鬼の子であることは、ミハイル以外の誰にも知られたくない。

「俺は刀匠崩れの陰間です。それ以上でも以下でもないんで、堪忍してください」

「帝国軍人の私では信用ならないか？　真実を語ると軍に突きだされそうで？」

「いいえ、そういうことじゃありません。自分のことだからといって……なんでもわかるわけじゃあないんです」

「まあいいだろう。今は君が何者であるかも、どんな事情を抱えているかも追及しないでおくが、ミハイルを徒《いたずら》に翻弄《ほんろう》することだけはやめてくれ。本人はいわないだろうが、この一年、人を使うだけではなく自分の足で君を捜し歩いて、本来は誇りを重んじる貴族的な男なのに、ポリシーを捻《ね》じ曲げて憐《あわ》れなくらい必死になっていたんだ」

「――どういう……ことですか？」

「軍人としての誇りも剣士としての誇りも投げ打って、君を捜すことしか頭になかったのだよ。爵位を楯《たて》にして半ば強引に旭帝国海軍本部を任地に決め、派遣教官の真似事をしていた。閑職に就けば君を捜せるからな。半日でも時間が空けば君を捜しに出かけ、休みは汽車に乗って遠出していた。有事に捉《つか》まらずに信用を落としてしまったし、疲れて顔色が悪いことも多かった。苛《いら》立《だ》ちのあまり人に冷たく当たることもあって……」

忍は至近距離で信じられないような話を聞かされ、無意識に首を横に振る。

今自分の肩を抱きながら話している時宗は、本当はミハイルの友人でもなんでもなく、悪心あって彼の悪口を吹聴したいだけなのでは……と疑った。

どうしても時宗の言葉が信じられず、試しに信じようとすると、自分の中にいる完璧《かんぺき》なミハイルの姿が崩れそうになる。

「実のところ、心を患いかけていたのだと思う。火災で君が死んでしまったという見方が妥当だったのに、その可能性は零《ゼロ》とばかりに捜し歩いていたんだからな。君の死を絶対に認めたくなくて、根拠もないのに当然生きていると信じていた。相手が農民だろうが商人だろうがお構いなしに頼み込んで君の情報を集めて、見ていられないほど疲れ果てている時もあった。今だからいえる話だが、私はミハイルの妄執にけりをつけるために、太刀風《たちかぜ》忍が死亡したという確たる証拠を捏造《ねつぞう》しようと思っていたところだったのだよ。五年前の恋に囚われている友を、見ていられなかった」

死んでいてもよかったのに——と、そういわれた気がして、忍は肩に触れている時宗の手を払い除けたくなる。しかし彼の手は、小刻みに震えていた。

これは嘘や作り話ではないのだと、掌《てのひら》や指先が物語っている。

悔恨や憤懣《ふんまん》の証に思える震えは、忍の背や腰にまで伝染した。

「君との約束を抱えていた四年間……ミハイルが我が国に来ることはなかったが、手紙のやり取りは何度もしていた。君の祖父が亡くなった時には弔電を打ってくれと頼まれ……君が人間国宝に選ばれた時は、祝辞のカードの転送を頼まれた。アルメルスから我が国の民間人に手紙を出すことはできないので、私を挟むのがどうにも歯痒《はがゆ》いようだったが……君のことが書かれていない手紙は一通もなかった」

「その節は、転送していただいて本当にありがとうございました」

桃瀬侯爵家から転送されてきたカード……それにはミハイルの直筆文字が書いてあり、宝物だった頃もあった。

家を出る時に持っていきたくて……けれども素性を隠さねばならなかった忍にとって、彼と自分の名前が書いてあるカードはあまりにも危険で、泣く泣く置いて出たのだ。

「ミハイルは君のことを知りたがっていたが、私は鍛冶《かじ》匠太刀風が焼失したことを伝えることができなかった。君が刀匠として元気に活躍していると嘘を書き続けたせいで、あとあとしばらく口を利いてもらえなかったよ。しかし後悔はしていない。あのように書いておかないと、立場も忘れて君を捜すために飛んできてしまっただろうからな」

時宗は深い溜《た》め息をつくと、自分の予想通りであったことを噛《か》み締めるように歯を食い縛る。微かに、ギリッと歯が軋《きし》む音がした。

「私は一夏の遊びくらいに考えていたのに……ミハイルが十六歳の君に恋をして、今では心から愛しているのは間違いない。せっかく再会できたものを引き裂こうなどとは考えていないが、中途半端なことはしないでくれ。ミハイルのものになるなら……身請けされて鬼との関係も自分の正体も徹底的に隠し通して世間を欺き、一生添い遂げる覚悟を決めてもらわねば困る。別れるなら別れるできっちり絶縁してくれ。くれぐれも勝手に姿を消すような真似はするなよ。今度そんなことをしたら――鬼襲事件の黒幕として今の人相画を国中にばら撒《ま》いて、逃げ場などなくしてやる。草の根分けても見つけだすからな」

「──っ」

「お前が何者でも関係ない。二度とミハイルを苦しめるな。次があればこの俺が、私刑と拷問と処刑のフルコースを味わわせてやる」

抱いていた忍の肩を突き飛ばすように放した時宗は、「覚悟しておけ」と凄《すご》む。

怒気と共に突きつけた選択の答えを待つことはなく、廊下に続く襖に向かった。

「桃瀬様……！」

忍は追いかけようとするが、立ち上がることとさえ儘《まま》ならない。

突き飛ばされて畳の上に崩れた恰好で、時宗の背中を見送った。

ぴしゃりと襖を閉められると、張り詰めていた空気が一際《ひときわ》重くなる。

一生添い遂げたい──ミハイルに手を引かれて吉原を出て、彼と共に暮らしながら刀を打ち続ける未来があるならば、どんなにいいかと考えてしまう。

その場合に自分が作る刀は、ミハイルを守る刀であったり、どこかの剣豪の愛刀になる予定の刀であったり、時には美術品の場合もある。この手が作りだす刀が鬼など生まず、罪のない人を死に追いやることさえなければ、それでよかったのに──。

──ミハイルと、別れないと……きっちり、絶縁を……。

中途半端なことはするなと時宗にいわれたが、中途半端でもなんでもいいから繋《つな》がっていたい気持ちが心底《しんてい》にある。

吉原に囚われることで刀への欲求を抑え込んで、時々でもミハイルに会えたらどんなに幸せだろう。自分は陰間のまま、情人を示す間夫《まぶ》ではなく、真の恋人である『色』としてここに来る彼を待ち続ける。

それによって他の客との夜がつらくなっても構わない。

完全な決別は、その何十倍も何百倍もつらいのだ。

五年も会わずにいられたのが嘘のようだった。

今夜会えないだけでも胸が苦しくて、今この瞬間ミハイルが何を考えているのか、知りたくて知りたくてたまらない。

《八》

桃瀬時宗《ももせときむね》が登楼してから二週間が経っても、ミハイルは見世に来なかった。

時宗はミハイルとの約束に従って最初の一週間は忍《しのぶ》を買い続けたが、部屋に来ることはなく、その後、客のつく御職《おしょく》を独り占めされると困る見世側の都合と忍の拒絶もあって、二週目からは忍を買うことができなくなった。

そのため忍は、この一週間は通常通り客を取っている。

「紫乃《しの》や、なんだか妙に綺麗《きれい》になったね。何かいいことでもあったのかい？」

「いいえ、しんどい日々が続いてましたよ。でも今夜はいいことがありました。しばらくお休みしてた旦那《だんな》さんが、ようやっと来てくださった」

口髭《くちひげ》を蓄えた五十路《いそじ》の男——小沼《こぬま》子爵と碁を打ちながら、忍は花が綻《ほころ》ぶように笑う。

微笑み一つで彼は上機嫌になり、「何か欲しいものはないか？」といってきた。

忍には金で買える欲しいものなど何もないので、禿《かむろ》に食べさせる飴《あめ》を強請《ねだ》る。

こうすると大抵の客は喜んで、目を細くした。

贅沢《ぜいたく》をいわないことで忍は可愛がられ、食べきれないほどの飴をもらった禿達は喜び、ますます忍を慕って意欲的に働く。

値の張る着物など強請るより余程実のある結果に繋《つな》がり、飴のついでに、贅を尽くした着物や帯を贈られることも多かった。遊女の立派な桐簞笥《きりだんす》は、中身が空ということもよくあるが、忍の部屋の簞笥は、そろそろもう一棹《ひとさお》買わねばならないくらいぎっしりだ。

「紫乃、吉原《よしわら》を一歩出たら、虎視眈々《こしたんたん》と我が国を狙《ねら》う大国やら蛮国《ばんこく》の賊軍《ぞくぐん》やら、不気味な鬼やら何やら……あとはそうだ、冷えきった関係の妻や息子や、面倒な夜会での付き合いやら、色々あって心休まらないのだがね。こうして可愛いお前と一緒にいる時は、悩みといえば恋のことばかりだった若い頃に戻った気分になるよ」

「旦那さんはいつも嬉《うれ》しいことをいってくださる。頭に書き留めておいて、しんどい時に引っ張りださせてもらいますよ。何度も何度も」

「紫乃、お前にも悩みはあるのか？　若くて健康で、飛びきり綺麗で、お前ほど愛されていれば吉原にいても幸せそうに見えてしまうよ」

「重責を担う華族様の悩みに比べたら、紫乃の悩みなんて吹けば飛ぶような軽いもんですけどね、それでも少しは悩んでますよ」

「今はどんなことを？」

「碁の強い旦那さんに、勝つ手がなくて悩んでます」

忍は定石《じょうせき》に逆らって天元《てんげん》に黒石を置き、子爵を少し慌てさせる。

鍛冶屋《かじや》は盛夏だけは長期休みがあるため、実家にいた頃は祖父や従業員と数日に亘《わた》って碁や将棋の真剣勝負を繰り広げ、時には花札に興じることもあった。今もその気になれば容易に勝てるが、陰間《かげま》である以上は一勝十敗くらいが丁度よいと思って調整している。

「ああ悔しい……っ、ここの一手が敗因ですかね？　それともここ？」

「棋譜は頭に入ったから、並べてみようか。問題はここからだな」

子爵は天元の周辺にある石を取り除き、脂下《やにさ》がって説明しだした。

どうすれば忍が勝てたかをやや声高に説明する顔には、自信が漲《みなぎ》っている。

人は自分のことを語ったり、得意なことを人に教えたりしていると、優越感や幸福感を得られるものだ。

それをよくわかっている忍は、身を乗りだして真剣な顔で聞きながら、時に悔しそうな顔をしてみたり、感心した顔をしてみたり……子爵との時間が自分にとって大層面白く、仕事を抜きにしても夢中になるもののように見せかけた。

子爵は寝子《ねこ》ではなく、忍の最初の男になりたがっている一人なので、床での時間は極力短くするか、できれば添い寝で済ませたい。

客は誰しも、忍が性技の時間を減らしたいことくらいは承知していて、床に入るまでに気分を満たせば、褒美のように時間を減らすか、手を出さずに眠ってくれるのだ。

「紫乃、今夜は私がお前に奉仕してあげよう。可愛がってあげたいのだよ」

酒も食事も勝負事も談笑も終わり、床に就くなり裾《すそ》を割られる。

高く積まれた紫色の三つ布団の上で、忍は紫 襦袢《むらさきじゅばん》の裾を手で押さえた。拒絶と取られない程度の強さで捲《めく》られるのを阻みつつ、「恥ずかしいです……」と照れてみせる。処女太夫《だゆう》であることを強調することで、箍《たが》が外れないよう牽制《けんせい》した。

「恥ずかしいなんていって、普段は立派な魔羅《まら》で可愛い客を抱いて泣かせているんだろ？お前の体は陰間にしちゃ上等な男だからね。だが、それでも私には可愛いのだよ」

「──っ、あ……」

仰向けで寝る忍の紫襦袢を捲り上げた子爵は、薄紫の六尺 褌《ふんどし》に鼻先を埋《うず》める。脇《わき》から中に指を忍ばせ、まだ柔らかい陽物《ようぶつ》に触れた。

片手では足りないとばかりにもう片側からも指を入れ、下着が緩むほどの勢いで十本の指をもぞもぞと蠢《うごめ》かせる。

「……あ、っ、旦那さん……ぁ、いけませんよ、そんなこと……紫乃の仕事、取らないでやってくださいな……」

あれよという間に膝《ひざ》を開かれ、布越しに陽物の先端を舐《な》められた。

いつもはもっと抵抗するが、忍の頭にはミハイルとするはずだった情事の光景が浮かび上がり、誰と何をしているのか一瞬わからなくなる。

「う、ん……ぅ、あ……」

下着を引きずり下ろされ、張り詰めたものを躊躇《ためら》いなくしゃぶられた。

子爵の口髭が肌に当たったり、麝香《じゃこう》を含んだ整髪料の匂《にお》いを感じたりすることで現実を思い知らされたが、それでもミハイルの残像は消えない。

二週間前に噛《か》まれた左肩が熱を孕《はら》み、ずきんと疼《うず》いた。

吸い痣《あざ》や歯型が消えた今でも、彼の感触が鮮やかに蘇《よみがえ》る。

「ん、あ……旦那さん、お髭が、ちくちくして……くすぐった、い……」

「──紫乃……っ、さあ、お前の可愛い口で私のを吸い上げておくれ……桃色に染まったお前の肌を見ていたら、もうこんなになっているよ。十も二十も若返ったようだ」

子爵は衣服の前を寛《くつろ》げながら、布団に膝を立てて体の向きを変えた。

仰向けの忍の顔を跨《また》いで下着を下ろし、ぬっと突きだしたものを唇に向けてくる。

「……ああ、ほんと……旦那さんの、凄《すご》い……かちかち……」

椋鳥《むくどり》の体位で、忍は微笑みながら子爵の猛りを口に含んだ。

自身のものも再び吸われながら、心を遠い空の彼方に預けておく。

何も考えずに目の前に出された肉棒を手で扱《しご》き、舐めて吸って、わざとチュプチュプと音を立てた。

苦みのある棒飴《ぼうあめ》だと思ってこうしていれば、いずれは終わる行為だ。

遊女とは違って気をやるのは当然のことで、出すだけ出したらあとは淫《みだ》らな顔をして、潤んだ瞳《ひとみ》で客を見つめればいい。そのあとの台詞《せりふ》は相手次第。五十をすぎて何かと自信を失っている子爵のために、「こんなに濃くてどろどろしたの、紫乃のために取って置いてくれたんですか？」とでも問いかければいい。

はにかんだ顔で嬉しがれば、子爵は男としての自信を取り戻して笑うだろう。

かれこれ三年以上続けている仕事だ。客を愉しませて幸せにする方法も、それによって自分のことを一時的にせよ許し、ここを居場所として落ち着けることも知っていた。


子爵が寝入ったあと、忍は三階の端にある湯殿に向かった。

紫襦袢の袖に水晶の張り型を潜ませている忍に、側仕えの千景《ちかげ》は何もいわない。気づかないほど愚鈍な男ではないが、余計な口を叩《たた》かずに湯の用意をしてくれた。

ここは三階のため、湯は一階からの汲《く》み上げ式だ。とてもそうとは思えないほど立派な湯殿で、上質な檜《ひのき》で出来ている。上背のある忍でも悠々と浸かることができた。

「――っ、ん……は、あ……っ」

千景が汲み上げてくれた湯に膝まで浸かった忍は、水晶の張り型を菊壺《きくつぼ》に埋める。

最初は涙が滲《にじ》むほど痛かったのに、今では気持ちよいばかりになっていた。

塗りつける布海苔《ふのり》の加減も心得たものだ。乾かぬよう湯気を当てながらすると、潤いが長く持つのも知っている。張り型は先端の雁《かり》の部分が少し曲がっており、突きだした側を前方に向けて挿入することで強い快感を得られた。

「ん、う、っ……」

忍は湯船の縁に向かって伏せ、水晶をくわえ込んだ尻《しり》を突きだす。

自らの手で張り型を前後させせながら、後ろから突いてくるミハイルの姿を思い描いた。

最初は彼と繋がるために慣らしていたはずが、日に日に後孔で得られる快感を無視できなくなり、客に前を弄《いじ》られるだけで奥が疼く体になってしまった。されどミハイル以外の男を受け入れる気は微塵《みじん》もなく、埋めてもらえぬ菊壺が酷《ひど》く淋《さび》しい。

「あ、あ……ぅ」

眠っているとはいえ、客がまだ帰らぬうちに自分を慰めるなど……玄人《くろうと》の陰間としては失格だ。千景も呆《あき》れていることだろう。時折見世中を見回っている楼主も、気づいて内心立腹しているかもしれない。御職という立場上大目に見てもらっているだけで……すでに自分は多くの人を落胆させているのではないだろうか――。

「は……ふ、っ……！」

自己嫌悪に陥りながらも手を止められず、忍はさらなる快楽を求めて立ち上がる。

片足を湯船の縁に乗せ、両手を前側から伸ばして張り型の底に触れた。

揃《そろ》えた六本の長い指で、菊壺の奥までずぶずぶと押し込む。

「あ、あ……ぁ」

持ち手の部分まで全部埋めると、拡がっていた菊花が窄《すぼ》まり始める。

張り型のすべてを肉の中に呑《の》み込んで、口を閉じようとしていた。

「痛っ、う……あっ……！」

縁に足を乗せていた忍は、痛みと快感に打ち震える。

結局すべてを収めることはできず、湯の中に崩れ落ちてしまった。

――ミハイル……あんたは今頃どこで何をしてるんだ？　あんたが来てくれないから、俺の体は日に日に……いやらしくなっていくよ……。

時宗の話では、心を患いかけるほど会いたがってくれたはずなのに……現実は彼の話と大違いだ。この二週間、なんの連絡もなく待たされ続けている。

――陰間になった俺に冷めちまったのか？　穢《けが》れてはいても一線は守ってきたって……この前に会った時、いっておけばよかったのか？　そしたら少しはましだったか？　もしそういってたら、今頃あんたは……ここにいてくれたのか？

生きているか死んでいるかわからない自分を必死で捜してくれた彼が、見つけた途端に落胆して、このまま去ってしまっても不思議ではない。美化された思い出とまったく違う人間が出てきたら、むしろ忘れたくなるのかもしれない。

――まさか……戦地に行ってたり、しないよな？　あんたは貴族なんだし……まさか、そんなことはないよな？

この二週間、何度も考えたことだった。そのたびに激しく否定する。戦地に行かれるくらいなら、嫌われて去られてしまったほうが遥《はる》かにいい。二度と吉原に来てくれなくても、会えなくても、絶対に無事でいてほしい人だ。もしや戦地に行っているのではと、考えるだけで胃の腑《ふ》が痺《しび》れて裏返りそうになる。

「――んっ、う……ぅ」

精を放ちたくても不安が胸に広がり、官能に身を任せることができなかった。劣情によるものとは別の鼓動が駆け巡る。怖くて怖くてたまらない。

「……っ、う……」

忍は浅い湯に浸かりながら、菊壺に挿入していた張り型を抜き取った。熱いはずの湯まで冷めたような気がして、背中に悪寒が走る。

こうなっては、慰めてどうこうできるものではない。

――いくら貴族でも、ミハイルは軍人だ。まさかじゃなく本当に出征してることも考えられる。いくら否定したところで、俺の頭のどこかにはそれがあって……。

戦地に行けば何が起きるかわからないうえに、ミハイルが安全な場所で流れ弾を避け、じっと身を潜めている姿など想像できなかった。

もしも危険な場所にいるなら、どうか無事で……。勇敢じゃなくていい、臆病《おくびょう》でも卑《ひ》怯《きょう》でもなんでもいいから、とにかく生きて戻ってきてほしい。心の底から願っている。

──もしもこのまま行方がわからなかったら……俺は……。

ミハイルと同じように、自分もきっと彼を捜してしまう。

大門《おおもん》から抜けだして、三年間ろくに走ったこともない足で百間橋《ひゃっけんばし》を駆けるだろう。

華衛団《かえいだん》から逃げきることさえ難しく、上手《うま》くいったところでいずれは今の面相が割れ、妖刀《ようとう》を作った罪で捕まるかもしれない。処刑されても生き返り、鬼の子だと発覚して……ミハイルを捜すこともできずに、生きたまま地中に埋められ封じられるのだろうか。

そうなった時はせめて、忍は死んだとミハイルに伝えてほしい。

一年間捜し続けてくれた彼を、再び長く苦しめないように──。

さらに一週間経っても、ミハイルは姿を見せなかった。

吉原への立ち入りが禁止されている旭帝国《きょくていこく》軍人の桃瀬時宗が、私服もしくはミハイルの軍服を着て登楼してくれることを願ったが、それもない。忍にミハイルの消息を知る術《すべ》はなく、できることといえば、新聞を隅から隅まで読むくらいのものだった。

大門が開く前の午後一時、忍は藍門《あいもん》を潜《くぐ》り抜け、表吉原の浄念川《じょうねんがわ》に行く。

川に見せかけているだけで、実際に流れているのは海水だった。川岸には花も咲かない寂しい場所だが、遊女にも陰間にも人気がある。吉原は島全土が塀で囲われて整備されているので、草木が無造作に生える空間はわずかしかないのだ。

「紫乃太夫ー」

「紫乃様ぁー、日傘をお忘れですよー」

秋の日差しを受けながら浄念川に両足を突っ込んで新聞を読んでいると、水色の着物を着た禿が二人駆けてくる。どちらも日傘を差しており、さらにもう一本、紫乃の傘を手にしていた。二人共紫櫻楼《しおうろう》の禿で、いずれは陰間になる小綺麗な少年達だ。

「ああ……わざわざ持ってきてくれたのかい、ありがとうね」

「楼主様が怒ってましたよ、白い肌が焼けたら大変だって」

「昨日から千景が休みだから、うっかりしてたよ」

長い髪を束ねて化粧をしている禿達は、左右に立って顔を覗《のぞ》き込んでくる。細く整えられた眉《まゆ》を心配そうに寄せると、「紫乃様、顔色がよくないですよ」「なんだか痩《や》せてしまったみたい」といって、紫色の棒付き飴を懐から取りだした。

忍に飴を強請られた客が飴屋に作らせた特注品だが、「どうぞ、遠慮しないで食べてください」と真顔でいってくる辺りが、着飾った形《なり》のわりに子供らしくてなんとも可愛い。

「ありがとう。気持ちは嬉しいよ。けどね、どのお客さんに何をもらったかと、どうしてもらえたか、誰のおかげかってことを忘れちゃいけないよ。筋を通さないと、おっかない兄さんにつくことになった時にお前達が困るんだからね」

「あ……そっか、これ、僕が太夫の禿だからもらえたんだ。生意気いってごめんなさい」

「紫乃様、今のって……僕達が紫乃様以外の兄さんにつくことになるかもしれないって、そういうことですか？　そんなの絶対嫌ですよっ、どこにも行かないでください！」

「泣きべそ掻《か》くなって、たとえばの話さ。俺はどこにも行きやしないよ。この吉原に骨を埋める覚悟で生きてるからね。ただ……将来お前さん達が困るのを見たくないんだよ」

忍は紫紺色の日傘を開き、午後の光を遮ってから飴を受け取る。

半べそを掻く二人を宥《なだ》めて帰らせ、珍しい色と香りの飴を口に含んだ。

――この匂い……ラベンダーってやつだ。アルメルスに咲く花……。

国花は薔薇《ばら》だが、より馴染《なじ》みのある花はラベンダーだと聞いたことがある。

大地を紫一色に染めるというラベンダー畑を、いつかミハイルと並んで見てみたい……そんな叶《かな》わぬ夢を描きつつ、忍は再び新聞に目を向けた。

一面には、白鳫《はくがん》諸島が蛮国の賊軍に占拠された事変の続報が載っている。

アルメルス海軍の協力を得た旭帝国海軍の決死の奮闘により、白鳫諸島から賊徒を一人残らず駆逐したと大々的に報じ、両軍を称えていた。しかしよくよく読むと、島の鉱山で働いていた労働者を含む、多数の死者が出たと書いてある。

他にも、膠着《こうちゃく》状態にあるダネルとアルメルスが植民地で攻防を繰り広げ、民間人が多数犠牲になったことが記されていた。すべては卑劣極まりないダネル兵による鬼畜な行いのせいであり、アルメルス兵は果敢にも植民地を守り抜いたとあるが、そもそも豊富な石油資源を目当てに、発展途上の小国を先立って植民地化したのはアルメルスだった。

忍が生まれる前から同盟国だったため、実際には知らないが、かつての旭帝国はアルメルス人のことも鬼畜と書いていたらしく、頼れる偉大なる友という扱いの現在とはまるで違う。新聞を含むすべての刊行物は政府の検閲を受けており、国民の感情の方向は政府の都合で決められているようなものなのだ。

――偉大なる友……として、もし出征しているとしたら……今頃どこでどうして……。

死者の名前はわかる範囲で新聞に掲載されるが、原則として旭人に限られている。旭帝国は現在防戦一方でアルメルスに守られているため、死者の多くは軍人ではなく、民間人の犠牲者だ。主に危険地帯で働く労働者が犠牲になっていた。そこにミハイルの名など見つかるはずはないのだが、不安のあまり幻の文字が紙面にちらつく。

「――紫乃さん」

飴を舐めるのも忘れて、ただ口にくわえたまま新聞を手にしていると、聞き覚えのある声が聞こえてきた。今度は禿ではなく、大柄な男だ。逆光で切り絵のように見える。

「千景……どうしたんだい？　明日の夜まで休みだろ？」

立っていたのは側仕えの千景だった。

月に一度の休暇だというのに、予定よりも早く吉原に戻ってきたようだ。

千景は砂利を踏んで近づくと、「お伝えしたいことがありまして」といって膝を折る。まだ見世には戻っていないらしく、着ているのは地味な麻織物の着物だった。

「そんな真剣な顔でどうしたんだい？」

忍は飴の棒を指先で摘まんだまま、小首を傾げる。

平静を装ったが、いったい何をいわれるのかと、心中穏やかではなかった。

「休暇を利用して、紫乃さんが待っているアルメルス軍人のことを調べてきました」

「――っ、千景……」

「俺は有能な忍びではありませんでしたが、昔取った杵柄《きねづか》で……少しくらいは紫乃さんのお役に立てるかと思ったんです。紫乃さん、しばらく元気がなくて食も細くなってたし、いいことでも悪いことでも、はっきりしたほうがいいんじゃないかと思いまして」

悪いことでも――という一言に、忍は固唾《かたず》を呑む。

自分でもわかるくらい不安が顔に出てしまい、それを見た千景もまた、表情を写し取るように顔を曇らせた。慌てて口を開き、「悪いことじゃありませんよ」と否定する。

「……何か……わかったのか？」

「はい。ここから離れた北の領土の話ですから詳しいことはわかりませんが、大門に鬼が現れた際に鬼の首を斬《き》って払ったというアルメルス軍人、ミハイル・ロラン・ペルシック大佐は、白鳫諸島を不法占拠した賊討伐のために出征したそうです。軍艦『旭興丸《きょっこうまる》』に司令官として乗船した事実と、新聞にも載っていた通り、白鳫諸島を見事奪還したこと、沈没した軍艦はないということだけはわかりました。個人の生死については不明ですが、一部の戦死者の名前が公表されている中で、アルメルスの貴族軍人の死を伝えないわけはないと思います。状況から判断する限りでは、生きておられるかと」

目線の高さを極力合わせて報告する千景を前に、忍はしばし息もできなかった。

確かに安堵《あんど》していて、念頭に重く伸《の》しかかっていた最悪の結末が霧の如《ごと》く霧散したが、同時にこれまでとは別の不安に襲われる。常にミハイルのことで頭を悩ませなければいけないかのように、取り除かれた不安の溝が空くことはなかった。

「紫乃さん？　大丈夫ですか？」

「あ、ありがとう……大丈夫。ごめん、ほっとして……」

喜ばなければ千景に悪いと思い、忍は懸命に微笑む。

本当は、ミハイルが出征していたこと自体が衝撃だった。

こんなに長く来られないのは、出征しているからでは……と思い始めていたが、どうか違いますように、とひたすら祈っていたのだ。

戦地に行って危険な目に遭われるくらいなら、陰間になった自分に愛想を尽かして別の誰かと楽しくやっていてくれ……と、本気で、本当に本気で思っていた。

――それなのに、心変わりじゃなくてよかったとか……俺は今、思っていて……でも、ミハイルが大怪我《おおけが》をして、刀を持てない体になっていたらと思うと不安で……それくらいなら俺に愛想を尽かして来なかっただけのほうがよかったと思うし、なんだか、頭の中が矛盾だらけで……自分が何を望んでいるのかすらわからない。

生きている――それがほぼ確実となった途端に、贅沢な望みが次々と生まれてくる。

怪我もなく無事で、帰還したらすぐに会いにきてくれて、「お前だけを愛している」と、熱っぽくいってくれて……そして抱いてくれる。つまるところはそれが望みだ。

危険な場所になど行っておらず、とにかく無事でいてくれればそれだけでいいと思った気持ちが嘘《うそ》のように、欠けたるもののない完全な幸福を思い描いてしまう。望みのどれか一つでも叶《かな》わなかったら耐えられない気がするくらい、何もかもが不安だった。

「千景……本当にありがとう。何か御礼をしないとな」

「御礼なんてとんでもない。そんなに詳しくは調べられなくて、すみません」

「後生《ごしょう》だから謝らないでおくれ。お前のおかげで今日から心安くすごせるよ」

「よかった……紫乃さんが元気になってくれたら、俺はそれだけで幸せです」

「まあそういわずに、何がいい？　俺ができることならなんでもするよ」

忍は顔中の筋肉に指令を与えるようにして笑顔を作り、千景の肩に手を伸ばす。

ぽんと軽く叩くことで、もうすっかり気が晴れて元気であることを示そうとした。

ところが千景は、目にも留まらぬ速さで手に触れてくる。自分の肩に縫い止めるように押さえ込みながら、黒い瞳でじっと見つめてきた。

「紫乃さん」

「——ん？」

忍は肩に日傘を乗せていて、それは少し不安定でぐらぐらと揺れる。

一緒になって揺れる影を受けながら、千景は躊躇いがちに唇を開いた。

「こんな滅法綺麗で色っぽい人に……なんでもするとかいわれると、どうしたって邪心が芽生えてつらいもんです。迂闊《うかつ》なこと、いわないでください。俺も男なんですから」

「千景……」

「褒美をくれるんなら、それを……紫乃さんが舐めた、その飴をください」

忍は千景に手を握られたまま、視線を飴に向ける。

細い木の棒がついた紫色の飴は、まだほとんど溶けていなかった。

艶《つや》めくそれに顔を近づけると、ラベンダーの香料と砂糖の甘い香りが漂ってくる。

少し迷ってから、忍は飴に唇を寄せた。平たく円い表面にそっと口づけ、一舐めする。

「……千景……あーんて、してごらん」

あくまでも陰間として、艶笑《えんしょう》しながら濡れた飴を差しだした。

求めた千景は、いまさら戸惑った顔をする。年相当に照れて耳まで真っ赤に染め、おずおずと、飴が入る分だけ口を開いた。

千景が去って独りになっても、忍は見世に戻ろうとはしなかった。

膝から下を浄念川に浸けたまま、もう一度新聞を読み返す。

この国の本土が今のところ無事なのも、植民地化されることもなく、宗教も言語も何も変わらず保たれているのも、すべては帝とアルメルス皇帝のおかげだ。

国内で革命が起こることを何よりも恐れているアルメルス皇帝は、世界で最も歴史ある旭帝国皇室の尊厳を守ることで、皇帝不要論を一蹴《いっしゅう》した。たとえ元は敵であろうと、帝や皇族は敬われるべきもので、皇帝は神に最も近い存在であるという考えを自国の民に植えつけ、賜姓《しせい》降下した旭帝国の元皇族と、自らの血を引く貴族を次々と結婚させた。

旭帝国の帝にはダネルと手を組んでアルメルスを敵に回す選択肢もあったが、ダネルは大統領制の新興国であると共に、非科学的なことを一切認めない近代国家でもあり、帝はダネルを信用しなかった。物理的にも精神的にも近い位置にあるアルメルスこそが、旭帝国の文化を重んじてくれると信じて同盟を結んだのだ。

――この国の平和のために、戦ってくれたんだ……あの人が……。

アルメルス海軍の協力を得て、旭帝国軍が賊の討伐に成功したという一面記事――心の中で感謝はしつつも、遠い場所にいる自分にはどこか他人事《ひとごと》のようでもあった白鳳諸島の事変を、忍は何度も読み返す。

祖父の作った刀を手に、彼も戦ったのだろうか。島に上陸して、人を斬ることがあったかもしれない。命の危険を感じることも、冷たい雨に打たれ、泥や血に塗《まみ》れたことも……それどころか大怪我をして、今この瞬間も苛烈《かれつ》な痛みに苛《さいな》まれているかもしれない。

「……あ……っ」

突然、紙面に水が落ちた。ぽたりと、やけに大きな一滴だ。

雨が降ってきたのかと思ったが、そうではないとすぐに気づく。

秋晴れの空は晴れ渡り、日傘の陰で自分の顔だけが濡れていた。

涙が止め処《とど》なく溢《あふ》れて、果ては喉《のど》がひくっと鳴ってしまう。呼吸を整えようとすると、かえって酷くなった。みっともなく声が上擦り、肩が何度も持ち上がる。

——ミハイル……どうか無事で……！

この平和は仮初《かりそ》めのもの……真の平和が訪れる日は来るのだろうか。

明日も明後日も、長閑《のどか》な光の下で当たり前に暮らしていけるとは限らない。

それを痛感した途端、絶対に別れたくないと思った。どんなに罪深い選択だとしても、誰に反対されようとも、自分はこの想いを押し通したいのだ。

《九》

紫櫻楼《しおうろう》の紫乃太夫《しのだゆう》は近頃何やら思い悩んでいるらしく、ますます艶《つや》っぽくなった――と噂《うわさ》が広まり、処女太夫の看板を下ろす日はいつかと、賭ける者まで出る始末だった。

紫乃太夫の初めての男になろうとして、常連客はもちろん、しばらく奥吉原《おくよしわら》から離れていた客や新規の客に加え、太夫に寝子《ねこ》をさせてたまるかと意気込む寝子の客らが連日押し寄せ、楼主は登楼する客を毎晩籤《くじ》で決めている。

こうして騒ぎになるのは、三年間勿体《もったい》つけた付加価値があるためで、処女太夫の看板を下ろさせる気がない楼主は、籤に細工をして寝子の客にばかり当たりを引かせていた。

「紫乃さん、最近眠れてないのかい？　少し隈《くま》ができてるよ」

「顔色があまりよくないから、今日は紅を引いたほうがいいかも」

楼主が見世の中で籤引きを執り行っている最中《さなか》、忍は張見世の奥の中央に座し、番頭に呼ばれる時を待っていた。

忍の左右に座っている二枚目と三枚目は、どちらも寝子専門の陰間《かげま》だ。

若い遊女と変わらない金襴緞子《きんらんどんす》の赤い打ち掛けを着て、前帯を締めている。

「よかったら僕のおしろい使って。真珠粉が入ってるから綺麗《きれい》に見えるんだよ」

「紅は僕のを使って。ほんのり優しい薄紅色だから、紫乃さんの趣向にも合うよ」

二人は忍に迫り、小物入れとして使っている煙草盆から化粧品を取りだす。

忍より頭一つ分ほど小柄な二人は、期待で瞳《ひとみ》を潤ませていた。二枚目と三枚目は激しく競い合う仲だが、客層が違う御職《おしょく》の忍には敵対心を持っていない。

「ありがとう。今より酷《ひど》くなったら使わせてもらうよ」

忍は身を寄せてくる二人の肩を撫《な》でつつ、籬《まがき》の向こうに目を向けた。

ミハイルが白鳫《はくがん》諸島に行っていたことを知ってから、すでに五日が経っている。

無事ならそろそろ来るのでは……と思うと、一昨日も昨日もほとんど眠れず、すやすや眠る客の横で外ばかり見てすごした。夜中にミハイルが見世まで来て、こちらを見上げていたらどうしよう、その時はこっそり抜けだせるだろうか、まず何をいおうか……そんなことを考えているうちに朝が来て、微睡《まどろみ》の中で彼の夢を見た。

「紫乃太夫、籤が終わりましたよ」

張見世の横にある入り口から、番頭の声がする。

早々に立ち上がって今夜の客と顔を合わせなければならないが、籬から目を離すことができなかった。小さな升目の向こうから、大勢の遊客が自分を見ている。

いつも通り微笑みかけると、わっと歓声が上がった。

忍が張見世にいる時間はとても短いので、人だかりの前のほうにいる遊客は押されたり文句をいわれたりで、あまり長くは同じ場所にいられない。中には冷やかしもいるが、奥吉原に来る客の大半は陰間に興味があり、美しい名物太夫の姿を見たいのだ。

――今夜も来ないのか？　明日も、明後日も？　このままずっと来なかったら……。

先頭の客が次々と換わっていく中、忍は人混みの後ろにミハイルの姿を求める。

それこそ頭一つ分飛びだすであろう彼なら、すぐに見つけられるはずだ。

今夜こそ、今夜こそは……と祈っていたのに――。

「紫乃太夫、当たり籤を引いたのは小毬《こまり》様ですよ。お早く」

忍は立ち上がってもなお籬に視線を送り続け、心で泣いて顔では微笑み続ける。

小毬のことは好ましい客だと思っているが、唇に薔薇《ばら》の香りの水飴《みずあめ》を塗ったのも、肌をより上質な糠袋《ぬかぶくろ》で洗っておいたのも、他ならぬミハイルのためだ。

「……っ」

諦《あきら》めて人だかりに背を向けかけたその時、忍は薄闇《うすやみ》の中に白い影を見つける。

藍門《あいもん》までずらりと並ぶ奥吉原名物の紫提灯《むらさきぢょうちん》――そこから漏れる紫の光の道を、真っ直ぐ走ってくる男がいた。刀は原則持ち込み禁止にもかかわらず、旭日刀《きょくじつとう》を手にしている。

背が高く全身白い服で、すぐに軍服だとわかった。

軍帽を被っているが、髪は世にも珍しい銀色だ。

男の足は速く、瞬く間に人だかりの後ろにつく。

——ミハイル……！

何度も夢で見た通りの光景だった。呼吸を乱し、肩で息をしているのも夢の通りだ。人混みを掻《か》き分けなくても視線が繋《つな》がったが、しかしミハイルは強引に最前列に来る。最初は文句を口にした客らも、ミハイルの姿を見るなり押し黙った。誰もが息を呑《の》む。一目置かれるアルメルス軍人というだけではなく、妖刀を持った白銀の髪の鬼を恐れる旭人にとって、ミハイルの姿は脅威だ。「ひっ！」と悲鳴を上げる者もいて、蜘蛛《くも》の子を散らすように人がいなくなる。

こちら側にいる陰間まで、怖がってじりじりと後退した。

ミハイル——そう呼びそうになる唇をきつく嚙《か》み締め、忍は籬に近づいていく。後ろへ後ろへと身を滑らせる華やかな陰間達の間を逆行し、普段ならば縁のない最前列まで進んだ。頭の中で警鐘が鳴る。すでに自分は買われた身で、上客の小毬に失礼であることも、他の客の注目を浴びている状態だということもわかっていた。

それでも足を止められず、遂に忍は籬に手を触れる。

反対側からは、息を切らせたミハイルが手を伸ばしていた。

「……よく、無事で……」

開口一番何をいうか、考えて用意していた言葉は吹き飛んでしまう。

あとは涙をこらえるしかなく、そのために細く長く息を吸った。

指先が触れた瞬間、これまで見てきた夢や幻が現実になる。

ミハイルの指が、手が、確かにここにあるのだ。

爪《つめ》も皮膚も、骨の感触も体温も、強く触れて確かめなければ気が済まなかった。

その気持ちは彼も同じで、指を擦り合わせたり一本一本握ったり、互いに忙《せわ》しなく手に触れて存在を確かめ合う。

「おかえりなさい……無事で、よかった……」

「――ただいま」

肉感的な唇が動き、一言だが声を発した。間違いなくミハイルの声だ。

さらに続けて、声を出さずに「忍」という形に動く。

忍もまた、「ミハイル」と無言で唇を動かした。

指に触れているだけでは足りなくて、指間に指を入れて強く組み合わせる。

ミハイルの手は冷たかったが、掌《てのひら》を重ねているうちに同じ温度になっていった。

遊客の一人が、「間夫《まぶ》だ」といった。他の誰かが、「太夫の色か？」とさらにいう。

まずいと思っていても視線すら外せずに、忍は青玉《せいぎょく》色の瞳に囚われ続けた。

目線の高さは変わらない。升目の向こうに軍帽を被ったミハイルの顔がある。

暗い銀灰色の睫毛《まつげ》は長く、彫りの深い顔立ちは彫刻の如《ごと》く整っていた。

華やかで美しい顔の男だと改めて思う。ましてや初めて好きになった男だ。

瞬きすら惜しんで熱い視線を送られれば、目を離すことなどできる道理がなかった。

「……怪我《けが》は？」

「大丈夫だ。突然いなくなってすまなかった」

最後に会ったのは約四週間前――その時と比べて、少し痩《や》せたように見える。

日に焼けて凛々《りり》しくも険しい顔や、精悍《せいかん》な体に触れたくて、忍は残る手を籬の向こうに伸ばした。

「紫乃さん、どうかしたんですか？」

ミハイルの顔に触れる寸前、背後から小毬の声がする。

振り返ると、斜め後ろにある張り見世の入り口に、洋装の小毬が立っていた。

早い時間から馬車で来て待機し、籤を引いて当たって、高額の玉代《ぎょくだい》を出して……そうまでして自分とすごす時間を買ってくれた客だ。

「紫乃太夫、君を買いたい」

ミハイルは手を握ったままそういったが、忍は彼の視線を断ち切るために瞼《まぶた》を閉じる。

頭を切り替えなければならない。ミハイルが無事だとわかったのだから、今はとにかく仕事に戻らなくては――自分にそういい聞かせてから、再び瞼を持ち上げた。

「今夜は先客がいるから、また……明日……」

組み合わせた手だけを見ながら告げて、名残惜しく解く。

手を引くと掴《つか》まれてしまったが、肘《ひじ》に力を籠《こ》めてすり抜けた。

張見世の中では、色とりどりの打ち掛けを着た陰間達がざわめいている。

籬の向こうからは、またしても「間夫だ」「色だ」と、囃《はや》す声が聞こえてきた。

アルメルス軍人が相手ということもあって控えめではあるものの、面白がっている者や落胆している者の声が届く。

「小毬ちゃん、待たせてごめんよ」

忍は後ろ髪を引かれる思いでミハイルに背を向け、暖簾《のれん》を捲《めく》って小毬の前に立った。

張見世を出た所で待っていたのは、小毬と番頭、そして騒ぎを聞きつけて引付部屋から出てきた楼主と、籤に外れた客だった。誰もが何か問いたげな表情で自分を見る中、忍は小毬の肩を抱きつつ常連客に微笑みかけ、会釈をして踵《きびす》を返す。

「紫乃さん……あの方は？　説明してください」

小毬は忍に促されるまま廊下を歩いたが、階段の前まで行くと足を止めた。

いつになく不機嫌そうに俯《うつむ》いて、三階に上がることを拒む。

「先日の鬼襲事件の際に世話になった人だよ。戦地に行って帰ってきたところでね……。無事なのかどうかわからなかったもんだから……つい。ほんとにごめんよ」

「そうでしたか、それは心配でしたね」

小毬は表情を変えずにさらりというと、自ら進んで階段を上がり始めた。

普段は忍が肩や腰を抱いたり、手を取ったりして部屋まで案内するが、先を進む背中が接触を拒んでいるのがわかる。踊り場でも距離を取り、ジャケットの裾《すそ》を翻して二階へと上がっていった。

「小毬ちゃん、怒って当然だけど……どうか許しておくれ」

三階まで来てから、忍は後ろをついてきた禿《かむろ》四人に下がるよう指示する。

無言のまま指で合図を送っただけだったが、禿も、そのさらに後ろに控えていた側仕えの千景《ちかげ》も足を止め、物音を立てぬよう気をつけながら階段近くの控えの間に消えた。

「銀色の豪華な髪の軍人さん……とても美しい方ですね。新聞に載っていた妖刀鬼《ようとうき》に似ているようにも感じましたが、恐ろしくはなく、綺麗で……好きになるのもわかります」

「小毬ちゃん……」

「こういう時、どうしたらいいんでしょうね」

御職の部屋に行くための空中廊下の途中で、小毬は突然膝《ひざ》を折る。

白木の柵《さく》を握りながらしゃがみ込み、吹き抜けの空間を黙って見下ろした。

「小毬ちゃん、そんな所で止まったら危ないよ。とにかく部屋に行こう」

忍が歩くと、空中廊下はギシッと軋《きし》む音を立てた。それほど脆《もろ》いものではないが、見た目は華奢《きゃしゃ》な橋のようになっており、細く長いので注意が必要な廊下だ。

ここからは見世の造りも動きもよく見える。

頭上は金箔《きんぱく》を鏤《ちりば》めた天井、真下は中庭で、魚が泳ぐ池があった。細長い屋内庭園だが、松の木や台灯籠《だいとうろう》が配されている。

客のついた部屋持ちの陰間が一階から二階へと上がり、自室に客を招き入れていた。

さらに目を凝らすと、松の木に隠れてミハイルの姿も見える。

彼は楼主と対峙《たいじ》していた。声は聞こえないが、何かを強く訴えているのが窺《うかが》える。

——ミハイル……。

金は払う、紫乃太夫を買いたい——そういっているようだった。

小毬は焦燥に駆られる忍を余所《よそ》に、空中廊下の上から階下の二人を見下ろし続ける。

思い詰めた表情だった。両手で柵を摑んだまま、忍が声をかけても微動だにしない。

「紫乃さん……ハンカチを落とした方って、あの方なんでしょう?」

「——っ」

忍は小毬の問いにどう返すべきか迷い、しばし唇を結んだ。

こんな時でも保身のために思考が働いて、ミハイルと過去に接触があったことを誰かに知られてはならないと思ってしまう。

百間橋鬼襲事件の際に知り合い、一目で恋に落ちて間夫や色にしたというなら人気を落とすだけで済むが、田舎で知り合ったことが人々の口の端《は》に上れば、それが備前《びぜん》であることや、刀と自分のかかわりや正体など、すべてが白日のもとに晒《さら》されるかもしれない。

「……うん、そうだよ。俺の初恋の人……」

迷った挙げ句に、忍は正直に答えた。

以前睦言《むつごと》で初恋の話をした際に、はぐらかさずに本当のことを話したら、小毬はとても喜んでいた。その時の表情が、しゃがみ込んで下を見ている今の横顔と重なる。

「僕の中に、二人の僕がいて……心が裂けてしまいそうです。紫乃さんに腹を立てている僕は、紫乃さんがいやいやだろうとなんだろうと抱かれたいと思っていて、自分の権利を主張し、紫乃さんに……玄人《くろうと》としての務めをきちんと果たさせようとしている」

小毬はおもむろに顔を上げ、黒目がちな目で見上げてきた。

そして顔を横に振り、今の考えを振り払うような仕草を見せる。

「もう一人の僕は、紫乃さんにとって一番よい客でありたいと考えているんです。これは計算にすぎないけれど、ここであの方に今夜の権利を譲ったら……紫乃さんは僕を理解のあるよい客として、今後さらに大事にしてくれるのでは……と期待しています」

「小毬ちゃん……」

「紫乃さんの気持ちがわかるから譲るとか、紫乃さんの幸せを願うから身を引くとか……そういう綺麗事みたいな嘘《うそ》はつきません。でも約束してください。次の時はちゃんと僕を抱き締めて……力強く抱いて、いつも以上に可愛がるって……誓ってください。あの人に抱かれても、紫乃さんは紫乃さんでいてくれなければ嫌ですっ」

裾を摑まれた忍は、胸に飛び込んできた小毬を抱き留める。

こうして密着していても嫌悪感などなく、小毬のことは仕事を抜きにしても好ましいと思っている。けれどもミハイルと言葉を交わし、触れ合った今、小毬と肌を合わせるのは苦痛でしかなかった。頭でどんなに割りきっても、男として体がついていかない。自分を奮い立たせる自信がないのだ。

「小毬ちゃん、すまない……本当にありがとう」

忍は小毬を抱き締めたまま告げると、中腰だった体を空中廊下の床に沈める。

小毬の体から両手を引き、その手を床について頭を下げた。

「紫乃さん、土下座なんてやめてください。紫乃さんには堂々としていてほしいんです」

「約束するよ。今夜のこと、絶対に忘れない」

忍は顔を上げて誓うと、改めて「ありがとう」と礼をいう。

小毬の手で止められたが、再び頭を下げずにはいられなかった。

客にこんな選択をさせてしまったことを心底情けないと思い、申し訳ないとも思う。

けれども正直な気持ちをいえば、ありがたくて頭が上がらない思いだった。

今はどんな条件を呑《の》んででも、ミハイルとの時間を手に入れたい。

忍は見送りを申し出たが、小毬は独りで下に行くといい、控えの間から出てきた禿達が下までついていった。一階に下りた小毬は三階を見上げ、小さく手を振ってくる。

空中廊下の真ん中に立ったまま見守っていた忍は、一礼してから手を振り返した。

小毬の姿が中庭の松や回廊の柱に隠れて見えなくなると、忍は廊下を渡りきって自室に飛び込む。今夜は紫の着流しと薄紫の花が描かれた銀襴緞子の打ち掛け姿だったが、帯を解いて脱ぐなり、どちらも衣桁《いこう》にかけた。

寝子をやらないことを主張する紫《むらさき》襦袢《じゅばん》姿で簞笥《たんす》に駆け寄り、普通の陰間と変わらない緋襦袢を取りだす。千景に頼まず、自分で香を焚《た》き染《し》めておいたものだ。

着替えが終わって緋《ひ》襦袢の帯を結び終えると同時に、廊下が軋む音が聞こえてくる。

足音で体格の推測がつき、大きく重たい体を持つ誰かが迫ってくるのを感じた。

千景も楼主も同じような音を立てるので、ミハイルだという確証はない。

小毬が今夜自分を買う権利をミハイルに譲ろうとしても、それを楼主が許すかどうかはわからない話だ。普段は甘い楼主もさすがに怒って、乗り込んでくるかもしれない。

──ミハイル……！

どうか彼でありますように──いても立ってもいられず、忍は祈りながら襖《ふすま》を開ける。

空中廊下を渡り終えた大柄な人物が、こちらに向かって駆けてくるところだった。

豪華な銀色の髪、アルメルス海軍の白い軍服、左手には刀と軍帽を持っている。

「ミハイル……ッ」

忍は廊下に半歩出て、その途端に押し戻された。

後ろ手に襖を閉めたミハイルは、見つめ合う時間も惜しいとばかりに口づけてくる。

「んっ、う……ぅっ」

「──ッ……ゥ」

お互いに呼吸も忘れて、無我夢中で唇を吸い合った。

柔らかな絹の緋襦袢ごと包み込まれた忍は、体がふわりと宙に浮く心地好さに酔う。

全身がミハイルの手の中にあるのだ。籠を挟んで手を組み合った時とはまったく違う。

確かに存在している彼の体に、自分のすべてを委ねていることがたまらなく嬉《うれ》しくて、いつしか涙が零《こぼ》れていた。

「は……っ、う……ん……っ」

息苦しいほど夢中でミハイルの唇を求めた忍は、自分を抱きながらも刀を離さない彼の手から、祖父の作った雷斬《らいざん》を受け取った。そうすることでより一層しっかり抱いてもらうことができるなら、二度と触れたくない刀に触れても構わないと思えたのだ。

「忍……お前に会いたくて、頭がおかしくなりそうだった」

「──俺も……あんたが死んだらどうしようって、思って……」

「すまなかった。行き先も告げずに行ったことを、とても後悔している」

「ミハイル……俺、あんたのことが……」

続き間に向かって運ばれながら、忍は涙を隠さずに想いを告げようとする。

恥ずかしくても生きているうちに、本当の気持ちを伝えるべきだと思ったのだ。

死は突然、なんの前触れもなく訪れて当たり前の幸せを奪い去っていくから——一緒にいられることの喜びを胸に刻んで、時間を大切にしなくてはならない。

つまらない意地や照れのせいであとあと悔やむことを考えれば、口にできない言葉など何もないのだ。

「……あんたが好きだ……っ」

ミハイルの腕から三つ布団に下ろされた忍は、刀を置いて性急に彼の肌を求める。

彫刻のように整った顔に両手を添え、耳や首や頭に触れながら、軍服の上着を脱ぐ様を見守った。シャツが荒っぽく脱ぎ捨てられると、隆起した胸が露《あらわ》になる。

「忍、愛している」

五年前に見た時とは違って、胸や腕に無数の古傷があった。刺し傷もあれば銃創もあり、戦地に赴いたのが、今回が初めてではないことが一目でわかる。

「ん、う……っ、ふ……」

貴族なのに何故《なぜ》……と訊《き》く隙《すき》もなく唇を塞《ふさ》がれた忍は、彼のベルトに手を伸ばした。

今は話すよりも繋がりたくて、留め金具を外す。その下にあった金属釦《ボタン》も外した。

逞《たくま》しく盛り上がった臀部《でんぶ》に、トラウザーズと下着を一纏《ひとまと》めにして滑らせる。

「ん、う……っ、く……」

「――ッ、ン……」

顔を斜めにして紫布団に埋まりながら、唇を崩し合った。

薔薇の香りと味がする水飴が、二人の舌の上で溶けていく。

甘くて華やかな、アルメルスの国花の香り……脳裏に浮かぶのは純白の花弁だ。

ふっくらとして瑞々《みずみず》しく、手触りはきっと、天鵞絨《ベルベット》に勝るとも劣らないものだろう。

「は……っ、ふ……」

とろりと蕩《とろ》ける唾液《だえき》を交わしながら、忍はミハイルの背中に両手を這《は》わせる。

彼と一緒にいると、空気まで贅沢《ぜいたく》に感じられた。十指と掌で味わう肌は白薔薇の花弁のように滑らかで、どこまで撫《な》でても背中側には傷がない。

「――う……っ」

接吻《せっぷん》が途切れるなり緋襦袢の衿《えり》を開かれ、首筋に口づけられる。

陰間の体に吸い痣《あざ》をつけてはいけない決まりなどお構いなしに、痕《あと》がつくほど思いきり肌を吸われた。疾《と》うに消えた歯型をもう一度、今度は幾分優しくつけられる。

「ミハイル……あ、っ、う……」

銀色の髪が頰《ほお》を掠《かす》め、忍はミハイルの髪を唇で挟んだ。

軽く齧《かじ》ってみると、シャリッ……と、氷菓子を噛《か》んだ時のような音がする。

愛しい髪が少しずつ唇の間から去っていき、食《は》んでいられなくなると同時に、彼の唇が胸に届いた。

「──ふ……ぁ」

敏感な突起はたちまち反応して、周囲の皮膚ごとぴんと張り詰める。

あるかないかわからないような突起が凝《しこ》り、薄桃色から紅色に変わっていった。

弄《いじ》って、吸って……と強請《ねだ》って尖《とが》り、ただでさえ貪欲《どんよく》に蠢《うごめ》くミハイルの舌を求める。

「あ、っ……ぁ……」

吸われていないほうも指で摘まれ、紙縒《こより》を作るような手つきで扱《しご》かれた。

至極当たり前に平らで小さな男の乳首のはずだったのに、正視するのが恥ずかしいほど尖っていく。

「──ッ、ン……」

ミハイルは何もいわずに乳首を吸い、体を使って足の間まで刺激してきた。

元より口づけが引《ひ》き鉄《がね》になって滾《たぎ》りだしていた忍の雄は、きつめに締めた褌《ふんどし》の中で蜜《みつ》を零し始める。最初は蒸れた心地だったが、すぐに染みるほどになった。

「は、っ、あ……！」

乳首を乳暈《にゅううん》ごと大きく舐《な》められ、つんと尖った乳嘴《にゅうし》を吸われる。

忍が善《よ》がれば善がるほど、胸への責めは厳しくなった。

乳首を上下の歯列で噛まれ、その締めつけによって膨れ上がった部分を、尖らせた舌で繰り返し舐められる。

舌の表面の質感がわかるほど微《かす》かに表面を舐められたり、陥没するほど強く押しながら舐められたり、どうされても甘苦しくて震えてしまった。

「ミハイル……それ、やだ……っ」

忍は胸への愛撫《あいぶ》だけで達してしまいそうになり、下着越しに自らの雄を押さえつける。

尿意をこらえる子供のようでみっともないが、そうでもしないと耐えられなかった。

客にどんな触りかたをされようと、どんなに長く弄られようと、こらえきれなくなったことなど一度もないのに、今は生娘《きむすめ》のように制御が利かない。

「——っ、ん、ぅ」

「忍……」

ミハイルは口で愛撫していた乳首を解放すると、もう片方に吸いついてきた。

同時に左右の手首を摑まれた忍は、両手を股間《こかん》から引《ひ》き剝《は》がされる。

「や、っ……は、放してくれ……」

張り詰めるものを押さえられなくなり、達《い》きたくなくて抵抗した。

乳首への愛撫だけで達するのは、たまらなく恥ずかしい気がしたのだ。

しかし性器には触れてもらえず、自分で押さえることも許されないまま、腫《は》れ上がった乳首を痛いほど齧られる。

「い、っ……ぁ——っ！」

雷に打たれたように、全身がびりびりと痺《しび》れた。

玄人ならぬ絶頂を駆け抜けた忍は、独り激しく身悶《みもだ》える。

しかし大きく動くことはできなかった。

両手首を顔の左右で摑まれながら、足腰を繰り返し弾けさせる。

膝は広がったまま震え、爪先《つまさき》は突っ張りすぎて攣《つ》りそうだった。

股間は熱く、下着がぐっしょり濡れて湯気が立つ。

「あ……は、ぅ、ぁ……あ……！」

体の奥に燻《くすぶ》っていた熱が解かれ、数回に分けて放たれた。

そのたびに下着が重くなり、奮い立った性器のありとあらゆる凹凸に纏わりつく。

「あの頃に、こうしておけばよかった」

胸に顔を寄せるミハイルの言葉が、切なく肌を撫でた。

吐息や唇が、銀色の髪と共に下へ下へと這っていく。

「や、あ……ま、待ってくれ……」

「待てない。五年前の夜から今日まで、ずっと待っていた」

「ミハイル……」

「どれだけ後悔してもしきれないくらい後悔している。あの夜のうちに無垢《むく》だったお前をどこかに引きずり込んで、たとえ無理やりでもこうしておくべきだった」

両手を解放された忍は、ミハイルの頭を抱えて彼の動きを止めようとする。

ところが指に力が入らず、絹糸の髪を梳《す》くだけで終わってしまった。

臍《へそ》に接吻されると、達したばかりの性器が怯《おび》える。

過敏な状態で触られるのは苦手だったが、忍は抵抗しようとする自分の両手を制した。

ミハイルが何を望んでいるか、どうしたいのか、それがよくわかったからだ。

十六歳の自分に彼がしたかったことを、全部させたい。……してほしい。

「――待ってくれって、いったの……訂正する。好きに、していい」

「忍……お前のこんな姿を、他の誰にも見せたくなかった」

「つ、あ……っ！」

感じすぎる性器への手淫《しゅいん》に、忍は腰を引きたくなるのをこらえる。

自分の意思ではどうにもならない反射的な抵抗を押さえ込むため、逃げそうになる体を布団に縫い止めた。全指を使って、布団を綿ごと握り締める。

「く、う、ぅ……」

仰向けで息を詰めた忍は、ミハイルの手に翻弄《ほんろう》された。

悔恨が痛いほど伝わってきて涙腺《るいせん》が緩むのに、一方では快楽の沼に誘われる。

裾と足を割られ、褌を内側から突き上げているものを何度も何度も撫で上げられた。

布の下を漂う粘液がヌチュヌチュと音を立て、外まで滲《にじ》みだしてくる。

繊維の目から抜けたそれは、ぬるついた泡となってミハイルの手を汚した。

「く……ぁ……あぁ――っ！」

ずるずる動く布と共に扱かれた性器が、萎《な》えることなく再び弾ける。

射精を伴わない絶頂を知った忍は、しばし放心しながら布団を握り続けた。

「何もかも私が教えたかった。生きて再会できて、お前とこうしていられることは天にも昇るほど幸せなのに、同じくらい苦しみもある……」

「――っ、ぅ、あ……！」

色も重さも変わるほど濡れた六尺褌を、ミハイルの手で取り除かれる。

往生際悪く忍の猛りにへばりつくそれは、剝がされると同時に滴を垂らした。

雨の降り始めのように、ぱたぱたと音がする。紫の布団や広げた緋襦袢が濡れ、果てはどろりと粘ついた塊が忍の腹に落ちた。

「……あ……ミハイル……ッ」

休む暇もなく口淫を受けた忍は、再びがくがくと膝を揺らす。

性器を舐められると、奥が疼《うず》いて我慢できなかった。

十六歳の自分にしたかったことをしてくるミハイルの前で、何もかも彼に任せて初心《うぶ》でありたいのに――演技ではなく自分自身そうありたいと思っているのに、膝を抱えずにはいられない。

「……っ、早く……」

布団を握り続けることはできず、気づけば両膝を掬《すく》い上げていた。

秘めるべき狭間を彼に見せつける恰好《かっこう》をしてしまい、恥ずかしいのに止められない。

張り型をくわえ込んでも決して満たされることはなかった菊壺《きくつぼ》の入り口を晒《さら》すと、心が真っ二つに分かれる現象が起きた。

「――ミハイル……ッ、早く……俺の、中に……」

恥じらう気持ちと、大胆な気持ちがぶつかり合う。

こんな淫らな体で申し訳なく、恥ずかしく思うのに……一方では、惚《ほ》れた男にすべてを見てもらう悦びを感じていた。

他の男に見せたり触らせたりしてしまった体だからこそ、早く彼にも見せたい。触ってほしいと思うのだ。

鈴口の中であろうと、蕾《つぼみ》の襞《ひだ》であろうと構わない。

目で見て触って、穢《けが》れた体を彼の色で染めてほしい。

そして誰にも許さなかった奥深い所まで、早く、早く――。

「あ、あぁ……」

「──ン……ッ」

張り詰める陽物《ようぶつ》を喉奥《のどおく》まで吸われながら、濡れた蕾を指先で愛される。

忍の精液とミハイルの唾液に濡れたそこは、彼の指をうねる肉の道に引き込んだ。蠕動《ぜんどう》しながら奥へと誘い、きつく締まる。

そこに滾る自身をねじ込んで腰を振ったらどれほどの快楽を得られるか、忍は抱く側の感覚をよく知っていた。

ぱんぱんに張り詰めた鋭敏な器官を、布海苔《ふのりまみ》塗れの肉孔に押し込む快感……柔らかくもよく締まる熱い媚肉《びにく》が全方向から迫ってきて、自身に絡みつく。腰を動かせば動かすほど気持ちよくなれるのだ。余計なことを考えなければ、男の菊壺は官能の坩堝《るつぼ》になる。

「ミハイル……ッ、そこ……凄《すご》い、ぃ、いい……っ」

抱かれる側の悦びを知らない忍は、ミハイルがこれから感じるであろう抱く側の悦楽を想像した。

きつく閉じた窄《すぼ》まりを抉《こ》じ開け、ずくずくと侵攻する征服感、根元まで収めた時の甘い達成感。奥を突いて動き、相手に嬌声《きょうせい》を上げさせる時の攻撃的な悦び。

それらに加え、彼は愛し愛される悦びも感じられるだろうか。

男としての幸福を、この体を抱いて存分に味わってほしい。

「あ、は……ぅ、あ……早く……っ」

屹立《きつりつ》を舐《ねぶ》るミハイルと視線を合わせながら、忍は膝裏をより高く抱えて強請る。

彼は応じる気配を見せて、少しずつ顔を引いた。

口淫の舌使いを見せつけるように裏筋を舐め上げながらも、身を起こして中の指をもう一本増やしてくる。中指に人差し指を添えて、ぐっと奥まで挿入した。

「ふ、あ……ぁ……！」

「ここが感じるのか？」

「ん、う……ぅ――っ」

ミハイルは指を二本揃《そろ》えて動かし、最も感じる一点を的確に突いてくる。

返事などするまでもなく、全身が反応した。

呼吸が酷く乱れ、宙に舞い上がった爪先《つまさき》は丸まったり反ったりを繰り返す。

ズプッ、ズチュッ……ズチュチュッ！　と肘から動かした指で犯され、忍はまたしても達してしまった。

「――ミハイル……あ、ぁ……」

指を抜かれるなり、両手を広げて布団に身を任せる。

大の字に近い状態で寝ながら、自分の喘鳴《ぜんめい》だけを聞いていた。

解放された性器の先からは、断続的に熱いものが飛びだしてくる。

白い胸や腹を汚すそれに、ミハイルの手が触れた。

指の腹を当てながら、ぬめりを肌に伸ばすように滑っていく。

「……は……ぅ」

つうっと胸の突起を弄られた忍は、感じながらもミハイルの陽物に視線を向けた。

かつて見たこともないほど立派なものが、銀色の繁みを従えて反り返っている。

全長はもちろん、雁首《かりくび》から先も厚ぼったく張りだしていた。裏筋も大層太い。

今にもドクドクと音を立てそうな勢いで、血を巡らせているのがわかる。

「……どうして、しないんだ？　これじゃ、俺ばっかり……」

忍はミハイルがいつまでも挿入しない不自然さに気づき、喘鳴をこらえて問いかけた。

肉体的には興奮を示しながらも、ミハイルは思い惑う表情で身を重ねてくる。

体重をかけすぎないよう膝や肘を立て、注意して加減していた。

むしろ重みを感じたかった忍は、彼の背中を引き寄せる。

「十六の時にこうしていたら、どんな抱きかたになったのだろうかと、考えていた。私はもっと優しくしたのだろうか……時間をかけて、丁寧に抱いて……」

「──ミハイル……」

「お前は私のすることを怖がり、私の欲望を見て怯え……結局繋がろうにも繋がれずに、こうして抱き合って朝を迎えたのかもしれない。心地好い愛撫だけを繰り返して、朝まで何度も……口づけを交わして……」

「……十六の時のこと、俺も後悔してた」

過去に囚われて抜けだせないミハイルに、忍は正直な言葉を返す。

「あの時は何も知らなかったけど、あとで後悔した。抱かれておけばよかったって……」

本当に、あれから何度思っただろう。

愛しているといってくれたミハイルの表情や声、言葉そのものを、繰り返し思いだして生きてきた。山の中に逃げて、死に至る苦しみにもがいている時も、罪を生む自分という存在を殺すべきだと思い詰め、体に先立って心が死んでいた時も、いつもいつも、記憶の中に光があった。

「あんたに抱かれずに、死ぬのは嫌だって……思ってきたんだ」

「忍……」

「それに、十分優しいよ。そりゃ……あんたの立派すぎる魔羅《まら》を見て……今の俺は怯えるどころか期待してぞくぞくしてるけど……でも十六の頃の俺だって、あんたが俺を好きな証として捉《とら》えて、やっぱり悦んだんじゃないかな」

忍は重なる体の隙間《すきま》に手を入れて、ミハイルの屹立に触れる。

重く硬いそれは、握るとたちまち反応した。むくりと、さらに大きくなる。

「――ッ、ゥ……」

「……これを見たり、触ったりしてたら……どうにかされたいって思ったはずだ」

忍はミハイルと見つめ合いながら、一度は伸ばした足を再び曲げた。

欲しい気持ちが強すぎて可愛らしく恥じらうことはできなかったが、今の想いのまま、素直に足を開く。

「俺を優しく抱きたいなら、意地悪しないでくれ……焦らされたら、苦しいだろ？」

忍は腰を布団から少し浮かせて、綻《ほころ》んだ蕾に彼の屹立を導いた。

焼けるように熱い肉の塊を、蜜濡れた所に迎え入れる。

「私は、悔やんではいるが……どんなお前でも愛している」

「……あんたはやっぱり、俺が見込んだ男前だ」

青玉色の瞳を見つめながら、忍は「ありがとう」と口にした。

その瞬間、ミハイルは胸を打たれたように表情を変える。

眉間《みけん》に皺《しわ》を寄せ、苦しそうな顔にも見えた。心に渦巻く負の感情をすべて押し込めて、今だけを見ようとしている――そういう顔だ。

「う、あ……あぁぁ……っ！」

「――ッ……ゥ……忍……！」

本物の雄を知らぬ体を穿《うが》たれ、忍は鋭い痛みに襲われる。

目いっぱい拡げられた粘膜が引《ひ》き攣《つ》り、喉奥から潰《つぶ》れた悲鳴が漏れた。

まるで焼けた棒をねじ込まれ、脳天まで貫かれる感覚だ。

酷く痛いのに、同時に押し寄せる悦びもまた凄《すさ》まじい。

忍が顔を顰《しか》めたのは短い間のことで、すぐに愁眉《しゅうび》を開いた。

ミハイルの肩甲骨やうなじに手を回し、縋《すが》りながら迎え入れる。

「は……く、ぁ……っ」

「忍……もっと、力を抜いてくれ……」

彼の息は熱いが、張り詰めた雄はさらに熱かった。情熱的に愛を訴えてくる。

ああ、嬉しい……嬉しいと心から思った。時には危うかった操をどうにか守り、初釜《はつがま》にミハイルを迎えることができたのだ。

「……あ、ぁ……ミハイル……もう、全部……？」

見えない繋がりに心を寄せると、「まだだ」と返される。

次の瞬間、ミハイルの体が大きく動いた。肉洞を雁首で逆撫《さかな》でしながら腰を引いたかと思うと、大波の如く戻ってくる。今度こそ奥まで、一気に滑り込んできた。

「ひ、ぅ……あ――っ！」

忍は悲鳴を上げながら身を反らし、収斂《しゅうれん》する媚肉で彼のすべてを受け止める。

鉄を熔《と》かす正真正銘の灼熱《しゃくねつ》を知っていても、こんな熱は知らなかった。

めらめら燃える炎よりも強烈な、骨まで蕩《とろ》ける快楽を与えられる。

自分に向けられる彼の熱さ、硬さが、たまらなく愛《いと》しい――。

「ミ、ハイル……これ……凄く……っ、嬉しい……」

「……っ、忍……私もだ。お前が、ますます愛しい」

ミハイルは忍が処女太夫と呼ばれてきたことを知らないが、それでも生娘を抱くように斟酌《しんしゃく》を加えて腰を揺らし、浅く深く突いてくる。布海苔の代わりに忍の腹に散った精液を塗り足して、一突きごとに愛情と優しさを示した。

「く、あ……ぃ、いい……っ！」

「忍、まだ力を入れすぎだ……足を、休めるといい」

ミハイルに足を摑まれた忍は、彼の背中に脛《すね》を回される。

強靱《きょうじん》な骨と筋肉を脹脛《ふくらはぎ》で感じると、男としての羨望《せんぼう》と、頼もしさへの安堵《あんど》を感じた。

緊張して突っ張っていた足が落ち着く場所を与えられたことで、局部の力が抜ける。

抱く側を経験しているうえに張り型で慣らしたため、こちら側のこつも十分心得ているつもりだったが、思いの外上手《うま》くいっていなかったことに気づいた。

「あ、あ……っ、ま、待って……深、ぃ……っ」

「――ッ、ゥ……！」

「そんな、奥……っ、む……無理……もう、無理……！」

ずぷりと奥まで届くミハイルの陽物に、忍は遂に音を上げる。

過度に立派な一物は遊女に嫌われるというのはよく聞く話だが、それを痛感した。

愛されるのは嬉しい。

本当に嬉しいけれど、ますます大きく硬くなるミハイルの雄は、本来受け入れる器ではない男の身にはつらすぎる。

もう無理だ、限界だ――と体が訴えていた。

「……すまない、無理だ……」

「う、うぅ――っ!!」

彼もまた、忍と同じように無理だといって、そして激しく腰を揺らす。

がつがつと躍動的に押し寄せてくる筋肉質な体は、さながら銀色の獣のようだった。

「あ……あぁ……ミハイル……ッ」

無意識に唇を舐めた忍は、薔薇の味を感じるなりミハイルの舌を欲する。

最後まで意識を保つ自信がなく、その前にもう一度口づけを交わしたかった。

「う、あ、ぁ――っ！」

接吻を求めながらも、忍は圧に負けて身を反らす。

苦しさは薄まって、一行程ごとに抽挿が快感へと変わった。

ミハイルの動きに合わせて内臓が蠢き、やがて忍の腰も動きだす。

「ふ、あ……ぁっ！」

どれだけこうしているのか、時間の感覚を失い、昔のように汗だくになっていく中で、いつしか自分の精を胸や首に浴びていた。もう何度達したかわからず……忍は半ば痙攣《けいれん》を起こしながら体内の雄を締めつける。

「――ッ……！」

一際《ひときわ》速く腰を前後させていたミハイルが、いきなり動きを止めた。

どくりと爆ぜた彼に奥を突かれたまま、忍は熱い怒濤《どとう》を注がれる。

頭の中が雪原の如く真っ白になったが、広がるのは雪ではない。煮え滾る濃蜜だ。

腰も背中も浮かせていたので、最奥のさらに奥まで胤《たね》を仕込まれる。自分が男だということも忘れ、やや子を孕《はら》んでしまうのでは……と、心配になるほどの量だった。

「――忍……お前を抱いて、今……譬《たと》えようもなく幸せだ」

ようやく、本当にようやく笑ったミハイルが、唇を寄せてくる。

忍は切望した接吻を味わい尽くし、甘露に酔って意識を飛ばした。

《十》

吸い痣《あざ》だらけの体を紫　襦袢《むらさきじゅばん》で包んだ忍《しのぶ》は、鏡台の前に座って紅筆を手にした。風呂《ふろ》に入ったあとは化粧などせず、素のままでいたほうが客は喜ぶ。

それはミハイルも同じことだったが、営業時間内に下に行くなら化粧は欠かせない。

忍の化粧は簡単で、暗めの紅を目尻《めじり》に少し引き、唇に水飴《みずあめ》を塗るだけだ。赤みがかった黒髪を黄楊櫛《つげぐし》で整え、衣桁《いこう》にかけていた着物に袖《そで》を通す。帯を締め、薄紫の花が描かれた打ち掛け姿で姿勢を正すと、軍服を着たミハイルが後ろに立った。

「そろそろ出ようと思う。人が少ない時間がいい」

「ああ……そうだな、あんたは目立つし」

背後から両手で抱かれた忍は、情交の際の体位を思いだす。

気を失っていた時間もあったとはいえ、夕方から今に至るまで、繰り返し愛された体が疼《うず》いた。抱かれて精を注がれた瞬間はもう十分だと思うのに、満ちた気持ちはすぐにまた貪欲《どんよく》になってしまう。

──性技の時間を減らしたいと思ってたのが嘘《うそ》みたいだ……。

忍はミハイルの腕の中で、めくるめく夢を見る。

腿《もも》の筋肉が張っているうえに、膝《ひざ》は今にもがくんっと折れそうなほど疲れているのに、このまま布団に雪崩《なだ》れ込んで愛し合いたかった。ミハイルは軍服を着込み、自分も湯殿で随分と苦労して中のものを掻《か》きだした。それを徒労にして滞在時間を延ばし、目立つ彼を人混みに送りだすわけにはいかないが、理性などかなぐり捨てて乱れたくなる。

「……無茶をさせてしまったな。体は平気か？」

ミハイルの言葉に、忍は黙って頷《うなず》いた。

後ろを使うのは初めてだと告げていない中で、労《いたわ》ってくれる彼の優しさが嬉《うれ》しい。

しかし労りよりも何よりも、ミハイルの精が欲しい。もう一度抱き上げて布団に運び、帯を解いて貫いてほしい——菊壺《きくつぼ》の奥の奥に、どぷりと注がれたいこの願望は……恋情を超えてどこか異常ではないかとさえ思えた。

「足がふらついているところ申し訳ないが、大門《おおもん》まで見送りを頼みたい。難しいか？」

「大門まで？　藍門《あいもん》までならよくやるけど、大門までとなると少し目立つかもしれない。藍門の先は遊女の縄張りだし、仲之町《なかのちょう》は距離があるから。もちろん俺はいいんだけど、陰間《かげま》と並んで歩くところを見られてもいいのか？」

「そんなことを気にすると思うか？　行きもここまで走ってきたのに」

「アルメルスでは同性愛が禁じられてるって聞いてたから」

「私の愛は私が決める。法でも神でも縛れない」

「ミハイル……」

目の前の鏡台には、重なる二つの体が映っていた。二人とも立っているので、映るのは胸より下くらいのものだ。それでも、客観的に見てとても仲睦《なかむつ》まじいのがわかる。

ミハイルの腕は忍の鳩尾《みぞおち》の辺りで交差し、忍の手は彼の腕を押さえている。

見ているだけで顔が火照《ほて》るくらい、恋人らしい抱擁だ。

肘《ひじ》を曲げているため、ミハイルの袖口《そでぐち》からは腕輪が見えた。

彼の瞳《ひとみ》のような青い石が、行灯《あんどん》の炎を受けてきらりと光る。

「これ、綺麗《きれい》だな……あんたの瞳の色に似てる。青玉《せいぎょく》なのか？」

忍はミハイルが一糸纏《まと》わぬ姿になっても身に着けていた腕輪に触れ、足袋を畳に滑らせながら体を返す。鏡台に背を向けて、ミハイルの顔を見上げた。

青玉色の瞳は吸い込まれそうなほど美しく、腹の奥が欲望でむずがる。

「青玉とはサファイアのことか？　これはダイヤモンドだ。先祖代々伝わる家宝で、友人曰《いわ》く私の『御守り』だそうだ」

「え、ダイヤモンド⁉　ダイヤにこんな見事な青があるのか⁉」

過去の仕事柄、鉱物全般に興味がある忍は甚《いた》く驚く。

鍛冶場《かじば》でもダイヤモンドをよく使うが、どれも工業用の見目《みめ》の悪いものだった。

「希少な石ではあるが、私にとってはお前から預かった玉鋼《たまはがね》のほうが大切だ。持ち歩いて何かあったらと思うと気が気でないので、屋敷の金庫の奥に保管してある」

忍には玉鋼に対するミハイルの想いが伝わったが、しかし複雑な気持ちにもなる。

約束通り彼のために新しい玉鋼を作り、それで刀を打つことができていたら、その身を守る真の御守りとして常に側に置いてもらえただろう。胡桃《くるみ》大のただの鋼の塊では、持ち歩くにも不便でなんの役にも立たないのだ。金庫の奥に閉じ込められて、ただじっとしているしかない玉鋼の姿は、まるで自分のようだと思った。

「――こんな、高価なもの……よく身に着けて歩けるな」

「同じ石を使った指輪もある。ペルシック家の花嫁が着けるものだが、デザインを変えて贈りたい。いつか私の祖国に来て、受け取ってくれないか？　指輪が嫌ならブローチでもなんでも構わない。お前が気に入るようにする」

欲情も弾け飛ぶような言葉と笑顔を向けられ、忍は目を瞬《しばた》かせる。

こんな幸せがあっていいとは思えないのに、顔が勝手に綻《ほころ》んでしまいそうだった。

いつか妖刀《ようとう》を作らずに済む日が来て、ミハイルのための長太刀《ながたち》を作れたらいい。

そして彼の祖国に行き、青く光る石に永遠を誓えたらどんなに幸せだろう。

「約束はできないけど、そういう日が来たらいいのに……とは思う」

罪深い身であることを今は忘れて、忍は美しい未来を思い浮かべた。

戦争が終わり、侵略することもされることもない世の中になりますように。

どの国も自国の土地と文化を大切にして、ミハイルが危険な場所に行くこともなくなりますように。せっかくの長太刀が無用の長物になっても構わない。いつもミハイルの側に自分の刀があり、御守りとして力を発することを望んでいる。そしてどうか、自分も彼の傍にいられますように——。


番頭と若い衆に見送られながら見世をあとにした忍は、ミハイルと共に藍門を潜《くぐ》る。

寒色の涼やかな街並みから一転、青から赤へ、いきなり視界が変化した。

ここから先は男と女の世界だ。大門に続く仲之町の中央は、紅色に染まった見頃の楓《かえで》で埋め尽くされ、やはり赤く美しかった。

冬は椿《つばき》、春は梅、桃、桜に花水木。特に好まれる桜は、散りきる前に取り除かれて別の桜の木に替わる。吉原の桜の時期は罰当《ばちあ》たりなほど長く、そのあとで紫陽花《あじさい》や薔薇《ばら》など、夏の花がやって来る。仲之町は四季折々の花で彩られ、花のない木は無用とされるが……この時期の楓は特別だ。花と同様に愛《め》でられる赤い葉が下に落ち、ただでさえ赤に塗《まみ》れた表吉原を足元から染め上げる。

「忍、お前に今一度問いたいことがある」

「——俺も、あんたに訊《き》きたいことがあるよ。でもお先にどうぞ」

部屋ではあまり話をしなかった二人は、藍門を出てすぐの所で足を止めた。

通りの先には人の姿がちらほら見えるが、とても静かだ。客引きも終わっていて、どの見世の張見世も閉じている。空気は冴《さ》え渡り、吐く息が白かった。

「ここを出て……私の屋敷に来る気はないか？　身請け金が気になるなら、いつか返してくれればいい。お前との時間がとても幸せだったからこそ、他の誰にも譲りたくない」

部屋にいた時からそういいたげだったミハイルの顔を見つめ、忍は首を横に振る。

はらりと落ちてきた楓の葉が彼の髪に触れそうだったので、手を伸ばして指先で摘まみ取った。こんなことでも、上手《うま》くいくと少し嬉しくなる。

「……どうしても、駄目なのか？」

「ありがたいと思ってるし、嬉しいよ。けど俺は、囲われ者にはなりたくない。身のほど知らずなのはわかってるけど、あんたと俺は剣士と刀匠って関係で始まって、それは凄《すご》く対等に思えたんだ。今じゃ全然違うのに……今でも、そういうのに憧《あこが》れてる」

「十分対等だ。むしろ私はお前の奴隷だろう。いったい何をして、どれだけ愛していると伝えたら、お前は私を信じて飛び込んできてくれるんだ？」

「あんたのことは信じてるよ。俺はただ、自分が信じられないんだ。あんたに囲われて、刀を作ってやることもできなくて……一緒にいられて幸せでも、どんどん自分が嫌になる気がする。劣等感を抱えながら、あんたに作り笑顔を向けるのは嫌だ」

「忍……」

指先で摘まんだ紅葉《もみじ》を絶えず回転させながら、忍は「ごめんな」と呟《つぶや》く。

もしも自分が鬼の子ではなく、妖刀鬼《ようとうき》を生みだすような大罪を犯さずに吉原にいたら、彼の申し出に対してどう答えただろうかと考えた結果だ。

金の問題がすべてだったとしても、自分は身請けされたりしない。

自分でどうにかできることはどうにかする。誰かに助けを求めるのは、本当にどうにもならないことだけにしたかった。

「今のは、普通の人間としての俺の心情」

忍は意に満たない様子のミハイルに、鬼としての心情を伝えようとする。

しかし、鬼の本能が齎《もたら》す飢えと苦しみを表現する言葉が見つからなかった。

譬《たと》える何かも出てこない。ただただ苦しくて、思いだすだけで身の毛がよだつ。

「鬼としての俺は、より深刻な事情で刀と縁のない場所に囚われることを必要としてる。刀を作りたくてどうしようもなくなった時、禁断症状が起きて俺が俺じゃなくなるんだ。欲望に思考を乗っ取られ……普段の俺が考えないような最悪な考えに行き着く。本当に、自分で自分を止められない」

「最悪な考えとはなんだ？」

「前にもいったけど、俺の刀で人が死んでも関係ないとか……作り手じゃなく扱う人間の責任だとか、俺の刀には需要があるとか、そういう無責任なことを思い始める。刀作りを正当化して、自分自身を騙《だま》すんだ。どこかの鍛冶屋の門を叩《たた》く時は、本名や経験を口にできない分、今の姿を利用しようって思ったこともある。色仕掛けで弟子入りして棟梁《とうりょう》を誑《たら》し込めば、通常は何年も修業しないと打てない刀を、お遊びで打たせてもらえるかもしれないとか……そんなことを考える自分に戻りたくない。だから俺は吉原にいる。ここを出て自由の身になるのが怖いんだよ」

どうかわかってほしいと気持ちを籠《こ》めて語っても、色好い返事はもらえなかった。

ミハイルは黙って横顔を見せると、おもむろに歩きだす。

白軍服の背中が、緩やかな速度ではあったが一歩一歩離れていった。

恋を明確に自覚した五年前の夏を思い返しながら、忍はハンカチではなく紅葉を握る。

あの時は追いかけるのをやめて自分で翌朝会いにいったけれど、今はもう会いにはいけない。それを思うと自然と足が動き、雪駄《せった》で走って再び彼の横に並んだ。

「ミハイル、俺も訊いていいか？　どうして白鳫《はくがん》諸島に……戦地に行ったんだ？」

「出動命令が出たからだ。それ自体は軍人として当然のことだが、心配をかけないようにしようと思った結果、行き先も目的も不明のまま長く待たせて悪かったと思っている」

「――っ、当然って……あんたは貴族じゃないか」

「アルメルス貴族は旭帝国《きょくていこく》の華族とは違う。我が国では、貴族は民以上に国を愛し、命を捧《ささ》げ、強靭《きょうじん》な肉体と精神を持つ勇敢な戦士であらねばならない。初陣《ういじん》の際は妻子の有無にかかわらず後継者を指名しておき、肖像画はもちろん、墓地に建てる彫刻のための下絵を描かせるのが習わしになっている。平時は体を鍛えて子孫繁栄に励み、戦時下においては死を覚悟して戦地に赴くことが、貴族の家に生まれた男の宿命だ」

ミハイルの言葉を最後まで聞き終える前に、忍は全身の骨が消え失《う》せるような脱力感に襲われる。身も世もなく膝《ひざ》を崩し、紅葉が散る地面にしゃがみ込んだ。

いきなり視界が低くなったが、自分の体勢を認識することすら儘《まま》ならない。

勇敢な戦士としてミハイルはこれからも戦地に向かい、自分は再び待つしかないのだ。

「私は従弟《いとこ》を後継者に指名した。如在《じょさい》なく好ましい青年だ。彼がこれからも精進し続けるなら、私は後継者を変更する気はない。貴族の役目の一つを放棄しているからだ。今後も妻子を持たずに恋人だけを愛し、生涯独身を貫くと決めている」

しゃがみ込んだ忍に合わせて、ミハイルも膝を折る。

求婚に等しい言葉や熱い眼差しを向けられても、忍は笑うことができなかった。

一つは放棄したと発言するのは、もう一つは放棄しないといっているのと同じだ。

愛する祖国を守り、そして同盟国まで守って命懸けで戦うミハイルは、そうすることに誇りを持っているのだろう。危険な戦地で戦うことは、彼の人生の一部なのだ。

愛しているならどこにも行かないで……と、泣いて縋《すが》ることなど許されない。戦場では卑怯《ひきょう》であってくれ、臆病《おくびょう》であってくれ、とにかく生きて帰ってくれ——ともいえない。

自分に譬えるならそれは、神聖なる鍛刀場で、手を抜いて鈍《なまくら》な刀を作ってくれと頼み込まれるようなものだ。理由はどうあれそんな頼みは聞けないし、酷《ひど》い屈辱になる。恋や愛の真《まこと》を示す証明として、信念を曲げろと迫るのは大いに間違っているのだ。

「忍……私が個人でいられるすべての時間を共にすごしたい。私の所に来てくれ」

目線の高さを極力合わせ、美しい青玉色の瞳で見つめてくる彼が、鬼に見えた。

なんて残酷なことをいうのだろう。

自らの信念のもとに生き、矜持《きょうじ》を守り抜いて煌《きら》めく立場で、微笑みながら俺をどん底に突き落とさないでくれ——そう抗議したくても、こちらはそれさえできないのに。

遊郭で陰間として働き、一晩に一人しか幸せにできない自分が、数千万の人々のために戦う彼に、「お前に矜持があるように、俺にもある」などと張り合える道理がない。

結局、それなりの誇りを持っていたはずの今の仕事を、恥じているということだ。

それなりは所詮《しょせん》それなりでしかなく、かといって本当に誇れる刀匠には戻れない以上、それなりの仕事でも懸命に励むしかないというのに——。

「——忍?」

涙を呑《の》んだ忍は、俯《うつむ》きながら首を横に振る。それによりミハイルがどんな顔をしようと答えを変える気はなく、視線を向けることもしなかった。

ミハイルのことを誇りに思い、愛《いと》しさはますます募るけれど、彼が立派すぎて、自分が情けなくて、悔しくて……そして不安で、今にも嗚咽《おえつ》が漏れてしまいそうだった。

「……見送り、しないと」

次はいつ出征するのか、そんなことは怖くて訊けない。

ミハイルが自分を捜していた一年間、爵位を楯《たて》にして閑職に就くことができたのなら、これからもそうしてほしいのが本音だけれど――それを教えてくれた時宗《ときむね》は、その当時のミハイルが如何《いか》に彼らしくなかったかを語っていた。

「出征する時は、人伝《ひとづて》でも教えてほしい。時間があれば、直接……」

忍はミハイルの顔を見ないまま、立ち上がって大門に向かう。

激しい情事のせいで力が入らなかった膝が、ますます頼りなくなった。

ふらりとよろめくとすぐさま支えられたが、それでも忍はミハイルの顔を見ない。

「――戦地で散るのも悪くないと思っていたが、今はそんな気は微塵《みじん》もない。お前の所に戻るために、目の前の敵を殲滅《せんめつ》することばかり考えていた。自国のためだけではなく、この国を守れることを誇りに思う。お前と旭日刀《きょくじつとう》を生んだ、素晴らしい国だ」

相槌《あいづち》を打てたのか否か、喉《のど》の辺りで想いが燻《くすぶ》る。

ただの客の言葉なら、尊敬します感謝しますと称えれば済むことなのに、ミハイルには上手《うま》くいえない。頭の中は、「行かないでくれ」という言葉で埋め尽くされていた。

ミハイルと並んで大門に向かって歩き続けると、待合の辻《つじ》が見えてくる。

深夜は営業していないが、様々な露店が並ぶ大門前の広場だ。

聳《そび》え立つ大門の横には、編笠《あみがさ》茶屋と華衛団《かえいだん》番所がある。編笠茶屋は客が顔を隠すための編笠を売りつつ吉原を案内するための茶屋で、華衛団番所は、吉原内の警察署のようなものだ。自営団だが、治外法権地区の吉原では絶対的な権限を持っている。

「この先には行けないから……」

大門を出た所には、黒塗りの自動車が停まっていた。おそらく彼のものだろう。

ここでさよなら……小さくなる背中すら見えないのだと思うと、目頭が熱くなった。

番所から二人の団員が目を光らせているうえに、百間橋《ひゃっけんばし》を渡った先にも華衛団出張所と警察署がある。逃げられないこの環境こそが、心に安寧を齎してくれるが、しかし別れはやはり淋《さび》しい。彼が「どこにも行かない。明日も来る」と約束してくれたなら、顔を上げて手を振り、笑って見送ることもできただろうに——。

「忍……お前を手に入れるためなら、私は鬼にもなれる」

ミハイルの声が、俯く忍の額に落ちる。

言葉以上に不穏な空気を感じた忍は、顔を上げずにはいられなくなった。

そうしてミハイルの表情を目にした刹那《せつな》、全身が強張《こわば》る。本能的に恐怖を感じるほどの執着心を前に、身を引きたくても引けない。足は棒のまま地中深くまで根づき、上半身は凍りついて眉《まゆ》一つ動かせなかった。

「許せ」

肩を掴《つか》んで引き寄せられ、鳩尾《みぞおち》に拳を埋められる。

気づいた時には、目の前が真っ暗になっていた。

闇《やみ》に蠢《うごめ》くように、小さな赤い光が点滅する。

「──っ、う……あ……っ」

痛みというよりは衝撃が駆け抜け、首から上が無防備に落ちた。

首を切断された感覚だったが、実際には頭の重さを感じる。

強制的に伸ばされた喉元《のどもと》の引《ひ》き攣《つ》りもある。

華衛団の団員の叫び声が聞こえた。ミハイルを犯罪者扱いしているらしい。

実際に何をいっているのかは聞き取れないが、忍は何かいわなければと思う。

これは了解したうえでの戯《たわむ》れだと……なんでもないから下がってくれと……そういって庇《かば》わないと、いくらアルメルス軍人とはいえ大変なことになるかもしれない。

──ミハイル……やめてくれ、莫迦《ばか》な真似を……しないでくれ……。

軽々と抱き上げられた忍は、ミハイルの声を聞いた。

しかし彼が何をいっているのか理解する力はなく、やがて闇に呑み込まれてしまった。

《十二》

運転手付きの自動車を百間橋《ひゃっけんばし》に待機させていたミハイルは、身請けするといって強引に華衛団《かえいだん》の団員を黙らせ、忍《しのぶ》を抱えて後部座席に乗り込んだ。

警笛を鳴らそうとする彼らに、まずは家宝の腕輪を手渡し、「身請け金の担保として紫《し》櫻楼《おうろう》の楼主に渡してくれ」と言付《ことづ》けたのだ。

そして二人の団員の懐に、彼らの半年分の給与相当の札束を詰め込んだ。

吉原《よしわら》の管理は厳重なものだと聞いていたが、所詮《しょせん》は拝金思想の色街《しゅせんど》だ。アルメルスでも指折りの資産家であるミハイルにとって、大した信念を持たぬ守銭奴の集団など障《さわ》りにもならなかった。

楼主は一癖ある人物だと察していたミハイルは、忍が最後まで首を縦に振らなければ、楼主の目が届かない大門《おおもん》で片をつけるつもりでいた。すべては首尾よくいき、警笛も警鐘も鳴らされずに済んだ。奥吉原一の人気太夫《だゆう》を乗せた車で、百間橋を渡りきる。

「――っ、う……ぅ……」

帝都中心部に向けて車を走らせている最中、忍がようやく目を覚ました。

ミハイルの腿《もも》に頭を載せる恰好《かっこう》で横たわっていた忍は、着物の上から腹部を撫《な》でる。

気を失わせることが目的だったので必要以上の力は入れていないが、腹を何度も撫でる姿はつらそうに見えた。目を開けても頭を上げてもぼんやりしていて、夢と現実の境界を行き来しているのがわかる。

「あまり揺れないよう気をつけてやってくれ」

ミハイルは旭日語《きょくじつご》を理解できないアルメルス人運転手に母国語で命じると、車体前部と後部を仕切る革張りの扉を閉めた。

運転手との短いやり取りに反応した忍は、乱れた前髪を押さえながら上体を起こす。信じられないものでも見るような目をしたかと思うと、車内と車窓を確認するなり立ち上がろうとした。ミハイルが阻止しなければ、天井に頭を打つところだった。

「な、なんで……ここ、自動車の中……か？　大門の外なのか!?」

後部座席のシートに腰を落とした忍は、状況を把握するなり胸倉を掴《つか》んでくる。

ミハイルは抵抗せず、神妙に裁きを待った。吉原で生きようとする忍の意思を無視し、説得できなかったからといって暴力に訴えた自分の行いを顧みるにつけ、殴られても文句はいえないと思っている。肌に触れることを拒まれたり、口を利いてもらえなかったり、それどころか愛が冷め、酷《ひど》く怨《うら》まれて邪険にされる覚悟もできていた。

「私を愛せないから、ついてこられないというならまだわかる」

「……ミハイル……ッ」

「お前は私を愛しているのに、他の男にこれからも抱かれるというのか？　そんなことは耐えられない。恋人の意思やプライドを尊重するのは、相手が同性であれ、異性であれ、等しく大切なことだと思っている。だが、それが売春となれば話は別だ。刀とは縁のない場所に囲われなければ妖刀《ようとう》作りに走りそうで不安だというなら、私が囲ってやる。吉原の大門よりも強固に、お前を私の屋敷に監禁すればいい話だ。お前の視界に刀が入らぬよう徹底する。もちろん刀や過去の話もしない」

「やめてくれ……結局あんたは、どんな俺でも受け入れるなんてできないんだな……昔と同じように、男気があるって信じてたのに、こんな卑怯《ひきょう》なこと……っ」

「なんとでもいえばいい。私にとっては、恋人を売春宿から救いだすことのほうが遥《はる》かに男気のある行動だ。恋人の意思やプライドよりも、向けられる信頼よりも、優先すべき独占欲が私にはある。これは正義として通すべき欲だと信じている」

一切の迷いなくいい放ったミハイルは、忍の手から力が抜けると同時に両手首を握る。

眼下の黒い瞳《ひとみ》が、黄金色に変わる様がスローモーション再生のようによく見えた。人間の目そのものだった瞳孔《どうこう》が縦に変化し、猫の目同様にきらりと光る。

通りを行く馬車や人の存在を思わず気にしてしまうほど、人間離れした瞳だった。

途轍《とてつ》もなく美しく、禍々《まがまが》しい双眸《そうぼう》が波打つ。瞬きをしたら涙粒が落ちそうだ。

裏切りに腹を立て、怒り心頭に発する表情でありながらも、瞳だけは泣いている。

「ミハイル……駄目なんだ。あんたの傍にいられない理由が、もう一つある……」

満面朱を濺《そそ》ぐ勢いで怒鳴り散らすかと思えば、忍はさめざめと涙する。

らしくない態度にミハイルは心揺さぶられ、見るに見かねて両手を離した。

ハンカチを取りだして忍の頰《ほお》に寄せると、彼はそれを毟《むし》り取るように摑む。

「理由とはなんだ？　隠しごとはやめて、すべて話してくれ」

どのような理由をつけられようと、忍が吉原でどれだけ大切にされていようと、やっていることは売春に他ならない。許せるとは思えないが、ミハイルは真実を求めて問うた。

「……忍？」

瞳の色を黒に戻した忍は、唇を引き結んで何も語らない。

ハンカチで瞼《まぶた》を押さえる仕草を見せたが、涙を零しはしなかった。

車はミハイルの命令通り静かに進み、近代国家を目指して次々と建てられるアルメルス風の建物の間を進む。帝都郊外から帝都に入った辺りだ。裕福な個人宅も多く、石造りの高く瀟洒《しょうしゃ》な建物の陰に、前時代の古びた木造住宅が覗《のぞ》く。

「――どうして妖刀鬼《ようとうき》が自分に似てるのか、考えたことがあるか？」

涙を瞳の奥に閉じ込めた忍は、真横に座りながらも体ごと向けてきた。

真剣な顔をして、「あんたと比べたら見劣りするけど、なかなかいい顔と体をした、綺《き》麗《れい》な鬼だろ？」と、これまで否定的だったのが嘘《うそ》のように鬼の容姿を称える。

「お前が私を想いながら打った刀が妖刀になったから、私に似たのだと思っていた」

「半分くらいは正解だけど、それだけじゃない」

忍はミハイルが渡した水色のハンカチを握り、視線を下に向けた。

何を考えているのか読み取ることはできなかったが、今二人の間に五年前のハンカチと同じ色のそれがあることに、特別な意味を感じる。正方形の一枚の布を通して、あの頃の気持ちが蘇《よみがえ》ってくるようだった。

「あんたに出会って、好きになったりしなければ……妖刀鬼は生まれなかったんだ」

「……どういうことだ?」

「鬼は恋をすると成熟して、好きな相手との間に子を作ろうとする。そんなの人間だって同じだろって思うかもしれないけど、鬼の本能は凄《すさ》まじくて……子が作れないとなると、別の形で子の代替品《だいたいひん》を作ってしまう。主鬼《しゅき》となって、眷属鬼《けんぞくき》を生みだすんだ」

「——ッ」

「妖刀鬼は、俺とあんたの子なんだよ」

思いもよらない告白に、ミハイルは胸を突かれる。

息をするのも忘れて、破裂しそうな心臓の音に耳の奥を支配された。

「惚《ほ》れた相手との子を作りたい鬼の本能が、俺の刀に宿って妖刀になり、それを手にした人間を眷属鬼に変える。俺の場合は鬼魄《きはく》を籠《こ》める対象が旭日刀で……そのうえ、あんたを理想としたから……俺自身は半鬼なのに、俺の眷属鬼はかつてないほど強く攻撃的な鬼になってしまった。妖刀を手にした人間には著《いちじる》しい身体変化が起きて、可能な限りあんたに近い姿に変容するんだ」

固唾《かたず》を呑《の》みながら忍の話を聞いていると、こめかみに冷たい汗が伝う。

今は秋の深夜で、車内とはいえ涼しい。それなのに、つうっと一筋流れ落ちた。

忍が気づいてハンカチを差しだしてきたが、受け取ることもできないほど顔色《がんしょく》を失ったミハイルは、忍の手で汗を拭《ふ》かれる。視界の半分が水色に染め抜かれた。

「剣豪と一緒にいれば、刀を作りたくなる……それは確かにあるけど、仮にあんたが剣豪じゃなかったとしても、惚れてたらそれだけで欲望が膨れ上がる。禁断症状を起こすと、がたがた震えが走って冷や汗が止まらなくなって、誰かを犠牲にしてもいいから刀を作りたいなんて……思いたくないのに思うんだ。そんな自分には、もうなりたくない」

「──忍……」

「あんたを好きになったことで妖刀鬼を生んだなら、もう二度と会うべきじゃないんだ。陰間《かげま》の色として時々通ってきてほしいなんて、そんな勝手なことを望んじゃいけないのはわかってる。関係を続けること自体が罪で、縁を切るべきだって……わかってるんだ」

忍は再び瞳を濡《ぬ》らすと、今度は拭《ぬぐ》わずに身を寄せてきた。

少年の頃のように背中に両手を回し、顔を埋《うず》めて縋《すが》りついてくる。

指も肘《ひじ》も肩も震えていて、落涙するのをこらえているのが痛いほど伝わってきた。

愛故に、共にいることで罪を犯すのを避けられず、何よりも忍が鬼の本能に苛《さいな》まれるというのなら、自分が耐えるべきなのだ。

自らのテリトリーの中で囲っておきたい忍を……彼が心安く生きていける場所に帰してやることこそが、愛なのかもしれない。陰間の色として時々通ってほしいというのなら、その心のままに行動するべきなのだ。どれだけ不本意であろうとも——。

「忍、すまない……勝手なのは私だ。独占欲を満たし、嫉妬《しっと》や不快感から逃れるために、お前の信念を穢《けが》した。苦痛をお前にばかり押しつけて、我《が》を通して……」

己の苦しみを取り去るために、恋人を苦しめてはならない。

愛しているなら、折れるべきは自分だ。

妖刀鬼が二人の間に生まれた子も同然の存在であるならば、なおさら自分が背負うべき罪なのに、何もわかっていなかった。いまさらそうしたところで忍が嘗《な》めた辛酸には遠く及ばないことを、自分はよくよく思い知らねばならない。

「本当に、すまなかった……許してくれ。私は自分のことばかりで……」

「いいんだ、俺が悪かった。口にすれば少しはあんたの不快感を薄められるかもしれない事実があるのに、それを持ちだすのは自分の信条では何か違う気がして、黙ってた……。あんたの気持ちを最優先に考えることができなかったんだ」

忍は抱きついた体勢を崩さず、肩に埋めた頬もそのままだった。

顔を外側に向けているため、吐息が首にかかることはない。

それが酷く淋《さび》しくて、ミハイルは忍の頭をそっと撫でた。

忍が何をいっているのかわからなかったが、焦らずに話を聞こうと思う。

車を吉原に戻すにしても、時間はまだあるのだ。もっと腰を据えて話して、忍の抱える問題も苦しみも喜びも、よく理解しなければならない。自分は八つも年上だというのに、忍を前にすると感情的になってばかりだった。

「忍……」

ミハイルが名を呼び、忍が顔を上げようとした刹那《せつな》――突如車体が大きく揺れる。

後部座席で抱き合っていた二人の体は、目の前の仕切りに向かって投げだされた。

「うわ……！」

「――ッ⁉」

クッション仕様の革張りの仕切りに肘を当てたミハイルは、その反動でなんとか全身が前に流れるのを押し止める。忍の体を片手で支え、運転席との間の仕切り扉を開いた。

「何かあったのか⁉」

アルメルス語で運転手に問うと、答えを聞くまでもなく状況が目に入る。

忍もすぐに身を乗りだし、フロントガラスの向こうの有り様に息を呑んだ。

深夜にもかかわらず、道路の先に人がいる。大荷物を手に走る者も多く、老若男女入り交じっていた。誰もが血相を変え、自動車や馬車のことなど気にしていられない様子で、危険なほど近くを駆け抜ける者もいる。これではブレーキを踏むのも当然だった。

ミハイルは忍と一瞬目を合わせ、共に後部座席から飛びだす。

車から降りた途端、無数の悲鳴に耳を打たれた。

人々が逃げてくる方向に目をやると、夜空に舞い上がる煙が見える。

そして火も見えた。わずか二つばかり先の通りで、火災が起きているのだ。

「妖刀鬼だ！　鬼が出たぞ！」

「材木問屋が襲われた！　火事だ！」

火事だ、火事だ——と、危険を伝えるための声が次々と上がる。

新旧入り乱れる家屋の屋根に、妖刀鬼の姿が見えた。赤い妖気で舞い上がる髪は長く、百間橋鬼襲事件の鬼と同じ個体に見える。火事は望むところではなかったのか、明らかに火を恐れ、逃げるように屋根から屋根へと跳んでいった。

「——材木問屋が、襲われたのか？」

妖刀鬼が去っても炎の脅威は残る中、忍は押し潰《つぶ》した声で呟《つぶや》く。

顔を曇らせ、「ここって浅草《あさくさ》の近くだったりするか？」と訊《き》いてきた。

「ああ、目と鼻の先だ」

「小毬《こまり》ちゃんがっ！　当たり籤《くじ》を譲ってくれた客が、浅草近辺に住んでるんだ！　大きな材木問屋の息子で、店の名は川場《かわば》問屋っていうはずだ！」

　忍は走りだすなり悲痛な声を上げ、打ち掛けの裾を翻して人の流れに逆らう。

　ミハイルは旭日刀《きょくじつとう》を手にあとを追い、勢いを増す炎を見ながら走った。

　最低限の家財道具を担いで逃げる人々と接触することもあり、忍もミハイルも思うようには進めない。背負われた帳場簞笥《だんす》が肩にぶつかってきたり、危うく子供を蹴《け》ってしまいそうになったり、近いはずの火災現場が遠くに感じられた。

　普段ならば妖刀鬼との関連を疑われて道を開けられるミハイルの姿も、逃げ惑う人々の目には入らない。細身で丸腰の忍のほうが人混みを搔《か》き分けるのに都合がよく、気づいた時には姿が見えなくなっていた。

「……しの……！」

　忍と呼びそうになったミハイルは、すんでのところでその危険性に気づく。

　避難する人々があとあと冷静になってから、「旭日刀を持った銀髪のアルメルス軍人が、忍という名を呼んでいた」などと証言したら、自分が入れ揚げている紫乃《しの》太《た》夫が、太刀風《ちかぜ》忍と同一人物であることが明るみに出てしまうかもしれない。

　──忍……！

　紫乃と呼ぶことさえ避けるべきだと判断したミハイルは、沈黙のまま先を急いだ。

火災が起きていたのはやはり二つ先の通りで、材木問屋の前は大きく開けている。建物の奥のほうから燃え上がり、看板は無傷の状態だった。

漆と金箔《きんぱく》で装われた立派な看板には、『川場問屋』と彫ってある。

その下では揃《そろ》いの火消し半纏《はんてん》を着た男達が、まといを振り上げていた。国営の消防団が到着していないのだ。革のフリンジのような白い馬簾《ばれん》が煙の中で上下に舞う中、ようやくサイレンの音が聞こえてきた。しかしまだ遠く、消火は一刻を争う。

「全員水を被れ！　踏み込んで一気に壊すぞ！」

大刺又《おおさすまた》や鳶口《とびぐち》、鋸《のこぎり》などの火消し道具を手に、火消しが家屋を壊す算段をしていた。

石造りの建築物が流行《はや》っているとはいえ、木造の建物が多く密集する帝都では、周囲に広がらないよう被災家屋を壊す除去消火が主流だ。国営の消防団が駆けつけたところで、起動までに時間のかかる木製の放水車しかなく、消火能力は高が知れている。

「やめてくれ、まだ息子が中にいるんだ！　妖刀鬼は息子を狙《ねら》っていた！　助けてくれ、喜一郎《きいちろう》を……っ、息子を助けてくれ！」

浴衣《ゆかた》姿でも大店《おおだな》の主人だとわかる風格の男が、火消しに縋って建物を指差した。

小毬という名が偽名であることはミハイルにも察しがつき、紫櫻楼で会った可愛らしい遊客の顔が浮かび上がる。

火消しや店の人間と思われる若い衆が、「諦《あきら》めてください！　奥の部屋は火の海です！」「奥様も斬《き》られたんだ、喜一郎様も妖刀鬼に斬られて亡くなってます！」「助けにいっても無意味です！」と、残酷な言葉を吐きながら主人の体を火から遠ざけていた。

「俺が行く！」

見失っていた忍の姿を見つけると同時に、ミハイルは信じられない言葉を耳にする。

火消しの手から水桶《みずおけ》を奪い取るなり、忍はそれを頭から被った。

さらにもう一つ取って、髪一筋の濡れ残りもないくらいびしょ濡れになる。

「……っ、やめろ！　何をしている⁉」

ミハイルは名を呼べない中で忍に駆け寄り、止めようとした。

しかし濡れた袖を翻した忍は、「わかってるだろ、俺は平気だから」と、意味深に口にする。「だから放っておいてくれ」といい残し、材木問屋の店内に飛び込んだ。

「待て！　駄目だ、やめろ！」

ミハイルは必死に追ったが、指先は忍の袖を掠《かす》めるだけで摑めない。

俺は平気だから――その意味はわかる。半鬼である忍は、焼け死んでも生き返る。

だから追うな、放っておいてくれといっているのだ。

しかしだからといって看過できるわけがない。たとえ蘇るとしても、死ぬほどの痛みを味わう恋人を放っておける男がいるだろうか。ましてや炎に焼かれながらも死にきれずに半死半生となれば、苦しみはより壮絶なものとして続く。

「――っ、う……ぐ、ぁ……！」

自分も水を被って忍のあとを追わなければ――そう思った矢先、ミハイルは肩に衝撃を受けた。振り返ると、自分に向けられた角材が視界に飛び込んでくる。

「妖刀鬼め！　死ね――っ!!」

妖刀鬼が出たばかりの現場に自分が現れることがどれほど危険なことか、つい今し方は誰からも特異な目で見られなかったため、油断していた。何より忍のことに気を取られ、迫る殺気に気づかなかったことを情けなく思う。

角材、鳶口、そして石礫《いしつぶて》――あらゆるものを向けられた。

不安と焦燥に駆られて群集心理に陥った人々には、軍服など見えていないのだ。恐怖のフィルターを通してミハイルを見て、「死ね――っ！」と叫びながら襲いかかってくる。

「う……ぅ、やめろ……！　私は妖刀鬼ではない！」

民衆にそう簡単にやられるミハイルではなく、刀の鞘《さや》で鳶口の棒を押さえ込み、角材を握った男を軍靴で蹴り飛ばした。しかし子供達が遠くから投げてくる無数の石礫の一つがこめかみに当たり、一瞬目の前が真っ暗になる。

その直前に見た光景――火事から逃げずに泣きながら石を投げつけてくる一人の子供の姿が、瞼《まぶた》に焼きついた。あの子は鬼の手で、親を殺されたのかもしれない。そして忍は、備前《びぜん》にいた頃こんなふうに責め立てられ、孤独な死を選んだのだろうか――。

《十二》

全身に水を被った忍《しのぶ》は、川場《かわば》問屋の店内を駆け抜ける。通りに面した入り口側は刺し傷を負った遺体だらけだったが、火の元は住居になっている奥だった。

「小毬《こまり》ちゃん……っ、小毬ちゃん！　どこだ⁉」

店の敷地は広く、大きな中庭があるおかげで煙はさほど回っていない。煙の逃げ場がある分、室内は身を低くすれば進める程度だ。ただし奥に近づくと、火の勢いは凄《すさ》まじくなる。

「小毬ちゃん！」

忍は実家の敷地内にあった自分の部屋を思いだし、跡取り息子の部屋が通常どういった位置にあるかを考えた。忍の場合は、少し不便なくらい奥の部屋だった。手前の廊下には床材や壁材からして違いを出してあり、その先に住まう者が如何《いか》に特別な存在であるかを強調していたりする。親に溺愛《できあい》されて育った一人息子の小毬もまた、そんな部屋にいるのかもしれない。

「小毬ちゃん……っ、声を上げてくれ！　小毬ちゃん！」

忍は咳《せ》き込んでは身を屈め、濡《ぬ》れた袖《そで》で口を覆って呼吸をした。

妖刀鬼《ようとうき》に斬《き》り殺された人々の遺体を避けながら、ようやく小毬の部屋に続くと思われる廊下を見つけだす。しかし頭上から降り注ぐ熱気に阻まれ、容易には進めなかった。

息をするだけで気管が熱くなり、肺が内側から爛《ただ》れるようだ。こういった異常な熱気に慣れている忍でも厳しく、床に這《は》うも同然なほど屈まなければ廊下を渡りきれない。

忍は鳥眼杢《ちょうがんもく》の楓《かえで》材の引き戸を開け、奥の和室に飛び込んだ。

炎で明るく照らされた数十畳の空間に、横たわる小毬の姿がある。

「小毬ちゃん！」

小毬は妖刀鬼に斬られた様子ではなかったが、しかし無事とはいえなかった。

部屋が広いため中央部分は焼けずに残っているものの、天井から落ちた梁《はり》が小毬の足を押し潰《つぶ》している。腿《もも》から下が畳と共に床下まで埋もれており、畳一畳分が血の海になっていた。浴衣《ゆかた》姿の小毬は虚ろな表情で虚空を見つめ、すでに正気を手放している。

「――っ、う、ぁ……小毬ちゃん……！」

かける言葉が見つからず、忍は小毬の顔の横に膝《ひざ》をついた。崩れるにも等しく、無心で手を握って力を籠《こ》める。口を開いても、小毬の名を呼ぶことしかできなかった。

「小毬ちゃん……っ、小毬ちゃん……」

繰り返し名前を呼ぶと、瞳孔《どうこう》が開きかけた小毬の瞳が、涙の膜の向こうで反応する。唇も、半開きの状態から少しだけ動いた。かさかさに乾燥した唇は、忍の真似をして水《みず》飴《あめ》を塗っていた唇とは大違いで、ほんの数時間前に見たものとはまるで別物だ。

「……紫乃《しの》、さん……？」

「そうだよ……っ、紫乃だよ！　小毬ちゃんに会いにきたんだ。助けにきたんだよ！」

「――夢、見てる……みたい……うちに、紫乃さん……いるなんて……」

「大丈夫だよ、夢じゃない。ここにいるから！　助けるから！」

助けられるわけがない血の量だと、頭のどこかで声がする。

頭上からは木が焼ける音と、めりめりと屋根が崩れ始める音がした。柱の少ない、広い部屋の梁が落ちているのだ。天井が一気に落下するまで長い時間はかからない。

「……紫乃さん……約束、忘れないで……」

「小毬ちゃん……っ」

「近々……また行きますね……待っていて、くださいね」

忍は軋《きし》む天井や燃える畳を見るのをやめて、小毬の顔だけを見つめた。

片手をしっかりと握りながら、自分の唇に指を当てる。出がけに塗ったばかりの水飴を薬指の腹で強く拭《ぬぐ》い、薔薇《ばら》の味がするそれを小毬の乾いた唇に塗りつけた。

「小毬ちゃん……待ってるよ……吉原《よしわら》で待ってる。また、こんなふうに唇を艶々《つやつや》にして、会いにきておくれ。小毬ちゃんの可愛い笑顔が、見たいんだよ……」

涙で視界が滲《にじ》んで、小毬の最期の顔が見えなくなる。

しかしそのまま、忍は自分の眼元を拭わなかった。明るく可愛らしい笑顔を今の小毬に重ね合わせて、ああ可愛いな……と、心から思う。

「小毬ちゃん、ごめんよ……小毬ちゃん……！」

息を引き取る寸前、小毬は手を握り返してきた。

いつだったか、父親に「女を抱けるようにならねばいかん」といわれた小毬は、午後の吉原に無理やり連れてこられて逃げだして、忍と出会った。

営業前に浄念川《じょうねんがわ》に行く途中だった忍は、小毬を見るなり誘惑を仕掛け……小毬はいずれ許嫁《いいなずけ》ときちんと結婚することを条件に父親を説得し、忍の贔屓筋《ひいき》になった。

金で繋《つな》がった上客と陰間《かげま》の関係だったけれど、何度も肌を重ねれば情も生まれる。

少なくとも今、忍は小毬と共に——生きながら焼かれても構わないと思っていた。

「——忍……忍！」

小毬の手から力が抜けきったその時、廊下の奥からミハイルの声が聞こえてくる。

幻聴かと耳を疑ったが、涙を拭って目を凝らした先に、水と血に塗《まみ》れた彼がいた。

ミハイルはなりふり構わず部屋に駆け込んできて、「忍！」と感極まった声で叫ぶ。

木屑の付着した抜身《ぬきみ》を手にしており、邪魔な建具を叩《たた》き切ってきたことが窺《うかが》えた。

「どうして……どうして来たんだ⁉　何かあったらどうするんだ！」

「無事でよかった……早く避難しろ！　死ぬぞ！」

眼前まで来たミハイルは、小毬の姿を見るなり身につまされたように顔を顰《しか》める。刀を左手に持ち替え、利き手で素早く十字を切った。

「俺は……死んでも生き返るっていっただろ⁉　あんたは違うんだぞ！　なんで大人しく待ってないんだ！　こんな莫迦《ばか》なことして、万が一のことがあったら……っ」

小毬のようにミハイルまで死んでしまったら、自分はもう生きてはいけない。

そうかといって死ねる身でもないけれど……涙に暮れて、あの世に焦がれるしかなくなるだろう。彼が生きていてくれるなら、自分は百遍死んでも構わないのに――。

「その血はどうしたんだ⁉　あんたに、何かあったら俺は……」

「思うことは同じだ。あとで生き返るなら、恋人を死なせていいというものではない！」

こめかみから出血し、血染めの銀髪を振り乱しているミハイルに手を引かれ、忍は畳の上を走らせられる。廊下の途中で振り返ると、小毬の上に天井の一部が落ちてきた。

たった今まで忍が座っていた畳が、焼けた梁によって床下まで抉《えぐ》られる。

「――っ、小毬ちゃん……！」

綺麗《きれい》な顔のまま弔うこともできないのかと思うと、再び涙で先が見えなくなった。

出会わなければよかったのだろうか、浄念川に散歩に行ったあの時に、小毬に声をかけなければよかったのか。それ以前にミハイルと出会わなければ――否、さらに時を遡《さかのぼ》り、この世に災厄を生む胤《たね》が、母の腹で実らなければよかったのだ。

「忍、下がっていろ！　柱を切って屋根を落とす！」

ミハイルは火の手が回りきっていない廊下に出ると、振り返って刀を両手で持つ。

いくつもの柱が傷つけられ、屋根が軋みだす騒音の中で、忍は血涙を絞った。

どれだけ後悔しても、普通の人間は死んだら生き返らない。

今から何ができるだろうか。悔やんだところで自分は生まれてしまい、そしてミハイルとも小毬とも出会ってしまった。悔やんでも仕方がないのなら……この忌まわしき運命に決着をつけるべく、今からできることを探し——実行したい。

「……ッ、ミハイル……その怪我《けが》は……!?」

「こんなもの大したことはない。お前が無事でよかった」

ミハイルはそういったが、頭からも肩からも出血していた。軍服が赤く染まっている。水を被って薄まった血痕《けっこん》と新たに流れた濃厚な血が、彼の痛みを生々しく主張した。

「早く、病院に行かないと……」

「腕のよい医師に診《み》せるから心配しなくて大丈夫だ。この程度の怪我、弾を受けることに比べればなんでもない」

「それ、どこで怪我したんだ？　こめかみとか……」

「この家屋は私の体には合わないからな、情けないがあちこちぶつけてしまった。そんなことより早く逃げるぞ！」

ぶつけようにも身を低くしなければ進めない火事場を、忍は彼と共に駆け抜ける。背後から、雷鳴の如《ごと》き音がした。

ミハイルが傷つけた柱の先が、さながら竹製の鳥籠《とりかご》の如く崩れ落ちていく。

そこら中からめりめりと木の裂ける音が轟《とどろ》き、舞い上がる灰色の煙が夜空を汚した。

唯一輝いているのは、鮮血のように赤く、黄金のように煌《きら》めく膨大な火の粉で——振り返りながらその光景を目にした途端、忍の心臓はどくりと大きく鳴り響く。

——……っ、こんな時まで……！

ああどうか、やめてくれ、考えさせないでくれ——鬼の父から受け継ぐ血に、どれだけ抗議をしても止まらなかった。罪なき人々の死も小毬の死も、ミハイルの怪我も余所《よそ》に、刀を作りたい……と、体中が求めだす。

火の粉を浴びながら金槌《かなづち》を振るい、もう一度全身全霊の鬼魄《きはく》を籠《こ》めて、最強の刀を作りたくなった。ミハイルの手に握られている四代目雷斬《らいざん》よりも、遥《はる》かに強い長太刀《ながたち》を、愛を籠めて作り上げたい。そして彼に贈りたい。

「——吉原に……帰してくれ……っ」

「忍……」

こんな悲しみを齎《もたら》すことになるとわかっていながら、どうしようもなく罪な自分を……このままにしておくことなどできなかった。逃げ隠れするだけではなく、解決に向けて、今度こそ動きださなくてはならない。自分がもう一度やるべきなのは妖刀作りではなく、非業の連鎖を断ち切ることだ。

「忍、ひとまず庭に出るぞ！　中庭で消火が終わるのを待とう」

町火消しや消防団が一気に踏み込んでくる中、忍は返事をする余裕もなく、ミハイルに連れだされる。

手を引かれて中庭に出て、さらに庭の池に渡された小さな石橋の上に立った。

放水車が放つ水が雨のように降り注いだが、ここなら焼かれる心配はない。

「ミハイル……ありがとう、助けてくれて……」

手を放さないミハイルの手を、忍は強く握り返す。

ここにいるのは、二度と会うべきではない人だ。けれども会わずにはいられない人だ。ならばせめて、もう一つの欲望は抑えきってみせよう。

愛することを、罪にはしない。

「吉原に帰るけど、俺は……奴らを殲滅《せんめつ》する方法を考える。俺の子だから、俺がなんとかしなきゃいけないんだ。手立ては必ずあるはずだから……少しだけ協力してほしい。吉原から動けない俺に代わって、捜してほしい人がいる」

主鬼《しゅき》が眷属鬼《けんぞくき》を抹殺するための切り札——おそらく唯一の方法を、知っているかもしれない人がいる。

その人を自ら捜し歩くことはできないのが口惜しいが、小毬の無念も他の人々の無念も晴らしたい。そして、これ以上誰も死なせないよう食い止めなければ——。

「お前だけの子ではない。私の子でもある」

協力は当然とばかりに答えてくれたミハイルの胸に飛び込み、忍は瞼《まぶた》を閉じる。

火の粉を見たくなかった。ミハイルが手にする抜身の刀も見たくない。

悲しい場に合わぬ欲求に燃える、薄情な鬼になるのはもう嫌だ。

「——忍……独りで苦しませて、本当にすまなかった」

ミハイルはそういって、額に唇を寄せてくる。

心の中に、いつもいてくれたじゃないか——と、いいたくても言葉にならなかった。

ここを出たら、ミハイルが少しでも安心するように、吉原でのことをすべて話そう。

穢《けが》れた身には違いないけれど、処女太夫《だゆう》と呼ばれていること、これまでもこれからも、ミハイル以外には体を許さない自分の気持ちを、きちんと伝えたい。

「ありがとう……惚《ほ》れたのが、あんたでよかった……」

不幸を生む妖刀を作り続けた刀匠、太刀風《たちかぜ》忍はもう要らない。

一刻も早く、小毬が会いたいと思ってくれた紫乃太夫に戻りたい。

一夜の幸せを生みながら、ひたすら待とう。指折り数えて……この人を——。

《十三》

三日後、海軍帝都病院――。

頭部の裂傷と全身打撲で全治二ヵ月と診断されたミハイルは、一週間の入院を余儀なくされた。火事場で別れたままそれほど長く忍《しの》ぶに会えないのは耐えられず、途中で抜けだすつもりでいるが……入院三日目の今日のところは大人しくしている。

親友の桃瀬時宗《ももせときむね》が二度目の見舞いに来る予定なので、今か今かと待っていた。旭帝国《きょくていこく》の上級軍人という立場上、異人の自分とは違って信用されやすい彼に、先達《せんだっ》ての材木問屋鬼襲事件に関する調査を依頼したからだ。

早ければ今日、何かしらの情報を得られるかもしれない。

「ペルシック大佐……起きていらっしゃいましたか。陸軍外交部隊、桃瀬大佐がお見えになりました。すぐにお通ししてよろしいですか？」

ベッドの背を立てて本を読んでいたミハイルは、女性看護官の言葉に「通してくれ」と短く返した。

ここは個室で、最上階の奥にあるやけに豪華な病室だ。アルメルス貴族が好む、細工の凝った調度品が上質な床の上に配され、カーテン一つ取っても非常にセンスがよい。

一人では持ち上げられないほど大きなクリスタルの壺《つぼ》には、温室栽培の薔薇《ばら》が数百本も生けられている。

通常は将官級の病室だと思われるが、ミハイルは火事場から直接ここに通された。

鬼を見たにもかかわらず鬼襲対策本部からの事情聴取はなく、吉原《よしわら》から陰間《かげま》を無理やり身請けしようとしたことに関する御咎《おとが》めもなく、この高待遇——不自然に思えて違和感を覚えたが、その一方で、「アルメルスの貴族軍人が、旭帝国軍が退治できない鬼のせいで怪我《けが》をした」というだけでも、この待遇の説明がつくとも考えられる。釈然としないものがあったが、ミハイルが一番気になっているのは別の事柄だった。

「顔色はよさそうだな、怪我のせいで発熱したりしなかったか？」

「問題ない。それより例の件はどうだった？　店主に話を聞けたか？」

「散々心配をかけておいて、いきなりそれか。あえて勿体《もったい》つけてやりたくなる」

病室に入ってきた時宗は、軍帽を取りながら溜《た》め息をつく。

天蓋《てんがい》付きのベッドから程近い長椅子《ながいす》に腰かけ、「お前が睨《にら》んだ通りだった」と答えた。

ミハイルが気になっていたのは、小毬《こまり》こと川場喜一郎《かわばきいちろう》の父親——材木問屋を営む、川場喜定《よしさだ》の火事場における発言だった。誰が避難しているかしていないかわかりにくい状況の中で、彼は息子が逃げ遅れたことを確信していたのだ。

そのうえ、「妖刀鬼《ようとうき》は息子を狙《ねら》っていた！」と、確かにそういっていた。

「店主は無傷だが、精神的にショックを受けて入院中だ。それでもなんとか話を聞けた。ただし口外しない約束をしている。表沙汰《おもてざた》になれば、彼は死罪になるかもしれない」

「――火をつけたのは、店主なのか？」

「ああ、そうすることで彼は息子を守ろうとしたんだ。まずは順を追って話そう……」

　ミハイルはベッドの上から時宗と顔を見合わせ、「頼む」と改まって口にした。

「火事の直前、店主は厠《かわや》に行っていたそうで……夫婦の寝室に戻ると、妻が鬼に襲われていた。鬼は屋敷内に静かに侵入し、妻を刀で脅しながら『息子の部屋はどこだ？』と……迫っていたそうだ。店主は腰を抜かして寝室に飛び込むことができず、襖《ふすま》の隙間《すきま》から鬼と妻のやり取りを見ていることしかできなかった。妻は息子を庇《かば》おうとして、材木置き場のほうを指差し……その後すぐに刺し殺されたそうだ」

　時宗の言葉は、ミハイルが想像していた光景とほぼ一致していた。

　あの火事の混乱の中、店主と従業員らが奥方の死因を明確に認識していたのは、店主が死の瞬間を見ていたからだ。

「店主は数間離れた部屋で眠る息子を助けようとしたが、恐怖でろくに動けず……廊下の行灯《あんどん》を倒して火をつけ、『火事だ！』と叫んだ。火を恐れる妖刀鬼が逃げてくれればいいと思ってのことだったが……目的を遂げられなかった妖刀鬼は屋敷ごと破壊しようとして、去り際に梁《はり》や柱を滅多《めった》斬《ぎ》りにしたらしい。店主は従業員に助けられたが、彼と奥方が一番守りたかった息子の喜一郎は……落ちた梁の下敷きになって死んでしまった」

当たり籤《くじ》の権利を譲るといってくれた——少年のように可愛らしい小柄な青年の最期の姿が、ミハイルの脳裏に浮かび上がる。酷《ひど》く憐《あわ》れで、もう一度十字を切りたくなった。

「妖刀鬼は確たる目的を以て材木問屋を襲ったわけだ。これまでの鬼襲事件は通り魔的な犯行に思えたのに、今回は確実に違う。ところがこの事実が報道される気配はないし……店主は鬼襲対策本部から口止めされたらしい。俺には漏らしたけどな」

「偶然ではなく、小毬こと川場喜一郎の抹殺が目的だったと世間に知られれば……妖刀《ようとう》と紫乃太夫《しのだゆう》の関係が露見する危険性がある。やはり要人の誰かが妖刀鬼だとしか思えない。少なくとも、数体いる妖刀鬼のうち一体の正体は——相当な権力者だ」

「そしてほぼ確実に、太刀風《たちかぜ》忍と紫乃太夫が同一人物だと知っている」

そういうことだな——と返事をしようにも胸が詰まり、ミハイルは包帯を巻かれた頭を抱えたくなった。忍の身が危険だというならすぐにでも行動を起こすが、しかし現時点で忍を吉原から連れだして、別の場所に移す必要性は感じられない。

つまりは自分に何ができるのかわからず、今後の行動に迷う状況だった。

小毬が狙われた理由は不明だが、いずれにしても忍に危険が及ぶとは考えにくい。

妖刀鬼＝報道規制をしている人物だと考えると、その行動からして忍＝紫乃太夫である事実を伏せて、忍の立場及び身体《しんたい》を守ろうとする意図が感じられる。

そもそも太刀風忍の刀が妖刀であるという噂《うわさ》も、世間では根強いにもかかわらず頑なに報道されていないのだ。忍が主鬼《しゅき》で、妖刀鬼が主鬼の子供に相当する眷属鬼《けんぞくき》である以上、そこには不変の主従関係があるのかもしれない。

「川場喜一郎は何故狙われたのか、心当たりがないかどうか紫乃太夫に訊《き》こうと思って、先ほど吉原まで行ってきた。私服姿でな」

「――忍に話したのか⁉」

「いけなかったか？」

悪びれない時宗を前に、ミハイルは事前に口止めしなかったことを酷く悔やんだ。

本来は吉原に行ってはならない旭帝国軍人の時宗が、まさか自ら進んで行くとは思いもしなかったのだ。

妖刀鬼のせいで小毬が死んだことだけでも忍にはつらいだろうに……さらにもう一つ、小毬が紫乃太夫の顧客であったことが死に繋《つな》がっている可能性が加わったら、忍は自責の念に苛《さいな》まれ、今以上に苦しむことになるだろう。いつか話す時が来るとしても、今はまだ忍の耳に入れたくなかった。

「悪かったな。そんなにつらそうな顔をしないでくれ。実際には会わせてもらえず、何も話していない。太夫はあの火事から先、高い熱を出して寝込んでいるらしい」

「……高い、熱？」

「楼主と話したが、頻繁に医者に診《み》てもらっているそうで、順調に回復しているから心配無用とのことだ。高熱は昨日までで、今朝からは微熱になったとか。伝えるよう頼まれたわけじゃないが、明らかにお前への伝言だな。それとこれ……取り返してきたぞ」

忍が熱を出したと聞いて焦燥するミハイルを余所《よそ》に、時宗は長椅子から立ち上がる。

黒軍服の左袖《ひだりそで》を捲《まく》ると、青いダイヤモンドが輝くプラチナの腕輪を見せつけてきた。

忍を連れて吉原の大門《おおもん》から出る際に、身請け金の担保として紫櫻楼《しおうろう》の楼主に渡すよう、華衛団《かえいだん》の団員に預けたものだ。

「あの守銭奴《しゅせんど》の亡八楼主め……臥《ふ》せって見世に出られない分の玉代《ぎょくだい》と、医療費と迷惑料を請求してきたぞ。それを支払わねば返さんというので、小切手と引き換えにした」

「すまない、すぐに返す」

「こんな大事なものを簡単に人に渡すな。盗んだところですぐ足がつく代物《しろもの》だけに無事で済んでいるんだろうが、そのうち戻ってこなくなるぞ。だいたい、こういう先祖代々続く御守りのようなものを手放すから怪我をしたんだ。医者がいいというまで入院して、くれぐれも自重しろ。ほら、嵌《は》めてやるから腕を出せ」

ミハイルは促されるまま左腕を差しだしたが、考えるのは忍のことばかりだった。

小毬が死んだ精神的なショックが起因しているのか、それとも別の理由があるのか……色白でも健康的な体を持つ忍が、三日間も臥せるなど徒事《ただごと》とは思えない。

「あの楼主、がめついが太夫には甘いようで……その点はとりあえずよかったな。まあ、彼の営業スタイルからいって、ぐったり寝ていれば済むってものでもないから当然か」

今すぐにでもベッドから飛びだしたいミハイルは、続けて耳に入ってきた時宗の言葉を頭の中で反芻《はんすう》する。意味深に聞こえたが、彼がいわんとしていることの意味がわからなかった。聞き返そうとするものの、客を愉しませるのが陰間《かげま》の仕事であり、ぐったりしているだけでは成り立たないのは当然だ。結局、聞き返すほどのことではない気がした。

「お前、紫乃太夫と一晩すごしたんだろう？　もしかしてまだ気づいてないのか？」

「——何をだ？」

「太夫の客の川場喜一郎に会って、どう思った？　陰間としては背が高く、女装をしない紫乃太夫が、あんな小柄で可愛い客に抱かれていたと思うのか？」

「……いや……そうは思わなかった。吉原では位の高い遊女は客と床を共にしない場合もあると聞いていたからな。陰間も同様だと思っていた」

「そういったケースも確かにあるが、川場喜一郎と太夫は懇《ねんご》ろな仲だ。ただし、抱かれていたのは川場喜一郎のほう。何しろ、紫乃太夫の通り名は『処女太夫』だ。誰にも後ろを許さず、基本的には寝子《ねこ》客を相手にしている。そういう特殊な陰間なんだよ」

時宗は話し終えると同時に、腕輪の金具をカチリと留めた。

左腕に慣れた重みを感じながら、ミハイルは耳を疑う。

理解できるはずの言語が、知らない国の言葉のように聞こえた。

音としては捉《とら》えているのに頭の奥まで意味が届かず、異様なほど時間を要する。

「……今のは、本当……なのか？」

「お前が聞きたがらないのをいいことに、あえて話さずにいたことを謝りたかった。正直あの子と手を切ってほしい気持ちがあったからいわなかったんだが、やはり事実は事実。お前の気持ちを考えれば教えてやるのが親切というものだ。いまさらだが、謝る」

「――お前が謝る必要はない。だが、何故《なぜ》だ……私は何も聞いていない。忍は何故、そのことを私に……」

想いを遂げた時の光景が鮮明に浮かび上がり、ミハイルは寝乱れた忍の表情や言動……その一つ一つを、処女太夫という言葉と照らし合わせる。

なるほど確かに……と思えるものを見つけたかったが、今は心臓の音がうるさすぎて、とても集中できなかった。その一方でよりはっきりと思い起こすのは車内での出来事――材木問屋の火事に気づく直前の会話だ。忍は確かに、「口にすれば少しはあんたの不快感を薄められるかもしれない事実がある」と、そういっていた。

続きを聞けないまま離れ離れになってしまったが、本人に聞くまでもなくわかる。

忍が話したかったのは、間違いなくこのことだ。

「私はなんて甲斐《かい》のない男だろう。何も気づいてやれなかった」

戸惑いと悦びと、そして罪悪感がミハイルの胸に押し寄せる。

今すぐに忍に会いたくて、胸が潰《つぶ》れそうだった。

「いくら後ろを許していないとはいえ、所詮《しょせん》は陰間だ。尻《しり》を狙ってくる客と肌を合わせて性技に励むこともあったらしい。ましてや寝子の客とは交わっていたわけだ。そんな身でありながら、『清い体でお待ちしていました』と、惚《ほ》れた男に純潔を主張するような下種《げす》な真似をしたくなかったんだろう。あの子のそういうところは嫌いじゃない。心底軽蔑《けいべつ》して嫌えるものなら、遠慮なく邪魔してやったんだが」

「時宗……」

心の半分を吉原に飛ばしながらも、ミハイルは友の顔を見上げる。

この病院まで自家用車で来ているであろう時宗に、今すぐ吉原まで乗せていってくれと頼みたかったが、医者がいいというまで入院しろといわれたばかりだ。あまり傍若無人に振る舞うと、さすがに本気で怒るだろう。何より、これ以上心配をかけたくない。

「さてと、そろそろ仕事の時間だ。俺は帰るぞ」

「ああ、忙しいところすまなかった。ありがとう、感謝している」

「俺が忙しいのは夕方からだからな、問題ない。今夜は首相官邸で快気祝いの大宴会だ。主に通訳が仕事だが、この通り見目《みめ》がいいものだから、最終的には御婦人方の相手もさせられる。朝まで笑顔で踊らされた時には、プロの踊り子の気持ちがよくわかったぞ」

「ご苦労なことだな。そういえば、首相は大病を患っていたとか……」

「そうそう、数年前に悪性腫瘍《しゅよう》を名医に切除してもらったとかで、先日の検査で転移などないことがわかったらしい。全快してすっかり若返ったように見えた。背筋が伸びて肌の艶《つや》もよくなり、貫禄《かんろく》が増していたぞ。完治するまでは一切病状を漏らさずひた隠しにしていたんだから、さすがの根性だ。さぞかしつらかっただろうに」

「そうだな、全快したなら何よりだ」

ミハイルは吉原に行く気などない振りをしながらも、家宝の腕輪の、さらにもっと上にある点滴針を意識する。時宗が帰ったら真っ先に針を抜き、病衣を脱いで軍服に着替え、刀を携えて病院を抜けだすつもりだった。

鬼の血故に妖刀を作りたくなる忍の本能を刺激しないよう、刀は華衛団番所に預けて、丸腰で紫櫻楼に向かいたい。高熱を出して臥せっている忍を見舞い、話をする余裕があるなら、処女太夫という形で待っていてくれたことへの感謝を伝えたいと思う。そして忍の手を取り、口づけだけでも交わしたい。


時宗が病室を去った十分後、ミハイルは外せる包帯をすべて外して軍服に着替え、頭の包帯は取れないながらに、軍帽を深く被ってどうにか隠した。

愛刀を握り、怪我人には見えない恰好《かっこう》で病院の玄関を抜ける。

どうしても目立つので注目を浴びたが、素知らぬ顔で門に向かった。

あとは俥《くるま》を捕まえるだけだ。揺れて傷に障るかもしれないが、致し方ない。

タクシーは国内に数十台しかなく、事前に予約しなければそうそう乗れないのだ。

「ミハイル様、お待ちしておりました。車はあちらに停めてございます」

人力車夫が屯《たむろ》していることを願いながら門を潜《くぐ》ると、見知った男が声をかけてきた。

彼は桃瀬家の運転手で、その手が指し示す方向には黒塗りの自動車が停まっている。

「時宗様より、ミハイル様を吉原の大門まで、たとえなんと命じられようと緩やかな安全運転でお送りするよう言付かっております」

「──時宗は？」

「流しの俥で帰られました」

人力車には滅多に乗らない男の行動に、ミハイルは思わず笑って立ち尽《つ》くす。

一つ年下の時宗に何から何まで読まれてしまい、面映《おもは》ゆいような、甚《いた》く嬉《うれ》しいような、なんともいえない気持ちになった。

《十四》

帝都郊外、孤島吉原《よしわら》、浄念川《じょうねんがわ》――。

今夜も休むよういい渡された忍《しのぶ》は、上位陰間《かげま》が揃《そろ》う夜見世《よるみせ》が始まる前に紫櫻楼《しおうろう》を出て、人気《ひとけ》のない浄念川に来ていた。さすがに独り歩きは許されず、側仕えの千景《ちかげ》も一緒だ。

日が暮れたら藍門《あいもん》から出ないのが習わしだが、浄念川の川岸を歩く程度なら問題はなかった。ここは表吉原の一部ではあるものの、暗くなると非常に寂しい場所だ。

そのうえ忍は、目立たないよう黒い綿《わた》入れ羽織を着てきた。金糸《きんし》や銀糸《ぎんし》を使っていない地味な着物で、本来は陰間が着るものではない。

「紫乃《しの》さん、冷えてぶり返すといけません。帰って温かいすいとんでも食べてください」

「皆が仕事してる時に、怠けて部屋にいるのは嫌なんだよ。今夜から張見世に出るつもりだったのに止められちまって、居心地が悪いったらもう。楼主さんは俺に甘すぎるよ」

「そんな大怪我《おおけが》してりゃ当然です。さあ帰りましょう。また熱が上がったら大変だ」

千景が一刻も早く帰らせたくてたまらない様子で困っているので、忍は半ば諦《あきら》める。

気まぐれに我《が》を通して千景を困らせたいわけではないのだ。ただ、客を取らないなら今しばらく大切な人のことを考える時間が欲しかった。

ミハイルは一週間ほど海軍帝都病院に入院する必要があるが、心配は要らないと時宗《ときむね》がいい置いて去ったらしい。それでもやはり心配だ。

そして小毬《こまり》のことも、記憶の網を手繰《たぐ》り寄せてあれこれと思いだしたかった。

通夜や葬儀に出ることも墓参りに行くこともできない忍にとって、現状できる弔いは、こんなこともあんなこともあったね……と、心の中の小毬と語り合うことしかない。

その時々、支払われる対価に見合うよう優しく接したつもりだけれど、果たして自分は十分に返せていたのだろうか。許されるものならもう一夜、小毬との時間を手に入れて、悔いのないよう睦《むつ》まじくすごしたいと思った。それは結局、自分の気持ちに整理をつけ、罪悪感を薄めるための自己満足にすぎないのだと、わかってはいるけれど——。

「紫乃さん……っ、白軍服の旦那《だんな》が……あちらに……」

暗い川岸を歩いていた忍は、千景の声にはっとする。

まさかと思って振り返ると、西のほうからミハイルが走ってきた。

軍帽を深く被った軍服姿で、珍しく丸腰だ。刀は番所に預けたのだろうか。

あと数日して退院したら、来てくれるかもしれない——そう思っていた忍は、今はただ素直に彼が来てくれたことを喜んだ。高熱に浮かされている間、ずっと会いたくて仕方がなかったのだ。眠りに落ちると夢の中で激しく抱かれ、現実世界で氷嚢《ひょうのう》を取り換えてくれる千景の手を、ミハイルの手と間違えて何度握り締めたことだろう。

「……しの……っ、紫乃太夫……その腕は⁉」

紫櫻楼でこの場所を聞いたのか、息を切らせて駆けてきたミハイルは、忍の右腕を見るなり青ざめる。千景の存在を意識してはいたが、酷《ひど》く動揺していた。

こういう顔をされることがわかっていた忍は、申し訳ない思いで俯《うつむ》く。

ミハイルが驚くのも当然だった。先日の火事の際に無傷だったにもかかわらず、右腕にギプス包帯を巻いているのだ。それを、黒い羽織の内側で吊《つ》っていた。

「千景、先に帰っていてくれ。旦那に見世まで送ってもらうから大丈夫」

「はい……転んだり体を冷やしたりしないよう、くれぐれも気をつけてください」

千景は忍とミハイルに向かって一礼すると、ミハイルが来た道を行く。

表吉原の華やかな光の中に千景の姿が消えた途端、ミハイルは距離を詰めてきた。川に見立てた海水が流れる浄念川の川岸で、忍はいきなり抱き締められる。右腕に体が触れぬよう気をつけながら……それでも、肩や背中を強い力で包み込まれた。

「——自分で、やったのか?」

「ああ、怪我をするには丁度いい機会だったから」

「莫迦《ばか》なことを……!」

「ごめん、本当に、ごめん……」

「謝らないでくれ……つらいのは、お前なのに」

ミハイルの震えが、大きな掌《てのひら》から伝わってくる。

悲しませるのはわかっていたが、しかしこうするしかなかった。

火事のあと、ミハイルと引き離されて吉原に戻る途中——忍は隙《すき》を見て石灯籠《いしどうろう》に右肘《みぎひじ》を叩《たた》きつけた。火事場で転んだと嘘《うそ》をついたのだ。思った通り骨が数ヵ所砕け、毎度のことながら高熱に苦しんだ。当分の間は利き手を使えそうになく、完治したところで、一年やそこらは重たいものを持てなくなる。死なない限り、すぐに治す手立てはないのだ。

「こうでもしないと、耐えられなかったのか？」

ミハイルは、手だけではなく声まで震わせる。

忍もまた、心が震えて上手《うま》く答えることができなかった。

惚《ほ》れた相手と子を作りたがるのが鬼の本能——しかし作れない以上、代わりに眷属鬼《けんぞくき》を生みだしたいと思ってしまう。死を呼ぶ刀を作ろうとしてしまうのだ。

ミハイルに会わなければ欲求は薄らぎ、肘を壊さずとも耐えられるけれど、忍が選んだ道は回避の道ではない。

こうして会って触れ合える喜びの前には、肘の痛みも、叶《かな》わない本能的欲求も、些末《さまつ》なことに思えてくるのだ。死を呼ぶ恋を捨てられない罪な身だが、この道を選んだ以上——ミハイルへの想いは絶対に貫く。会わないなんて選択肢は存在しない。

「——忍……もっと自分を大事にしてくれ」

「ああ、そうするよ。軍帽で包帯を隠してる人に、いわれたくないけどな」

病院を抜けだしてきたらしいミハイルの背に、忍は左手を回す。

どこを怪我しているかわからないので、そっと撫《な》でて微笑みかけた。

無理をするな——と窘《たしな》めるのは簡単だが、それよりも会いにきてくれたことに感謝している。鬼に惚《ほ》れられたというだけでなんの罪もないミハイルは、強《し》いられた制約と我儘《わがまま》を受け入れて、苦しい道を一緒に歩んでくれているのだ。

「熱は引いたようだが、まだ痛むだろう？　私に何かできることはあるか？」

いいたい言葉を呑《の》み込んだ顔をして、ミハイルは優しい言葉だけをかけてくれる。

忍もまた、心の淀《よど》みの中から甘い言葉を拾いだそうとした。

そう頻繁に会えないなら、この時間をできる限り輝けるものにしたい。

「……じゃあ、食事の手伝いを。あーんてやるから、親鳥みたいに尽くしてくれよ」

忍は笑い、ミハイルの肩に頭をすりすりと寄せる。

痛みを分かち合ってくれる彼がいるからこそ、彼を苦しめることにより痛みは一層増すけれど——それでも共にいられることが嬉《うれ》しくてたまらなかった。

「御安い御用だ。私の箸遣《はしづか》いは旭人《きょくじん》にも褒められるほどだぞ、安心しろ」

「そりゃいいな。何しろ今夜はすいとんだから、箸遣いが上手くないと逃げちまうよ」

「確か、うどんが丸くなったようなものだったか？　つるりと滑りそうだな」

「そうそう、そんな感じのやつだよ。独りじゃとても食べられない」

忍は左手をミハイルの背に回したまま、仲睦まじく川岸を歩く。

本当は手伝いの必要などなく、左手でも器用に食事を摂ることができた。

しかしこの嘘は許される。裏口から見世にこっそり入って三階に上がり、互いに甘えて甘えられて――そういう時間を二人きりですごしたい。

「なんでもお前の思うまま、親鳥どころか下僕の如《ごと》く使われてやろう。その代わり朝まで居座るぞ。自制心に自信はないが、それでもお前の傍にいる」

「あとで病院に戻るって約束するなら、いくらでも」

「そうか、それなら多少の無茶はできるな」

「俺も怪我人なんで、お手柔らかに」

くすっと笑った忍は、同じ微笑を返される。

互いの背中を支えながら見つめ合い、惹《ひ》かれるままに唇を重ねた。

いつまでこうしていられるかはわからない。忍が探しだしたい人は、鬼である父の死に立ち会った人だ。鬼でありながら父は何故……どうやって死んだのか、それが知りたい。

妖刀から悪しき力を奪い、妖刀鬼が二度と現れぬよう根絶《こんぜつ》するには、主鬼を、自分を、この世から消すしかないのだから――。

あとがき

こんにちは、犬飼《いぬかい》ののです。本書をお手に取っていただき、ありがとうございました。

いつか書きたいと思い続けていた遊郭《ゆうかく》ファンタジーBLのシリーズに、小山田《おやまだ》あみ先生の豪華絢爛《けんらん》かつ官能的なイラストをつけていただき、本当に幸せです。

応援してくださった読者様、小山田先生、関係者の皆様に御礼申し上げます。

ミハイルと忍《しのぶ》の愛は揺るぎませんが、秘密や謎がまだありますので、気長にお付き合いいただければ幸いです。2015年はホワイトハートさんで、続編ラッシュの予定です。『愛煉《あいれん》の檻』も『ブライト・プリズン』シリーズも頑張《がんば》ります。ありがとうございました！

『愛煉の檻　紫乃太夫の初恋』、いかがでしたか？
犬飼《いぬかい》ののの先生、イラストの小山田《おやまだ》あみ先生への、みなさまのお便りをお待ちしております。
犬飼ののの先生のファンレターのあて先
〒112-8001　東京都文京区音羽2-12-21　講談社　文芸シリーズ出版部「犬飼のの先生」係
小山田あみ先生のファンレターのあて先
〒112-8001　東京都文京区音羽2-12-21　講談社　文芸シリーズ出版部「小山田あみ先生」係

＊本作品はフィクションであり、実在の個人・団体・事件などとは一切関係がありません。

N.D.C.913　286p　15cm

犬飼のの（いぬかい・のの）

4月6日生まれ。

東京都出身、神奈川県在住。

『ブライト・プリズン』シリーズ、『薔薇の宿命』シリーズなど。

Twitter、blog更新中。

講談社X文庫

white heart

愛煉《あいれん》の檻《おり》　紫乃太夫《しのだゆう》の初恋《はつこい》

犬飼《いぬかい》のの

●

2014年12月5日　第1刷発行

定価はカバーに表示してあります。

発行者――鈴木　哲

発行所――株式会社　講談社

東京都文京区音羽2-12-21 〒112-8001

電話　編集部　03-5395-3507

販売部　03-5395-5817

業務部　03-5395-3615

本文印刷―豊国印刷株式会社

製本――株式会社千曲堂

カバー印刷―半七写真印刷工業株式会社

本文データ制作―講談社デジタル製作部

デザイン―山口　馨

ISBN978-4-06-286844-0

隔絶された世界で生きる無垢な少年たちは、
過酷な愛に溺れてゆく――

美しくも残酷な男たちの罠がついに始動！

学園の禁じられた蜜事

ここは生け贄を育む美しき牢獄

学園の美しき生け贄

深い森に囲まれた全寮制の王鱗学園で暮らす十八歳の薔は、様々な特権が与えられるという神子候補の一人に選出されてしまう。神子を決める儀式とは男に身を任せることで、その相手は日頃から敵愾心を抱いている学園管理部隊の隊長・常盤だった。抵抗する薔に突如、常盤は意外な事実を明かし!?